ANNETTE BLAIR

Hexe wider Willen

Teil 2

Annette Blair

Hexe wider Willen

Roman

Ins Deutsche übertragen von
Catrin Lucht

LYX
EGMONT

Die Originalausgabe des Romans erschien 2006
unter dem Titel „The Scot, the Witch and the Wardrobe“ bei
Berkley Sensation/The Berkley Publishing Group, New York.

Deutschsprachige Erstausgabe November 2009 bei LYX
verlegt durch EGMONT Verlagsgesellschaften mbH,
Gertrudenstraße 30–36, 50667 Köln

Dieses Werk wurde vermittelt durch die Literarische Agentur
Thomas Schlück GmbH, 30827 Garbsen.

1. Auflage
Redaktion: Karina Schwarz
Satz: Greiner & Reichel, Köln
Druck: CPI – Clausen & Bosse, Leck
ISBN 978-3-8025-8210-3
www.egmont-lyx.de

In Liebe und Dankbarkeit widme ich dieses Buch:

✧ Heather Venneri, denn sie hat nicht nur ihren schrägen Humor mit mir geteilt, sondern mich auch in die Sitten der Wicca-Bewegung eingeweiht. Außerdem hat sie Brock ihren Namen gegeben.
✧ Jeanine Spikes, wegen ihrer brillanten Ideen und ihres unglaublichen Talents, die Fantasie anzuregen.

Wie ein Karussell ist das Leben eine schwindelerregende Nummer,
Zunächst voller Farbe, Musik und ohne Kummer,
Dann jede Menge Pferdchen und Einhörner kaum.
Später musst du durch die eine oder andere Krise
und mit Wind in den Haaren verwirklichen deinen Traum.
Begib dich mit Freude auf diese Reise, wissend und heiter ist die Devise.
Nimmst du die Herausforderung an, erntest du Liebe und Bestätigung.
Scheust du das Risiko, endest du allein und in Verzweiflung.

Eins

SALEM, MASSACHUSETTS

Die drei saßen im Licht eines Sonnenstrahls auf dem Bett unter der Dachschräge. Victoria Cartwright öffnete ein kleines silbernes Schmuckkästchen, holte einen alten Messingschlüssel heraus und las zum ersten Mal, was auf dem vergilbten Anhänger aus Pergament stand. „Öffne den Schrank mit den magischen Kräften, die du in dir trägst, und stelle dich deinem Schicksal."

„Magische Kräfte?", fragte Melody. „Schwingst du dich jetzt auch auf einen Besen, Vic?"

Vickie zog die Nase kraus. Der Schlüssel kribbelte in ihrer Handfläche. Sie nahm ihn in die andere Hand. Da kribbelte er auch. Sie drückte ihn an die Wange. Das Ergebnis blieb gleich.

„Nun schließ den Schrank schon auf", meinte Kira.

Vickie legte den Schlüssel wieder in das Schmuckkästchen. „Wie wäre es, wenn ich ihn einfach für die nächste weibliche Cartwright aufhebe? Mein Vater lebt wahrscheinlich noch. Vielleicht setzt er gerade in diesem Moment irgendwo noch ein Kind in die Welt."

„Aber du wolltest doch immer wissen, was eigentlich in dem Schrank ist", meinte Mel.

„Klar, als Kind war ich schon neugierig, aber die Zeiten sind vorbei. Ich meine, schließlich war er bisher immer verschlossen."

Der mächtige Schrank ragte aus einer Ecke ihres Schlafzimmers in den Raum. Als Kinder hatten sie sich während einer ihrer Pyjamapartys voller Fantasie und Abenteuer einen mahagonifarbenen Drachen mit einem Rückenkamm aus Stacheln vorgestellt, der darin wohnte und ihnen immer zur Hilfe kommen würde, wenn sie ihn riefen.

„Von dem Vermächtnis deiner Großmutter hast du nichts gewusst, oder?", fragte Kira.

„Von dem Schlüssel schon. Aber nichts über seine Bestimmung." Vickie hob den Schlüssel am Anhänger hoch und legte ihn zuerst auf Kiras Knöchel, dann in Mels Hand. Aber die beiden verhielten sich nicht merkwürdiger als sonst auch.

Vickie lag auf der Seite, den Kopf auf die Hand gestützt, und ließ den Schlüssel durch die Fransen ihres Schals gleiten. „Ich habe euch das nie erzählt, weil es so verrückt ist. Lili Lockhardt, meine Urgroßmutter väterlicherseits und eine Hexe, wie man munkelte, hat diesen Schlüssel noch im letzten Jahrhundert für ihre weiblichen Nachkommen hinterlassen."

„Cool!", sagte Kira.

„Ohne Frage, nur funktioniert hat es nie."

„Wie schade. Dann ist es ja Betrug und kein Spuk."

„Nein, denn nur die Tochter, die über Lilis magische Kräfte verfügt, kann den Schrank öffnen und ihren Zauber vollenden."

„Du meinst, du bist vielleicht auch eine Hexe!" Kira erhob ihren Zauberstab wie ein Champagnerglas. „Auf die Hexen!"

Melody schlug mit dem Kopfkissen nach ihr. „Jetzt hör doch mal zu! *Welchen* Zauber vollenden, Vic?"

„In der Legende unserer Familie ist von einem Schlüsselzauber die Rede …", Vickie hielt den Anhänger mit dem Schlüssel hoch, „… und einem Zauber, der den Inhalt des Schranks schützt. Aber was es nun genau zu vollenden gilt, war immer ein großes Geheimnis, und das macht mich ziemlich nervös."

„Zu deiner Beruhigung", meinte Kira, „mit einem Zauberspruch kann man einen metaphorischen Drachen aus einem metaphorischen Schrank entlassen, aber es bleibt deine Entscheidung, ob *du* dich mit dem Biest anfreunden oder es bezwingen willst."

„Und das soll mich beruhigen?"

Mel umschlang ihre Knie. „Erinnerst du dich, wie wir als Kinder immer in diesen Schrank hineinschauen wollten und deine Großmutter gesagt hat, dass wir es eines Tages dürften?"

„Mel hat recht, Vic. Deine Oma hatte übersinnliche Fähigkeiten. Denk nur daran, wie sie aus den Tarotkarten gelesen hat. Sie war großartig. Sie wusste, dass du magische Kräfte besitzt. Sie wusste, dass du irgendwann den Schrank öffnen würdest."

„Der Schlüssel wird nicht passen." Vickie schloss die Finger um ihn und fand seine kribbelnde Wärme plötzlich faszinierend. „Ich bin keine Hexe." Sie erhob sich, und ein Zittern überlief sie, als sie sich ihren Freundinnen zuwandte. „Klingt die Notiz nicht so, als würde sich jetzt mein Schicksal erfüllen? Ich glaube zwar nicht daran, aber was ist, wenn der Drache gar nicht so freundlich ist, wie wir immer angenommen haben?"

Kira schlüpfte in ihre Ballerinas. „Der *Drache*, an den du glaubst?"

„Es ist ein metaphorischer Drache", sagte Vickie.

„Genau", meinte Mel. „Und deshalb hast du auch damit gewartet, dein Erbstück zu öffnen, bis wir alle dabei sind."

„Ich wollte meine besten Freundinnen an meiner Seite haben."

„Du wolltest moralischen Beistand", stellte Mel fest.

Vickie öffnete die Hand und zeigte den Schlüssel. „Ich brauche Zeugen für das, was ich vorfinde."

Mel grinste. „Das kommt mir bekannt vor. Ich habe mich bei

einer Kochshow vorgestellt, obwohl ich gar nicht kochen konnte, erinnert ihr euch?“

„Hör gar nicht hin“, sagte Kira. „*Ich* spekuliere jetzt einfach mal. Deine verstorbene Großmutter hat vielleicht vor mehr als einem Jahrhundert eine Seelenverwandte für dich ausgesucht. Wir sprechen hier über Retro vom Feinsten.“

„Wir sprechen hier über Hokuspokus“, sagte Vickie. „Ich warne euch! Wenn ein hundert Jahre alter Typ aus dem Schrank steigt, bin ich weg.“

Mel sah sich den Schlüsselanhänger genauer an. Sie hob eine Ecke an und zog ihn auseinander. Darunter kam eine zweite Notiz zum Vorschein. „Genieße diese Reise. Deine Lili Lockhardt, 1906.“ Mels Augen funkelten. „Vielleicht geht es ja um eine Reise in die Vergangenheit.“

„Vielen Dank“, murmelte Vickie, „als wenn ich nicht schon aufgeregt genug wäre.“

„Du bist megacool“, widersprach Kira.

„Megafertig“, korrigierte Vickie. „Ich bin so überhaupt keine Hexe. Mein Leben ist echt bescheiden. Wenn ich magische Kräfte hätte, würde ich doch daran was ändern können, oder nicht?“

„Was willst du damit sagen, Süße?“ Mel berührte ihren Arm. „Ich weiß, dass du deine Oma vermisst, aber stimmt sonst noch was nicht?“

„Sag schon“, drängte auch Kira. „Wir helfen, wo immer wir können.“

Deshalb würde Vickie ihnen auch niemals etwas von den offenen Rechnungen der Ärzte und vom Beerdigungsinstitut erzählen oder den Schulden, die noch auf dem Haus ihrer Großmutter lagen. „Es ist alles und nichts. Natürlich vermisse ich meine Oma, aber …“ Vickie verstand, was die Blicke ihrer Freundinnen sagen wollten. „Nein, ich brauche keinen

Mann. Zumindest nicht einen von diesen unterbelichteten und nutzlosen Typen. Ach, hört auf zu grinsen. Es freut mich ja, dass ihr beide eure Seelenverwandten gefunden habt, aber ich besitze nicht das Durchhaltevermögen, unter all den Schmarotzern und Verlierern, die ich immer anziehe, den Richtigen zu finden."

„Nicht alle Männer sind wie dein Vater, Vic."

„Darauf kann ich mich nicht einlassen."

„Aber natürlich, wenn du den Schlüssel benutzen würdest", sagte Kira, „dann müsstest du ausnahmsweise mal ein Risiko eingehen."

„Ich gehe durchaus Risiken ein."

„Gut, dann schließ den Schrank auf."

„Ja", sagte Mel. „Vielleicht findest du so was wie … einen Plan von dem Haus mit den sieben Giebeln, in dem eine Schatzkarte versteckt ist."

„Von Vogelspinnen bewacht", fügte Kira hinzu, während sie Räucherstäbchen mit Schafgarbe und Rosmarin entzündete und den Rauch in ihre Richtung fächelte. Mit einer schwungvollen Bewegung ihres Zauberstabs begann sie ihren Singsang:

„Schutz für uns drei,
vor Mensch oder Drache,
was es auch sei,
und auch den Lieben,
ob nah oder fern,
soll kein Unglück widerfahren.
So soll es geschehen."

Kira zuckte die Schultern. „Für den Fall, dass es ein Sarkophag ist mit Lilis lebender Leiche."

„Langsam klingt ein klaustrophobischer Drache ausgesprochen verlockend."

Ein Königreich für ein Schwert oder wenigstens einen Holz-

pflock, dachte Vickie. Laut sagte sie: „Wie soll ich mich denn gegen einen Drachen verteidigen?"

„Mit einem Feuerlöscher?", schlug Mel vor.

„Los geht's." Vickie steckte den Schlüssel ins Schloss und wandte sich noch einmal ihren Freundinnen zu. „Wenn es nicht funktioniert, gehen wir runter und spielen mit dem Baby, okay?"

„Okay", erwiderte Mel mit einem mütterlichen Grinsen.

Vickie drehte den Schlüssel im Schloss, wandte sich ab und nahm das schwache Klicken gar nicht wahr, aber das knarrende Geräusch hinter ihr ließ sie erstarren … bis irgendwas sie am Hintern traf.

Zwei

KIRA HOB IHREN Zauberstab. „Der Schrank ist offen!“

„Verdammt noch mal!“, schimpfte Vickie, die sich hinter ihre Freundin geflüchtet hatte. „Irgendwas hat mich geschlagen!“

„Die Schranktür“, meinte Kira und sah aus wie eine glückliche Katze mit einem Schnäuzchen voller Sahne. „Ganz schöner Hokuspokus, was?“

Vickie stieß sie mit dem Ellenbogen an. „Du kannst deinen Zauberstab jetzt runternehmen.“

Mel richtete die Schwanenhalslampe vom Nachttisch auf den Schrank, während Vickie wieder auf die offene Tür zuging und hineinspähte. „Das ist das schönste Einhorn, das ich jemals gesehen habe.“

„Es wirkt so lebendig“, meinte Kira.

„Es sieht toll aus.“ *Und sehr vertraut*, dachte Vickie. Sie berührte das goldene, gedrehte Horn, die honigfarbene Mähne und den winzigen Drachen, der sich hinter dem Sattel zusammengerollt zu haben schien. Und sie wusste, sie berührte es nicht zum ersten Mal.

„Der Drache sieht ziemlich zahm aus. Was hast du mit ihm gemacht?“, fragte Mel, während sie einen Stuhl vor die Schranktür stellte, um sie offen zu halten.

Vickie fuhr mit den Fingern über die mit Edelsteinen besetzten Sternchen im Zaumzeug des Einhorns. „Es muss handgeschnitzt sein, aber ich glaube, die Kufen sind nachträglich angebracht worden. An dem Loch in der Mitte sind Metallspuren zu sehen. Wahrscheinlich hat es mal auf einem Karussell gestanden. Könnt ihr es euch nicht auch in dem Erkerfenster meines Ladens vorstellen?"

„Auf diese Weise würde *Unsterbliche Klassiker* zumindest ein bisschen Aufmerksamkeit bekommen", sagte Mel. „Siehst du, dein Schicksal ist ein ziemlich zahmes altes Einhorn."

Vickie sog tief die Luft ein. „Riechst du auch den Duft nach Lilien?"

„Zedern", erwiderte Mel. „Ich rieche Zedern."

Vickie löste das geflammte Seidenband, das um den Hals des Einhorns gebunden war, und entdeckte den Briefumschlag, der daran befestigt war.

„Mach ihn schon auf", drängte Kira.

„Ja doch", entgegnete Vickie und zog eine Tarotkarte aus dem Umschlag, der aus Pergamentpapier gefaltet worden war.

„Ist das nicht eine der Tarotkarten deiner Oma?", fragte Kira.

„Lili hat Omas Karten mit der Hand gedruckt. Es ist schon seit Jahren in Familienbesitz. Das hier ist die Karte der *Hohepriesterin*, die immer fehlte."

„Du meinst also, dass sie gar kein vollständiges Spiel genommen hat, wenn sie aus den Karten gelesen hat? Oh, entschuldige, das sollte keine Kritik sein."

„Ich habe sie einmal gefragt, ob man auch mit einem unvollständigen Spiel arbeiten könne. Sie hat geantwortet, dass man trotzdem immer das richtige Ergebnis bekommt. Alles geschieht zu seiner Zeit."

„In mystischer Hinsicht ergibt das durchaus einen Sinn", erklärte Mel. „Was bedeutet die Karte der *Hohepriesterin* eigentlich?"

Vickie war etwas schwindelig. „Ich würde sagen, das *Tor zu den Träumen*."

„Selbst mir wird es unheimlich", sagte Kira, „wenn ich höre, was deine Oma gesagt hat. Instinktiv würde ich es so verstehen, dass sich dein Schicksal zu gegebener Zeit erfüllt."

Vickie schüttelte den Kopf. „Mädels, ich …"

„Warte mal!", unterbrach Kira sie. „Du hast Lilis Schrank aufbekommen. Also bist du eine Hexe."

„Das kann ich mir nicht vorstellen, nur wenn ich an die Karte der Hohepriesterin denke, muss ich gestehen, dass ich das Einhorn schon einmal gesehen habe. Ihr werdet mich jetzt für verrückt erklären, aber ich habe von ihm geträumt." *Wie ich auf dem Karussell einen Mann geküsst habe, der einen Kilt trägt.* Vickie überlief ein Schauer.

Kira führte einen kleinen Freudentanz auf, wobei sie mit dem Zauberstab herumwedelte und ihr die Hand zum *High Five* hinhielt. „Willkommen in meiner Welt. Da wir gerade von Träumen sprechen – deine sind prophetisch."

„Moment mal", entgegnete Mel. „Ich möchte dir nicht zu nahe treten, Kira, aber könnte es nicht sein, Vic, dass du von einem anderen Einhorn geträumt hast?"

Vickie strich mit der Hand über die Figur. „Was glaubt ihr wohl, wie viele Einhörner es gibt, hinter deren Sattel sich ein Drache zusammengerollt hat, die Lilien um den Hals tragen und über deren Augen mein Sternzeichen Wassermann eingeritzt ist?"

Kira schmunzelte. „Also … Magie!"

„Meine Güte", sagte Vickie und stemmte die Hände in die Hüfte. „Das glaubt ihr doch nicht ernsthaft."

„Es gibt nur einen Weg, das herauszufinden", sagte Kira. „Wir testen dich."

Mel rollte sich auf Vickies Bett zusammen. „Falls du mich

schweben lassen willst, dann wecke mich bitte nicht. Das Baby hat mich die ganze Nacht wach gehalten."

Vickie grinste, und Kira hob eine Augenbraue. „Das hier ist eine total ernste Angelegenheit, *Miss* Vickie!"

„Ernst! Das stimmt! Hab schon verstanden."

Mel kicherte.

Kira runzelte die Stirn. „Als du sechs warst, wolltest du unbedingt in den Zirkus, erinnerst du dich? Du hast tagelang gezetert und gebettelt, und in dem Moment, in dem dir klar wurde, dass deine Mutter *niemals* nachgeben würde, ist zum ersten Mal seit Jahren dein Vater wieder aufgetaucht."

„Ach ja, und sie haben sich wie die Verrückten gestritten, vor allem über Babys. Für mich hat sich das nicht gerade wie Magie angefühlt."

Kira wartete, bis ihre Freundin sich an *alles* erinnerte.

„Oh, genau", sagte Vickie auch schon. „Das hätte ich fast vergessen. Meine Oma ist gekommen und hat mich mit in den Zirkus genommen, um mich da rauszuholen."

Kira nickte. „Abschlussklasse, Hockeyfinale. Ron Dummbrowski – mit Betonung auf dumm – hat dem Typen an der Anzeigetafel Geld gegeben, damit er vor dem Spiel ‚Victoria Cartwright ist die dicke, fette Königin der Jungfrauen' über die Tafel hat laufen lassen."

„Hör auf! Ich fange langsam an, mein Leben zu hassen."

„Du warst so sauer, dass du dich darauf konzentriert hast, es dem Typen heimzuzahlen, erinnerst du dich? Das hast du selbst gesagt. Also was ist passiert?"

Vickie grinste. „Er hat ein Tor für die falsche Mannschaft angezeigt. Deswegen haben sie den Titel verloren."

„Damit schließe ich meine Beweisführung."

„Genau", meinte Mel. „Ich finde, eine Menge seltsamer und – entschuldige meine Offenheit, Süße – alberner Dinge sind in deiner Umgebung passiert. Ich bin vielleicht die Hälfte der Zeit auf dem Internat gewesen, aber selbst ich erinnere mich an ein paar echte Hammer."

Vickie verschränkte die Arme. „Stimmt überhaupt nicht."

„Aber ja", sagte Mel. „Cheerleader, Footballspiel zu Thanksgiving, zehnte Klasse."

„Diese egozentrischen Snobs haben ziemlich miese Dinge über dich gesagt, Mel."

„Haben sie das? Und du hast mich verteidigt? Du bist so süß."

Vickie verdrehte die Augen. „Ich habe überhaupt nichts gemacht."

„Ja, sicher", erwiderte Mel. „Wir haben in der ersten Reihe gestanden, und die Cheerleader hatten direkt vor uns eine Pyramide gebaut. Du hast auf sie gezeigt und gesagt: ‚Geratet ins Wallen, schon werdet ihr fallen', und sie sind tatsächlich gefallen!"

„Ich wollte nicht, dass sie auf uns draufstürzen."

Mel schmunzelte. „Wieso hast du gewusst, dass sie das Gleichgewicht verlieren?"

„Wieso kannst du dich daran erinnern, was ich gesagt habe?"

„Dein Reim war so fürchterlich."

„Ehrlich?" Vickie grinste, dann wurde sie ernst. „Hey, sie sind ins Schwanken geraten. Wirklich. Ich kann mich noch genau daran erinnern, wie froh ich war, dass das Gras weich war, weil ich wusste … was überhaupt nichts beweist."

„Es beweist magisches Wunschdenken", stellte Kira fest.

„Magie?", hakte Mel nach. „Dann warst du das, Kira?"

„Nein. Was Hexerei angeht, bin ich ein Spätzünder. Ich habe auch keinen Windstoß herbeigezaubert, der unsere Examensarbeiten im fünften Stock von der Fensterbank gefegt hat, weil ich am Abend vor der Prüfung in den Liebesroman meiner Mutter vertieft war, anstatt fürs Examen zu lernen."

Mel streckte beide Daumen in die Luft, und Vickie lachte.

„Das stimmt, Vic, und du allein steckst dahinter", beharrte Kira. „Für die Welt der Hexerei bist du eine tickende Zeitbombe."

„Siehst du", sagte Mel und stand auf. „Und ich dachte immer, sie sei eine tickende Zeitbombe für die normale Welt."

„Danke, Mädels. Ich bin so froh, dass ich euch zur Galapremiere eingeladen habe."

Kira schnüffelte an dem Räucherstäbchen. „Vic, du solltest dich mit der Tatsache anfreunden, dass du Zauberkräfte besitzt, und lieber lernen, sie zu beherrschen."

Vickie wurde wütend. „Das waren alles nur Launen des Schicksals oder einfach purer Zufall. *Du*, Kira, Liebste, wirst dich damit anfreunden müssen, dass ich nicht zaubern kann."

„Aber du besitzt ein Einhorn", entgegnete Mel. „Lass es schätzen, find heraus, was es wert ist." Sie stand auf, weil das Baby schrie. „Zumindest für die Versicherung."

Eine Versicherung? Na toll, dachte Vickie. Noch eine Ausgabe, die sie sich überhaupt nicht leisten konnte. Aber wenn das Einhorn etwas wert war, würde es vielleicht Kunden anlocken, was dazu beitragen konnte, Omas Rechnungen zu bezahlen.

Vickie folgte Kira die Treppe hinunter.

„Mel", sagte Vickie und nahm ihr die kleine Jessica ab. „Wo zum Teufel kann man ein Einhorn schätzen lassen?"

Drei

CAPERGLEN, SCHOTTLAND

„Es muss Freitag sein, wenn der Einsiedler MacKenzie sich herablässt, seine schicke Höhle zu verlassen, um sich in der Glotze die Antiquitäten anzusehen." Old Angus knallte sein Schnapsglas so hart auf den Tisch, dass mehrere der anderen Männer vor Schreck ihr Bier verschütteten.

„Genau so ist es", erwiderte Rory MacKenzie, ließ die Tür hinter sich zufallen und ignorierte den betrunkenen Ritter des Heiligen Sterns … wobei der „Stern" die immer in vollem Ornat auftretende Organisation war, die vor mehr als einem Jahrhundert den Einheimischen geholfen hatte, das Trinken zu einer Angelegenheit der Burg zu machen.

„Schaltest du den Fernseher ein, Liam?", bat Rory.

„Vergiss es, verdammt noch mal!", schnauzte Angus. „Drummonds Einhorn liegt auf dem Meeresgrund. Es mag ja der Fluch *deiner* Familie sein, aber es sind *unsere* Familien, die darunter leiden." Ein weiterer Schluck schottischen Whiskys brachte den abergläubischen Trottel zum Schweigen.

Der Fluch der MacKenzies, dachte Rory. Er würde sich eher die Zunge abbeißen, als darüber zu reden. Schon unheimlich, wie sehr sein ‚verrücktes' jahrelanges Bemühen, ihn zu beenden, in der letzten Zeit neue Nahrung bekommen hatten. Er kratzte seinen zerzausten Bart und kletterte auf seinen Stammplatz an der Bar. „Du bist heute Abend ja selten gut drauf, Angus. Hast wohl ein bisschen zu früh zur Flasche gegriffen?"

Angus füllte sein Glas nach. „Verdammter Einsiedler. Du bist genauso verrückt wie der alte Drummond", brummte er.

„Ach, lass deine schlechte Laune woanders aus und sieh zu, dass du nüchtern wirst, du alter Schwätzer", brummte Rory. „Ich bin hier, um fernzusehen, und nicht, um mir dein Geschwätz anzuhören."

In der Zeit vor dem Fluch, so die Überlieferung durch Angus und seinesgleichen, strömten Besucher aus der ganzen Welt nach Caperglen, um auf Drummond MacKenzies *Unsterblichem Klassischem Karussell* zu fahren. Aus diesem Grund ging es dem Dorf gut … bis Drummond seine Verlobung mit der vermeintlichen Hexe Lili Lockhardt löste.

Danach ging Lili nach Amerika. Drummond zerstörte den Zauber des Karussells – und damit den Wohlstand des Ortes –, indem er die Figuren, die jeweils für ein Sternzeichen standen, auseinanderriss und das Wassermann-Einhorn an Lili schickte. Die Dorfbewohner behaupteten, Drummond sei verhext gewesen, und nun müssten sie unter seinem Fluch leiden.

Wie auch immer – das Einhorn, Caperglens Wohlstand und Drummonds Glück blieben für immer verschwunden. Der *Unsterbliche Klassiker* rottete in einem Gartenhäuschen auf dem Besitz der Familie vor sich hin. Und die MacKenzies wurden zu Außenseitern, von einem Tag auf den anderen.

Rorys Großvater, ein weiterer in einer langen Reihe von Karussellbauern, hatte dann irgendwann nach Drummonds Originalplänen ein Einhorn geschnitzt und das Karussell repariert, aber es war ihm nicht gelungen, es wieder aufleben zu lassen. Die Legende besagte, dass nur Drummonds ursprüngliches Einhorn den *Unsterblichen Klassiker* und Caperglen wieder zu neuem Leben erwecken konnte.

Rory träumte davon, den Fluch rückgängig zu machen. Auch wenn das ziemlich verrückt war. Vor kurzer Zeit hatte er sogar von dem Karussell geträumt – Musik, Spaß, helle Lichter –, es drehte sich unter dem blauen Himmel, und er selbst stand daneben und küsste eine Frau.

Ja, sicher, und vielleicht würde er tatsächlich einmal Zeit für eine Frau haben, falls er das Einhorn jemals fand.

Vielleicht lag es an seinen Träumen, dass er plötzlich einen solchen Eifer an den Tag legte. Oder umgekehrt.

„Verrückt und verflucht", murmelte Angus.

„Scheint so", erwiderte Rory. „Aber es ist verbürgt, dass das Schiff mit dem Einhorn damals sicher im Hafen von Salem angekommen ist. Ich habe das Logbuch im Internet gefunden."

Angus hielt inne, das Glas fast an den Lippen.

Liam stellte eine Schüssel Kartoffelsuppe vor Rory auf den Tisch.

Nach seinem vierten Bier widmete Rory einem Gespräch über Golf, das am Nebentisch geführt wurde, mehr Aufmerksamkeit als den Antiquitäten im Fernsehen.

„Rory!", rief Liam. „Sieh mal, ein Einhorn!"

In der Hütte wurde es still, und Rory verschluckte sich an seiner Kartoffelsuppe, denn in der Antiquitätenshow tauchte eine Frau auf, die genauso aussah wie die Frau in seinen Träumen, und sie erhob frech Anspruch auf das Karussell-Einhorn mit dem Zeichen des Wassermanns auf der Stirn.

„Ist das *unser* Einhorn?", fragte Angus, der auf einen Schlag vollkommen nüchtern war.

Ihr Name war Victoria Cartwright. Ihr Einhorn gehörte ihrer Vorfahrin, die es vor mehr als einem Jahrhundert aus der alten Heimat mitgebracht hatte – alles Beweise, die Rorys Kumpanen für einen Lynchmord absolut ausreichten. Seine Stimmung verdüsterte sich, und er wurde genauso wütend wie die anderen. Auch wenn sie keinen Beweis hatten und ihr hirnloses Brüllen überhaupt keinen Sinn machte, passte die allgemeine Empörung zu seiner Stimmung. „Sie hat unser Einhorn gestohlen!" – „Macht sie einen Kopf kürzer!"

„Scht!", zischte Rory, um die anderen zum Schweigen zu bringen.

Die Frau lud gerade alle Zuschauer ein, in ihren Antiquitätenladen *Unsterbliche Klassiker* an der Pickering Wharf in Salem, Massachusetts zu kommen und sich das Einhorn anzusehen.

„Warum schaltet sie nicht einfach eine Anzeige?", bemerkte Liam.

Rory hob eine Hand. „Ihr Geschäft heißt genauso wie das Karussell, habt ihr gehört?"

„Schon eigenartig, seinen Laden *Unsterbliche Klassiker* zu nennen", meinte der Karussellexperte, „da die ganze Machart dieser Figur darauf hindeutet, dass sie von dem Schotten geschnitzt worden sein könnte, dessen Sternzeichen-Karussell ihm 1867 auf der Weltausstellung in Paris weltweite Anerkennung eingebracht hat."

Im Gegensatz zu der Freude der Frau zog sich Rory das Herz zusammen. Konnten Flüche von Generation zu Generation vererbt werden wie blaue Augen oder braune Haare? Wenn ja, würde er Victoria Cartwright mit einem schottischen Zweihandschwert, das durch die jahrzehntelange Verbitterung der Dorfbewohner scharf geschliffen war, den Schatz von Caperglen wieder abringen.

„Haben Sie gewusst", fragte der Gutachter, „dass Ihr Laden den Namen eines berühmten Karussells trägt?"

„Nein", erwiderte sie. „Nein, davon habe ich noch nie gehört. Ich habe mir den Namen ausgesucht, weil ich dachte, er passt gut zu den alten Kleidungsstücken, die ich verkaufe und die niemals unmodern werden."

„Aber Sie kommen aus Salem, oder? Der Stadt der Hexerei? Das reicht schon, um mir die Haare zu Berge stehen zu lassen", bemerkte der Kunsthändler. „Ich frage mich, ob Schicksal oder die Magie Ihnen den Namen eingeflüstert haben."

„Reiner Zufall", entgegnete Victoria Cartwright entschieden. „Aber gute Werbung. Also hat der Schotte, der das *Unsterbliche Klassische Karussell* gebaut hat, auch mein Einhorn geschnitzt? Das ist ja total verrückt!"

„Drummond *könnte* es geschnitzt haben", erwiderte der Mann, „allerdings sind seine Figuren zum letzten Mal um 1880 auf seinem Karussell gesehen worden, glaube ich, seitdem ist kein Sammler jemals über eine von ihnen gestolpert. Es wird gemeinhin angenommen, dass sie, wie im Laufe der Jahre so viele Karussellfiguren, alle verbrannt sind."

Der Gutachter berührte die Glasaugen des Einhorns, die fein geschnitzte Satteldecke im Schottenmuster, das Zeichen des Wassermanns auf seiner Stirn – jede Einzelheit, die Drummonds Handschrift trug. „Es muss ein Drummond sein", sagte er und sprach damit aus, was Rory dachte.

„Warum?", fragte Victoria.

Rory griff nach seinem Bierkrug. Der Mann bewies einfach zu viel Fachkenntnis, und schon bald würden sich Händler und Sammler auf das seltene Stück stürzen, noch bevor Rory es nach Caperglen holen konnte.

„Bis ins späte 19. Jahrhundert hinein war die astrologische Magie eng mit dem Okkulten verbunden", erklärte der Gutachter. „Daher kenne ich nur einen Karussellbauer, der es Mitte des Jahrhunderts gewagt hat, astrologische Zeichen einzusetzen. Aber wie ich schon sagte, keins von Drummonds Werken ist jemals bei einer Auktion aufgetaucht. Nirgendwo."

Der Karussellliebhaber deutete mit dem Kopf in Richtung des Einhorns. „Wie dem auch sei, dieses Exemplar sieht aus wie ein Original. Ohne genau zu wissen, ob es ein Drummond ist, aber aufgrund seines Alters, seines Zustands und seiner Patina, seiner seltenen astrologischen Anspielungen und wegen der echten Halbedelsteine im Zaumzeug würde ich einen Preis von einhundertundfünfzig- bis zweihunderttausend Dollar ansetzen. Falls wir beweisen können, dass es ein echter Drummond ist, können wir diese Summe problemlos verdoppeln. Auf Auktionen sind nach oben keine Grenzen gesetzt."

„Ich würde es niemals verkaufen", sagte die Frau. „Es ist ein Familienerbstück."

Rory stöhnte. In diesem Punkt waren sie sich einig, nur mit dem Unterschied, dass es ein Erbstück *seiner* Familie war. Ihre Unnachgiebigkeit war ein klassischer Fall von: Es gibt eine gute Nachricht und eine schlechte Nachricht. Das Einhorn zurückzuholen stellte eine genauso große Herausforderung dar, wie es überhaupt gefunden zu haben, dachte er. Aber bei ihrer Entschiedenheit bestand die Chance, dass es sich noch in ihrem Besitz befand, wenn er nach Amerika kam. Der Einsiedler in ihm erschauderte bei diesem Gedanken.

„Bei tiefer gehenden Recherchen", meinte der Gutachter, „könnte sich Ihr Einhorn noch als nationales Kulturgut erweisen."

Liam schaltete den Fernseher aus.

„Es ist unser Einhorn", stellte Angus fest, und er sah Rory genauso erwartungsvoll an wie alle anderen.

Seit über einem Jahrhundert war er näher an dem Einhorn dran als jeder andere MacKenzie zuvor, und Himmelherrgott, Rory würde Caperglen oder den Namen der MacKenzies nicht noch einmal beschmutzen. Er kippte den Rest seines Biers hinunter und knallte seinen Krug auf die polierte Mahagonitheke. „Ich werde es zurückholen!"

Lauter Jubel folgte ihm und erwärmte sein Herz, als er die Kneipe verließ und die Straße hinunter zum Anwesen der MacKenzies ging.

Wenn Drummond Rory MacKenzie Victoria Cartwrights Einhorn geschnitzt hat, befand sich unter dem Sattel ein Geheimfach. Und wenn er dieses Fach fand, war dieses Einhorn *sein* nationales Kulturgut und nicht das von Victoria Cartwright.

Vier

„DANKE, DASS DU das machst, Mel“, sagte Vickie und hielt die Leiter, während Mel hinaufstieg, um die Halloween-Dekoration vom Dachboden zu holen. „Ich fühle mich auf Leitern nicht besonders wohl.“

„Diese ist ein bisschen wackelig“, sagte Mel. „Du solltest dir eine neue zulegen. Wo soll die Kiste noch sein?“

„Keine Ahnung. Meine Oma ist sonst immer raufgestiegen.“

„Ich habe … Ach, hier ist ja alles.“ Mel kam mit einer Kiste herunter, die so groß war, dass sie sie kaum umfassen konnte, und Vickie bekam sofort ein schlechtes Gewissen, dass ihre Großmutter das immer gemacht hatte.

„Gott sei Dank ist sie nicht schwer.“ Mel stellte die Kiste auf den Tisch. „Und der hier steckte zwischen den Dielenbrettern. Sieht genauso aus wie der Umschlag, den wir an dem Einhorn gefunden haben, oder?“

„Meine Güte“, sagte Vickie. „Oma hat ihn in all den Jahren nie bemerkt?“

„Na ja, die Sonne schien gerade drauf, und die Spuren von den Mäusezähnen sehen ziemlich frisch aus. Vielleicht hat er vorher gar nicht herausgeragt? Glaubst du, Lili hat ihn dahin gesteckt, damit du ihn findest?“

„Das wäre ein beunruhigender Gedanke.“

„Das Einhorn und die Hohepriesterin findest du ja auch nicht beunruhigend."

„Mein Gott, hast du eine Ahnung. Ich habe immer noch Albträume."

Mel lächelte. „Vielleicht hilft dir das, Lilis Zauber zu beenden."

Vickie stöhnte. „Wer braucht schon Feinde, wenn er solche Freunde hat wie dich?"

„Ach, hör auf zu meckern und mach ihn auf!"

„Das habe ich irgendwo schon mal gehört." Vickie kam mit dem Briefumschlag ans Fenster. „Es ist noch eine Tarotkarte – der *Einsiedler*. Siehst du? Lili will mir damit sagen, dass ich da allein durch muss."

„Da wir gerade drüber reden, zwischen den Zeilen zu lesen ...", sagte Mel. „Ich habe, nachdem du sie gefunden hattest, eine Menge über die *Hohepriesterin* gelesen, und sie kann auch bedeuten, dass man sich nicht von der Oberfläche blenden lassen soll. Außerdem habe ich gesehen, dass der *Einsiedler* die *Hohepriesterin* verstärkt."

„So wie die *Hohepriesterin* den *Einsiedler* verstärkt", sagte Vickie. „Ich mache das allein."

„Verdammt", fluchte Mel. „Nein, warte, die Karte des *Einsiedlers* kann auch bedeuten, dass man sich allem öffnet, was kommen könnte."

„Wie zum Beispiel?"

„Keine Ahnung", sagte Mel. „Einsiedlern?"

Vickie lachte. „Was hast du gemacht? Auswendig gelernt, was du gelesen hast?"

„Hast du ein Problem damit? Irgendjemand muss dich ja aus deinem Trott rausholen."

„Okay, ich hab verstanden. Der *Einsiedler* kann also auch dafür stehen, einen klugen Rat anzunehmen. *Klug* wohlgemerkt."

Vickie strich die Karte glatt und versuchte, nicht zu grinsen. „Fällt dir jemand ein, der mich beraten könnte?"

„Ich natürlich, verdammt noch mal."

„Das hatte ich mir schon gedacht. Okay, ich bin bereit, du weise Frau."

„Ich glaube, die beiden Karten zusammen bedeuten, dass du es *nicht* im Alleingang machen sollst", sagte Mel. „Ich verstehe sie eher als eine Einladung, dich wieder auf eine Beziehung einzulassen."

Vickie grinste. „Okay, ich werde Brock ersetzen."

„Den Schmetterling-Vibrator, den Kira dir geschenkt hat? Du hast ihm einen Namen gegeben? Nein, warte, du hast ihn abgenutzt", johlte Mel. „Obwohl Logan es mag, wenn ich unser vibrierendes Kaninchen raushole."

„Wie bitte?"

„Du weißt schon. Ein Kaninchen für zwei?"

Vickie hielt sich die Ohren zu. „So genau will ich es gar nicht wissen."

Melody lächelte. „Du hast bereits zwei ‚Brocks' auf dem Gewissen, und du flippst aus, nur weil ich …"

„Hör auf! Ich möchte Logan noch in die Augen schauen können, wenn ich ihn das nächste Mal sehe."

Mel kicherte. „Ich sollte dich wieder deinen Kunden schenken."

„Schenk mir lieber eine Amnesie."

„Du brauchst einen Mann."

„Ich brauche eine Gehirnwäsche."

„Okay, ich muss jetzt gehen."

„Nein, warte", sagte Vickie. „Tut mir leid. Es ist nur … ich kenne Logan nun mal, und ich möchte nicht über seinen, du weißt schon … ‚Brock' in Aktion nachdenken."

„In gewisser Weise", meinte Melody, „verstehe ich das."

„Bleib doch noch, bis der nächste Rundfahrtbus kommt. Die Reiseführer preisen gerade das Einhorn, deswegen habe ich jede Stunde einmal den Laden voll. Allein schafft man das nicht."

„Ich wünschte, ich könnte dir helfen wie in alten Zeiten", meinte Mel.

„Danke, aber du hast mein Schild ja gesehen. Ich suche eine Teilzeitkraft. Du hast mit deinem Job und deiner Familie genug zu tun, du Glückliche."

„Ich habe doch gesagt, ich könnte dich mit …"

„Ich habe keine Lust, mit dem Nachbarn vom Schwager von Logans Cousin zu einem Blind Date zu gehen. Wenn ich einen Ritter auf einem weißen Pferd wollte, dann würde ich ihn mir schon selbst suchen."

„Gut", sagte Mel. „Aber *wenn* du einen wolltest, wonach würdest du dann suchen?"

Vickie staubte das Einhorn ab und dachte über die Qualitäten nach, die ihr Traummann haben müsste. „Der Ritter, den ich will, spricht mein Herz an. Er ist zärtlich und freundlich, und wir ticken ähnlich. Er kocht gern, während ich lese. Er mag meine Haare und fegt die Garage. Er küsst so verwegen, dass mir die Knie nachgeben. Er liebt meinen Körper, und ich liebe seinen …" Sie grinste. „Das müsste reichen."

Mel fächelte sich Luft zu. „Das würde ich auch sagen." Sie hob eine Augenbraue. „Dir ist schon klar, dass deine Wünsche sich irgendwie gereimt haben?"

„Eine Marotte."

„Ein Zauber."

„Ach bitte, du klingst schon wie Kira."

„Es könnte ja sein, dass sie recht hat. Du bist ein Naturtalent."

„Nein, ich bin ein hoffnungsloser Fall. Ganz im Gegensatz zu dem Kerl da draußen. Lecker!" Vickie ging näher ans Fenster, um den Fremden mit der strubbeligen Mähne auf der anderen Straßenseite besser sehen zu können. „Sehr sexy. Den können wir nie im Leben in einen Ritter verwandeln."

„Wen?", fragte Mel.

Vickie deutete mit dem Kinn hinüber. „Großer Typ, ein Gesicht wie in Stein gemeißelt, alte Lederjacke, enge Jeans, strammer Hintern. Kommt dir das bekannt vor?"

„Nein", sagte Mel und schüttelte den Kopf. „Aber bei seinem Körperbau, dem wilden Bart und seinem gereizten Blick sieht er aus, als müsse er eigentlich eine Keule tragen. Wow, er checkt dich doch tatsächlich ab, Vic."

„Ja", erwiderte Vickie. „Neandertaler machen so was."

Rory MacKenzie stand am anderen Ende der Welt in einer geschäftigen Stadt der Hexen, Vampire und Zauberei gegenüber von Victoria Cartwrights Laden *Unsterbliche Klassiker*.

Er sah durch das Fenster und hatte eine Vision – eine Zauberin wie aus einem Traum – neben dem von einer gläsernen Haube geschützten Beweis für die Schande seiner Familie – so hoffte er zumindest.

Als hätte sie sein Interesse bemerkt, erwiderte die Frau seinen abschätzenden Blick durch eines der bleiverglasten Erkerfenster des viktorianischen Holzhauses, das in der Farbe von frischem Heidekraut gestrichen war.

Sie war viel zu schnell wieder verschwunden, doch eine Minute später kam sie aus der Tür und lehnte sich an das von Kürbissen gesäumte Geländer der Veranda. Die frische Brise, die vom Hafen herüberwehte, ihr schönes, langes Haar zerzauste und ihr altertümliches Kleid und ihr lilafarbenes Schultertuch ganz eng um ihre atemberaubende Figur zog, schien sie gar nicht zu bemerken. Ihre Absätze waren hoch, ihre Schuhe lila und ihr Blick sehr direkt.

Rory hob das Kinn und erwiderte ihren Blick, während er die Straße überquerte. Wenn das Lili Lockhardts Urenkelin war, konnte er dem alten Drummond förmlich nachfühlen, dass er schwach geworden war. Unwillkürlich beschleunigte er seinen Schritt und stand im nächsten Moment vor der untersten Stufe der Veranda.

„Miss Cartwright", sagte er und nickte kurz mit dem Kopf, während er sich auf alle möglichen Unverschämtheiten gefasst machte, die sie ihm an den Kopf werfen könnte.

Sie versteifte sich etwas bei seinen Worten, zögerte, warf sich das eine Ende ihres Tuchs über die Schulter und legte eine Hand auf ihr Herz. *Um sich zu beruhigen oder um sich zu schützen? Vor ihm?*

„Victoria", korrigierte sie ihn leise und scheu.

Beim Klang ihrer Stimme bekam Rory einen trockenen Mund, und ihm schwirrte plötzlich der Kopf. Unsicher zupfte er an seinem Bart. Dann räusperte er sich. „Victoria …"

Das Schweigen hielt schon viel zu lange an. „In der Antiquitätenshow haben Sie aber besser im Futter gestanden", sagte er schnell.

Victoria erstarrte, straffte die Schultern und wandte sich ab.

„Rory MacKenzie", stellte er sich vor, während er hinter ihr die Stufen hinaufstieg. „Einsiedler aus Überzeugung."

Victoria stolperte auf die Terrasse, fing sich wieder und blickte ihn finster an.

Er zuckte mit den Schultern. „Leicht eingerostete Manieren könnte man das wohl nennen."

„Stimmt!" Sie betrat den Laden und ließ die Tür vor seiner Nase zufallen.

Rory entdeckte ein Schild hinter der Scheibe.

ZIMMER ZU VERMIETEN
und
BUCHHALTER/HAUSMEISTER GESUCHT.
BITTE IM LADEN MELDEN.

Trotz einer unguten Vorahnung trat er erwartungsvoll ein. Nicht nur wegen der Aussicht, das Einhorn in die Hände zu bekommen, sondern auch ziemlich fassungslos wegen des Reizes, den die hitzköpfige Torwächterin, die ihm noch den Weg zu seinem eigentlichen Ziel versperrte, auf ihn ausübte.

Abgesehen von der Halloween-Dekoration und dem Duft nach Zimt, hätte ihr Laden genauso gut ein lichtdurchfluteter Dachboden sein können, mit all den Truhen voller Kleidung und Schuhe und den Regalen mit farbigen Glasböden, durch die das Tageslicht Regenbögen auf kunstvolle Knöpfe, Schmetterlinge und Butterfässer warf.

Er sah Sterne – in Windspielen, auf astrologischen Tafeln und Ähnlichem. Da waren Spiegel, die auf einem Regal aufgereiht waren wie Teller in einem Küchenschrank, und zwar so hoch, dass sie nichts anderes als Schatten und sich selbst reflektieren konnten. *Rauch und Spiegel,* dachte er. *Illusionen.*

Die Besitzerin hatte viele Kunden, auch wenn sie davon wahrscheinlich nicht reich wurde.

Wie ein Igel durch dorniges Dickicht bahnte Rory sich einen Weg durch ein etwas verstaubt wirkendes Labyrinth aus Kleiderständern und Erinnerungsstücken, während er auf das Einhorn und seine momentane Besitzerin zusteuerte.

Als er auf der anderen Seite daraus wieder auftauchte, war Victoria gerade dabei, ein Foto von einer dunkelhaarigen Frau zu machen, die er zu kennen glaubte. Victoria blickte von der Kamera auf und musterte ihn von oben bis unten, als stünde er in einer Vitrine mit einem Preisschild an den Lenden.

„Also, wie war er?", fragte die Dunkelhaarige und deutete mit dem Kopf in Rorys Richtung, als erwartete sie eine Bewertung seiner Fähigkeiten im Bett.

„Das Gegenteil von einem Ritter", sagte Victoria. „Es fängt mit ‚A' an und endet mit ‚loch'."

Rory zuckte zusammen.

„Schade", meinte die Dunkelhaarige. „Was ist passiert?"

„Rotbart hat gesagt, ich sei fett."

„Wer, der Neandertaler?"

„Hab ich überhaupt nicht!", widersprach Rory, obwohl er befürchtete, es vielleicht doch gesagt zu haben. „Abgesehen davon mag ich Frauen mit Fleisch auf den Knochen. Und wer ist ein Neandertaler?"

Seine Erwiderung machte Victoria noch wütender. Sie warf ihm einen so vernichtenden Blick zu, dass er sich weniger willkommen fühlte als das Ungeheuer von Loch Ness.

„Mein Bart ist genauso braun, wie es die Haare auf meinem Kopf sind, und nicht rot. Außerdem habe ich gesagt, dass sie schlanker sind, als ich erwartet habe."

„Schlanker, aber nicht schlank." Victoria hob ihr Kinn. „Sie scheinen sich mit meiner Figur ja eingehend beschäftigt zu haben."

„Ja, das könnte man so sagen." Rory forderte sie heraus, indem er sie noch einmal ausgiebig musterte, so wie sie es bei ihm getan hatte.

„Hören Sie auf damit", schnauzte Victoria ihn ungehalten an und warf ihm einen finsteren Blick zu.

„Manche Dinge lassen sich nicht ändern, und das ist auch gut so", erklärte Rory, versuchte zu grinsen und hatte das Gefühl, als habe er stattdessen nur eine Fratze gezogen. Er musste unbedingt einen Spiegel finden, um sich davon zu überzeugen, dass er noch lächeln konnte. Auf jeden Fall war es ihm nicht gelungen, sie zu bezaubern. „Die inneren Werte zählen, wissen Sie. Nicht die Karosserie."

„Ich bin doch kein Auto", blaffte Victoria ihn an. „Was wollen Sie?"

Rory runzelte die Stirn – es war ein Ausdruck, den er schon lange perfekt beherrschte. „Sind Sie eigentlich zu allen Ihren Kunden so unfreundlich?"

Victoria bemerkte, dass einige von denen sie gespannt ansahen. „Meine Kunden sind niemals unfreundlich, im Gegensatz zu Ihnen", sagte sie laut genug, dass es alle Anwesenden hören konnten. Die ergriffen sofort Partei für sie und straften ihn mit geringschätzigem Schweigen, was ihnen hervorragend gelang.

„Ich wollte mir gern das Einhorn ansehen", erklärte er und stellte seinen Rucksack auf die Dielenbretter.

Die Brünette trat wie eine Mediatorin zwischen die beiden. „Hi, ich bin Melody Seabright, eine Freundin von Vickie."

„Ach, Sie sind die Küchenhexe", stellte Rory fest.

„Genau!" Melody Seabright strahlte über das ganze Gesicht.

„Jetzt weiß ich auch, warum Sie mir so bekannt vorkommen. Da begegne ich gleich an meinem ersten Tag in den USA einem amerikanischen Fernsehstar! So was soll's geben. Wie geht es Ihnen, Miss Seabright?"

„Gut, danke, und bitte nennen Sie mich Melody."

„Ich bin Rory MacKenzie. Rory. Aus Schottland. Mir hat die Folge gut gefallen, in der die Bienen Ihre Küche in Beschlag genommen haben." Er wandte sich an die Einhorn-Diebin, die ihn mit gerunzelter Stirn beobachtete. Ihre Augen waren so groß und strahlend wie die ockerfarbenen Murmeln, die Drummond als Augen für seine Karussellfiguren benutzt hatte. „Waren Sie nicht auch in der Sendung, Victoria?"

Er hatte sie überrascht oder zu Tode erschreckt, vielleicht auch besänftigt. Schwer zu sagen, was es war.

„Habe ich da auch ausgesehen, als stünde ich besser im Futter?“, fragte sie mit eisiger Schärfe.

„Sie haben … traumhaft ausgesehen.“ Rory entschloss sich, die Wahrheit zu sagen, weil er an das Einhorn herankommen wollte und nicht, um Victoria Cartwright lächeln zu sehen, was im Prinzip auf dasselbe hinauslief, denn sie lächelte nicht.

Die berühmte Küchenhexe schaute von einem zum anderen und deutete dann auf die Straße. „Als wir sie da draußen entdeckt haben, sah es so aus, als wäre Victorias Wunsch wahr geworden.“

Victoria versuchte zu widersprechen, aber Melody schüttelte den Kopf. „Beweist mir das Gegenteil, alle beide. Rory, sind Sie verheiratet?“

„Nein.“

„Das wundert mich nicht“, bemerkte Victoria, um ihn zu verletzen.

„Ist das denn eine Voraussetzung, um Ihren Laden betreten zu dürfen?“

Mel kicherte. „Wohl kaum. Sind Sie zufällig ein Ritter von einer der berühmten schottischen Burgen?“

„Aber klar“, erwiderte er und hoffte, dass sein Bart seine Verblüffung verbarg. „Ich bin Ritter des Heiligen Sterns, unten in der Hütte, wo ich gern hingehe und fernsehe.“

„Das reicht völlig“, meinte Melody, „auch wenn Sie kein weißes Pferd haben.“

„Aber ich habe ein weißes Pferd. Ich habe sogar mehrere. Ich verdiene meinen Lebensunterhalt mit dem Schnitzen von Karussellpferden, deshalb ist mir das Einhorn ja auch aufgefallen.“ Das entsprach im weitesten Sinne der Wahrheit. „Victoria“, fuhr Rory fort und verbeugte sich. „Mein Holzpferd steht Ihnen zur Verfügung.“

An ihrem Stöhnen merkte er, dass auch sein vorlauter Witz

nicht dazu beigetragen hatte, sie zu bezaubern. Im Gegenteil, er hatte sie eher verärgert.

„Danke“, blaffte sie, „aber Holzpferde machen wesentlich mehr Ärger, als sie es wert sind.“

Fünf

„SAGEN SIE DAS nicht, bevor Sie nicht auf einem gesessen haben“, entgegnete Rory. „Manche Holzpferde sind von bestechender Schönheit, und man sollte zumindest einmal einen anständigen … Ritt … auf ihnen ausprobiert haben, bevor man sich für oder gegen sie entscheidet.“

Melody verschluckte sich fast vor Lachen. „Ich würde gern noch mehr hören, aber ich muss leider los.“

„Bitte nicht“, flehte Victoria, die nicht in der Lage war, ihre Unruhe zu unterdrücken.

Die Küchenhexe umarmte ihre Freundin und ging zur Tür. „Mr MacKenzie“, sagte sie, blieb an der Tür stehen und drehte sich noch einmal um. „Kochen Sie gern?“

„Ja“, antwortete er. „Ich habe sogar Talent dazu, wenn ich auch nicht so gut bin wie Sie. Wollen Sie ein Haggis kochen?“

„Dann koch doch gleich sein Pferd mit, wenn du schon mal dabei bist“, murmelte Victoria etwas zu laut.

„Wir tauschen mal Rezepte aus“, sagte die Küchenhexe zu ihm. „Freut mich, Sie kennengelernt zu haben.“ Sie wandte sich an Victoria. „Lies die Karte in deiner Tasche noch mal und pass auf, was du reimst.“ Sie zwinkerte ihr aufmunternd zu. „Glückwunsch, dass du deine Sache vielleicht richtig machst.“ Schwungvoll wandte sie sich zum Gehen.

„Ich will nichts richtig machen", rief Victoria ihr nach. „Dazu habe ich gar keine Zeit."

„Du hast Angst!", rief Melody ihr über die Schulter zu. „Probier zur Abwechslung doch mal was Neues aus."

Geradezu panisch eilte Victoria ihrer Freundin nach und gab dabei zum ersten Mal den Blick auf das Einhorn frei.

Zu seiner Bestürzung stellte Rory fest, dass die Satteldecke nicht im MacKenzie-Muster gemalt war. Er hatte gehofft, dass man die Farben des Schottenmusters im Fernsehen nicht richtig hatte erkennen können, aber die Streifen waren tatsächlich aquamarin und mintgrün und nicht marineblau und smaragdgrün. Das war noch nicht mal eine *alte* Version des Familienmusters. Er musste versuchen, etwas im Internet zu finden oder Liam ein Foto zu mailen, damit der versuchen konnte, etwas herauszubekommen, auch wenn die Bemalung möglicherweise nicht original war. Es konnte ja auch sein, dass das Schottenmuster überpinselt worden war.

Es war immer noch möglich, dass es Drummonds Einhorn war. Aber wie sollte er nach dem versteckten Fach suchen? Das Einhorn war eingeschlossen.

„Wie finden Sie es?", fragte Victoria, als sie zurückkam.

„Es ist umwerfend", erwiderte Rory, der von der Karussellfigur genauso gefangen war wie von der bezaubernden Frau, die das Einhorn für sich beanspruchte. „Es ist einfach toll."

Victorias Ärger verflog, und er nahm an, es lag daran, dass sie seine Begeisterung sah. „Wunderschön und makellos", sagte sie. „Ja. Ich habe mich sofort Hals über Kopf in ihn verliebt."

In ihrem ganzen Gesicht spiegelte sich ihre Bewunderung für das Einhorn, und Rory konnte den Blick kaum von ihr abwenden.

„Warum glauben Sie, dass es ein Er ist?"

Victoria hob das Kinn. „Er ist attraktiv und hat ein schönes … Horn."

Die Luft zwischen ihnen knisterte, als sich ihre Blicke trafen, und Victoria wurde knallrot, während sich Rorys Kehle zuzog.

„Ja, aber Hörner sind wie Holzpferde", sagte Rory etwas ermutigt durch ihre roten Wangen. „Man kann sich erst dann ein Urteil über sie erlauben, wenn man sie getestet hat."

Victoria nahm die Schultern zurück, wobei ihre Katzenaugen genauso stechend wirkten wie der zeremonielle Dolch, den er an seinem Kilt trug.

Rory konnte die Spitzen fast spüren. „Wie viele Männer kennen Sie, die Lilien um den Hals tragen?", fragte er.

Für den Bruchteil einer Sekunde war Victoria sprachlos, dann sammelte sie sich wieder. „Das Gebinde ist nur eine Hommage … sie ist dort von der Lady seines Herzens platziert worden", erklärte Victoria, „für … Taten von großer Bedeutung."

„Sie haben gewonnen, obwohl ich mich frage, was das für Taten sein sollen. Ist Ihnen aufgefallen, dass seine Augen genauso aussehen wie Ihre? So golden wie die Sonne über einem schottischen See, bevor sie darin versinkt."

Victoria schüttelte den Kopf. „Ich denke, dass sie dunkler sind."

„Also haben Sie schon mal einen Sonnenuntergang in Schottland gesehen?"

„Ich … nein, nicht wirklich. Aber ich kann Anspruch auf das Sternzeichen erheben. Ich bin auch Wassermann."

„Ja, und das hieße, Sie sind ein freier Geist, ganz im Gegensatz zu dem Pragmatismus meines Sternzeichens."

„Ein Sternzeichen ohne Manieren."

Rory neigte den Kopf und gab in diesem Punkt nach. Er würde sich nicht noch einmal entschuldigen.

Als Victoria einen Schlüssel in das Schloss des Glaskastens steckte, klingelte das Telefon an der Wand.

Rory ballte die Fäuste, um seine Enttäuschung in den Griff

zu bekommen. Er gab sich geduldig und hörte genug, um zu wissen, dass Victoria gerade ohne jede Probleme ein Angebot für das Einhorn ablehnte. Wenn er nicht aufpasste, würde sie es vor seiner Nase verkaufen. Wie sollte er das nur verhindern?

Victoria fühlte sich nicht besonders wohl dabei zu telefonieren, während ein Kunde im Laden wartete, um ihr eine Frage zu stellen. Rory fiel das Schild an der Ladentür wieder ein. Einen besseren Hausmeister als ihn würde sie niemals finden.

Er musste sich ohnehin ein Zimmer suchen, denn das Einhorn zurückzuholen schien ein wenig mehr Zeit in Anspruch zu nehmen, als er gehofft hatte.

Nach dem Telefongespräch bediente Victoria ihren Kunden und erkundigte sich bei einem anderen, ob er Hilfe brauche, bevor sie wieder zu Rory zurückkehrte. „Sie bewundern ja immer noch mein Einhorn."

„Es ist wirklich von seltener Schönheit", erklärte Rory, der von Victorias traumhafter Schönheit mindestens ebenso gefangen war, auch wenn ihr argwöhnischer Blick ihn wieder an sein eigentliches Vorhaben erinnerte. „Das eben kann nicht das erste Angebot gewesen sein, das Sie bekommen haben", stellte er fest.

Victoria steckte ihren Schlüssel ins Schloss des Glaskastens. „Nein, und die Summen werden immer höher. Sie haben mir noch gar nicht Ihr Sternzeichen verraten", sagte sie, während sie aufschloss.

„Interessieren Sie sich für Astrologie?"

„Nur insoweit, wie ich etwas in Büchern und auf Tafeln lese, die ich zufällig in die Hände bekomme. Aber das Einhorn trägt mein Sternzeichen, also …"

Rory verlor den Faden ihrer Unterhaltung, während er vor das Meisterwerk trat, das möglicherweise in der Lage war, den Ruf seines Dorfes und die Würde seines Familiennamens wiederherzustellen. Er nickte und versuchte, sich an ihre Frage zu erinnern. „Oh, *mein* Sternzeichen. Ich bin Stier."

Victoria warf ihm einen Blick voll selbstgefälliger Zufriedenheit zu. „Das Zeichen des Bullen – entschlossen, stur, eigensinnig."

„Und sinnlich", fügte Rory hinzu. „Alle Stiere sind sinnlich. Haben Sie hier den Geruch von Lilien versprüht, Victoria? Chemikalien sind nicht gut für den Originalanstrich. Und die Sonne auch nicht. Sie sollten das Einhorn nicht so nah ans Fenster stellen."

Victoria holte tief Luft, als habe sie seine Bemerkung getroffen, aber er hätte wetten können, dass es nicht die Schärfe seines Tons gewesen war. Nein, es lag an etwas anderem, dass sie ihn plötzlich viel offener ansah. Sie beobachtete, wie er den Sattel mit dem dahinter zusammengerollten Drachen und die aufgemalte Decke berührte, während er heimlich nach einem Riegel für das versteckte Fach suchte. „Es ist die sinnliche Natur des Stiers, die eine Frau seine schroffe Seite schnell vergessen lässt", erklärte er, um sie von seinen suchenden Fingern abzulenken.

„Vergessen?", sagte sie. „Das glaube ich nicht. Nicht ich! Aber das Lied des Stiers könnte vielleicht helfen. Können Sie singen?"

„Ich weiß nicht", erwiderte Rory. „Ich hatte nie wirklich einen Anlass. Vergeben Sie mir meine eingerosteten Manieren, wenn ich es versuche?"

„Sie meinen Ihre geistlosen Manieren. In diesem Leben nicht mehr, nicht für ein Lied. Allerdings könnten Sie tanzen, damit ich Ihnen verzeihe."

Rory ließ seinen Blick kurz durch den Laden schweifen, um festzustellen, wie sehr er sich zum Affen machte, wenn er ihrem Wunsch folgte. „Ihr Laden ist ja inzwischen leer."

„Im Moment schon", meinte sie.

„Ich verstehe. Okay, sind Stiere dafür bekannt, dass sie genauso gut tanzen können wie singen?"

„Keine Ahnung. Ich will einfach nur, dass Sie einen angemessenen Preis für Ihre Beleidigung zahlen.“

„Mit Entschädigungen habe ich schon so meine Erfahrung gesammelt“, sagte er. „Welchen Tanz möchten Sie denn sehen?“

„Den Ententanz“, sagte sie mit strahlenden Augen und versetzte ihm damit einen herben Schock.

Er zog ein finsteres Gesicht und versuchte, ihr zu widerstehen. „Nie gehört.“

Victoria machte den Glaskasten wieder zu und klemmte ihm dabei fast die Finger. „Der Ententanz ist der Brüller“, sagte sie. „Wie schade.“

Wie sollte er es nur anstellen, dass er in ihrer Nähe bleiben konnte, als ihr Angestellter, vielleicht sogar in ihrem Haus. „Wohnen Sie auch hier?“

„Ja, das Haus hat schon immer unserer Familie gehört. Warum?“

„Es gefällt mir“, erwiderte er. „Und Sie haben ein Zimmer zu vermieten?“

„Nein, nicht für jemanden, der mich beleidigt hat.“

Aber Rory hatte in ihren Augen durchaus Interesse aufblitzen sehen. „Sie wollen es mir also heimzahlen“, stellte er fest. „Aber vielleicht wäre es ganz unterhaltsam mit uns beiden.“

„Das bezweifle ich.“

Ihr Vertrauen zu gewinnen ist gar nicht so einfach, dachte Rory. „Ich setze meine Version des Ententanzes gegen Ihre Version meines Schottentanzes. Sie zeigen mir Ihre und ich zeige Ihnen meinen.“

„Nur in Ihren Träumen, MacKenzie.“

Er durchbohrte sie mit seinem Blick. „Ja, und Sie haben mich schon ganz richtig verstanden, Süße.“

Sechs

VICTORIA WAR SCHOCKIERT, was dazu führte, dass Rory sich fragte, ob sie seine Anspielung auf seine Träume wohl tatsächlich richtig verstanden hatte.

Ihr erstaunter Blick verschmolz mit seinem, und Rory spürte ihre kühlen Lippen. Er kannte das Gefühl der Ruhe und der Sinnlichkeit, sie in seinen Armen zu halten, und er sehnte sich danach, jeden Zentimeter ihres köstlichen Mundes wieder zu erobern.

Wieder zu erobern?

Ja, er war verrückt. Diese Einsicht machte ihn mürrisch, was ihn allerdings auch nicht viel weiter brachte, aber verdammt noch mal, Missmut war ihm nur allzu vertraut. „Was?", fragte er nach einer viel zu langen Zeit auf ihren verwunderten Blick hin. Er hatte nicht mehr die geringste Lust, höflich zu sein.

Trotzdem lächelte Victoria. „Sie haben den Geruch von Lilien wahrgenommen, der das Einhorn umgibt."

„Sie hätten da nichts reinsprühen sollen, wenn Sie nicht wollen …"

„Das ist der Punkt."

„Welcher Punkt?", blaffte Rory. „Ich finde …" Nun, er konnte ihr ja schlecht sagen, wie seltsam er es fand, dass sie die Verkörperung seiner Träume war. „Ich finde … Ihr Verlangen nach einem Holzpferd wesentlich vielsagender als meinen scharfen Geruchssinn. Ich wünschte, Sie würden beim Thema bleiben, Victoria. Von Ihrem Hin und Her wird mir ganz schwindelig."

Wie bescheuert hatte das denn geklungen! Es war nicht seine Anspielung auf die Träume, die sie vielsagend fand, sondern sein verdammter Geruchssinn. Na wunderbar.

Victoria biss sich auf die Unterlippe, konnte aber ein unpassendes Kichern nicht unterdrücken, was seine Laune nicht gerade hob. Niemand hatte zu kichern, wenn er schlechter Laune war.

„Außer uns beiden nimmt niemand den Duft von Lilien hier drin wahr", sagte sie.

Hatte Lili Lockhardt ihre mystische Visitenkarte hinterlassen? „Wie kann es sein, dass niemand sonst einen derart starken Geruch wahrnimmt?"

„Ich weiß es nicht."

Es waren ausgerechnet Lilien, die sie irgendwie verbanden. „Ist das der Rundfahrtbus von Salem, den ich da höre?", fragte Rory, um das Thema zu wechseln.

„Von der Glocke gerettet", sagte Victoria erleichtert, als wäre es ihr gerade gelungen, eine Fallgrube zu umgehen. Sie zitterte etwas und rieb sich die Schultern unter ihrem Tuch.

Rory zog seine abgewetzte Lederjacke aus und legte sie ihr um. Überrascht, aber dankbar nickte sie ihm zu und hielt sie fest. Dann wandte sie sich den hereinströmenden Kunden zu und begrüßte sie, als seien sie alte Freunde. Kein Vergleich zu der Begrüßung, die sie ihm hatte zuteil werden lassen. Fairerweise musste er allerdings zugeben, dass er ihr ja auch das Gefühl gegeben hatte, sie sei zu dick.

Mit den letzten Neuankömmlingen tauchte ein kleiner Junge auf, der höchstens sechzig Zentimeter groß war und einen ausgeleierten Overall trug. Er kletterte in eine Puppenwiege, aus der er aber gleich wieder herausfiel, als die Kufen brachen.

Rory hob ihn auf, obwohl er wie am Spieß brüllte. Doch im nächsten Moment verstummte er, als er ein Stück von Rorys Bart zwischen die Finger bekam und heftig daran zog.

„Autsch, verdammt!“, stieß Rory hervor, und der Kleine kicherte.

Victoria und eine fremde Frau kamen herübergelaufen.

„Ist er okay?“, fragte Victoria.

„Ich werde die Wiege nicht bezahlen“, erklärte die Frau. „Genau genommen sollte ich Sie wegen fahrlässiger Körperverletzung verklagen.“

„Dafür gibt es überhaupt keinen Grund“, entgegnete Rory. „Der Kleine hat sich nur erschrocken, das ist alles. Ich habe gesehen, wie es passiert ist. Er ist aus der Wiege herausgerollt, nicht gefallen. Es ist ein Spielzeug und höchstens dreißig Zentimeter hoch. Victoria, machen Sie ein Foto mit Datum von dem kichernden kleinen Kerl hier und von der Wiege, damit die Fakten festgehalten sind.“

Victoria holte ihre Kamera und machte mehrere Fotos, während der Junge Rorys Barthaare eins nach dem anderen schmerzhaft herausrupfte und jedes Mal laut lachte, wenn Rory zusammenzuckte.

„Ich bin nur eine besorgte Mutter.“

„Genau“, sagte Rory. „Deswegen lassen Sie uns auf Nummer sicher gehen. Gehen Sie mit Victoria, ziehen Sie den Kleinen bis auf die Windeln aus und sehen Sie nach, ob er nicht irgendwo Prellungen hat. Und Sie, Victoria, machen noch ein paar Fotos.“

Zehn Minuten später wollte der Junge wieder auf Rorys Arm.

„Er ist hübsch und ganz schön clever“, sagte Rory, um seiner Mutter zu schmeicheln, während er ihn hochnahm.

Die Frau lächelte ihn an. „Kein Wunder, dass mein Junge so angetan von Ihnen ist.“ Sie küsste den Kleinen und drückte ihn an sich. Dann warf sie Rory einen interessierten Blick zu. „Sie sollten Ihren Akzent in Flaschen abfüllen", meinte sie. „Ich würde alle kaufen."

Rory gab der Frau ihr Kind zurück. Herrgott, er wünschte sich, sein verdammter Akzent würde bei Victoria nur halb so gut ankommen.

Als der Kleine und seine Mutter gingen, waren sie und Victoria Freunde geworden, und auch Rory betrachtete Victoria auf einmal mit anderen Augen.

„Danke", sagte sie. „Ich habe ein Hinweisschild, auf dem steht, dass Eltern für Ihre Kinder haften, aber es funktioniert nicht immer."

Rory besah sich den Schaden an der Wiege. Unter dem Aspekt, dass er gern den Job als Hausmeister bekommen wollte, um den Schlüssel für die Einhorn-Vitrine an sich zu bringen, würde er jetzt mal zeigen, was er draufhatte. So konnte er auch den Schaden wiedergutmachen, den er mit seiner Bemerkung angerichtet hatte, dass sie gut im Futter gestanden habe. „Ich repariere das", erklärte er.

„Machen Sie Witze? Wieso?"

„Sie ist aus Holz. Ich habe Ihnen doch erzählt, dass ich Karussellpferde schnitze … aus Holz."

„Nein, ich meine, warum sollten Sie sich die Zeit dafür nehmen, Sie kennen mich doch gar nicht."

Rory strich mit den Fingern über seinen Bart. „Ich … habe diesen Unfall kommen sehen, und ich hätte ihn eigentlich verhindern müssen. Ich fühle mich verantwortlich. In Caperglen bin ich für meine Holzarbeiten bekannt."

Victoria schüttelte den Kopf. „Ich meine, haben Sie denn heute nichts Besseres zu tun? Müssen Sie nicht noch irgendwo anders hin?"

„Nein, wie ich schon sagte, ich bin hergekommen, um mir das Einhorn anzusehen. Und offen gesagt, Victoria, hatte ich gehofft, das gründlicher tun zu können. Vielleicht bin ich in der Lage herauszufinden, wer es geschnitzt hat."

Ein halbes Dutzend Kunden wartete bereits auf Victoria. „Okay, wunderbar. Sie können das Einhorn genau untersuchen, sobald der Laden geschlossen ist. Reparieren Sie die blöde Wiege. Reparieren Sie alles, was Ihnen in die Finger kommt. Vielleicht graben Sie dabei ja sogar meine Reparaturliste aus." Sie winkte ihn in den Raum, in den sie mit dem kleinen Jungen und seiner Mutter verschwunden war.

Es war ein vollgestopftes Hinterzimmer, wo Leinsamöl, Holzkleber und eine Computertastatur gefährlich nah beieinander standen. Es sah aus, als habe der Blitz eingeschlagen, und er schöpfte Hoffnung, dass hier vielleicht irgendwo ein Ersatzschlüssel für die Vitrine des Einhorns herumlag.

Während er sich etwas Platz machte, entdeckte er auch Victorias Reparaturliste. Sie trug ein Datum von vor zwei Jahren. Außerdem fand er einen Stapel Rechnungen. Einen großen Stapel. Darunter waren auch eine längst überfällige Krankenhausrechnung mit einer erschütternden Summe und eine Riesenrechnung für einen Leichenschmaus und eine Beerdigung. Offensichtlich hatte Victoria jemanden verloren, der ihr nahegestanden hatte, und das war noch nicht einmal vier Monate her. Genau zu der Zeit, als er begonnen hatte, davon zu träumen, sie auf einem Karussell zu küssen. Schon seltsam!

Es tat ihm leid, dass sie jemanden verloren hatte und dass die Rechnungen noch nicht bezahlt waren. Die Vermietung des Zimmers war wohl ein Hinweis auf ihre finanziellen Probleme. Aber das Einhorn hatte sie trotzdem bisher nicht verkauft. Leider richtete sich ihre Sturheit auch gegen ihn. Ihre Rechnungen wären ein hervorragendes Motiv gewesen, das Einhorn zu verkaufen, aber selbst die konnten sie offenbar nicht ins Wanken bringen.

Eigenwillig und frech trug Victoria ein Kleid, das schon seit Jahren aus der Mode war – um für ihren Secondhandladen zu werben, nahm er an –, aber sie trug es mit so viel Stil und Selbstbewusstsein, als wolle sie einen neuen Trend setzen. Sie schien eine kluge, unabhängige und ein wenig naive Frau des einundzwanzigsten Jahrhunderts zu sein, die in all den Sachen aus vergangenen Zeiten erst aufblühte. Auch andere Menschen ließen sie aufblühen, im Gegensatz zu ihm.

Zufrieden, endlich allein zu sein, reparierte Rory erst die Wiege, ein altes, zusammenlegbares Bücherregal, eine edle Eckvitrine und einen Windsorstuhl und verlor völlig das Zeitgefühl.

Als er einen lauten Knall hörte, rannte er hinaus, bahnte sich seinen Weg durch die Menge und fand Victoria schwankend auf einer alten Holzleiter stehen.

„Sind Sie verrückt?", schnauzte er sie an und hielt sie an der Taille fest. „Sie werden sich da oben noch Ihren hübschen Hals brechen."

Während sie sich krampfhaft an einem Regal festhielt, grinste Victoria Cartwright über das ganze Gesicht. „Sie finden meinen Hals also hübsch?"

Sieben

RORY LIESS SEINEN Blick über die Kunden schweifen, die um Victoria herumstanden. Sie hatten die Arme ausgestreckt, als könnten sie so ihren Sturz auffangen, aber niemand stand nah genug. „Was ist passiert?“, wollte er wissen.

„Ich habe das Bild fallen lassen, das ich mit meinem Schuh aufhängen wollte.“

„Mit Ihrem Schuh?“

„Ein Absatz kann einen wunderbaren Hammer abgeben.“

„Ja klar, aber warum haben Sie nicht mich gerufen?“

„Machen Sie Witze? Sie brauchen einen ganzen Nachmittag, um eine Puppenwiege zu reparieren.“

Rory kratzte sich an der Nase. „Verstehe. Erzählen Sie mir jetzt genau, wie das passiert ist.“

„Als ich versucht habe, nach dem Bild zu greifen, ist die Leiter gekippt und hat meinen Rock erwischt, vorn und hinten. Ich kann mich kaum bewegen. Die verdammten Gardinen sind mir ins Gehege gekommen, was sie jeden Tag tun. Aber ich kann sie nicht abnehmen. Meine Oma hat sie genau so gemocht.“

Mit einem weiteren lauten Knall brach die Vorhangstange und fiel mitsamt den Gardinen vom Fenster, riss dabei ein Schuhregal und eine blaue Gießkanne voller Murmeln mit, sodass sich Hunderte von bunten Glaskugeln wie Ameisen bei einem Picknick über den Boden verteilten.

Ein Kunde hob das Regal wieder auf, ein anderer die Gießkanne. Die restlichen Anwesenden sammelten die Schuhe und die Murmeln ein.

Rory schüttelte den Kopf. „Die Gardine herunterzureißen war nicht die richtige Antwort, Mädel."

„Ich habe nichts angefasst. Oder haben Sie gesehen, dass ich irgendwas angefasst habe? Das hätte ich auch niemals getan. Oma hat diese Gardinen geliebt." Victorias Augen füllten sich mit Tränen.

„Ach, Mädel, nicht doch."

„Ich hänge hier fest", sagte sie. Ihr ging ihre plötzliche Schwäche auf die Nerven.

„Ich dachte, ich hätte Sie reimen hören", sagte er. „Sind Sie sicher, dass das nicht einer Ihrer übermächtigen Wünsche war, von denen Melody gesprochen hat?"

„Sind *Sie* sicher, dass Ihnen niemand in Ihren Genpool gepinkelt hat?"

„Ihr Gequassel geht mir ganz schön auf die Nerven."

Das Regalbrett, an dem Victoria sich festhielt, gab nach und traf Rory am Kopf.

„Verflucht!" Er zuckte zusammen. Dann kletterte er schnell die Leiter hinauf, um Victoria zu packen, da sie ja nun überhaupt keinen Halt mehr hatte.

Während die Sterne vor seinen Augen langsam verblassten, umfasste er Victorias zierliche Taille. Sie war weder dünn noch füllig, sondern perfekt, weich und angenehm zu berühren.

Ein rosa Schimmer stieg von ihrem Hals bis in ihre Wangen, während sie seinen Kopf untersuchte, um die Stelle zu finden, wo ihn das Regal getroffen hatte.

Mit ihren sanften Fingern fuhr sie durch sein Haar, und es

verlockte ihn, sich zu revanchieren – bis sie die Beule fand. Er verkniff es sich zusammenzuzucken, denn er wollte ihre Hände auf seinem Kopf nicht missen.

„Das ist eine ziemlich große Beule, MacKenzie." Sie legte ihre warmen Hände auf die Stelle, und er hätte schwören können, dass er spürte, wie es besser wurde. Er schob seine Daumen von ihrer Taille nach oben, bis sie den unteren Bogen ihrer Brüste berührten.

Victoria erbebte am ganzen Körper. „Mein Rock", flüsterte sie, dann räusperte sie sich. „Er ist eingeklemmt, erinnern Sie sich?"

„Stimmt. Und wo?", fragte Rory, der keine Lust hatte, sie loszulassen.

„In der Leiter."

„Und wo genau?"

„Oh, zweite Stufe von unten vorn rechts und dritte Stufe, vielleicht hinten links. Ich kann mich nicht umdrehen, um nachzusehen. Könnten Sie mich jetzt vielleicht hier runterholen? Ich zerreiße nämlich gerade das Kleid meiner Mutter, egal, in welche Richtung ich mich bewege."

Rory kletterte ein Stückchen weiter hinauf, bis seine Brust ihren Po berührte, eine vollkommen unnötige, aber höchst befriedigende Aktion.

Er war gegenüber dem anderen Geschlecht immun geworden, als er begonnen hatte, sich ganz auf die Suche nach dem Einhorn zu konzentrieren. Aber schon in seinen Träumen hatte Victoria seine Einstellung genau in der Weise verändert, wie sie es jetzt auch in der Realität tat.

Rory sah sich ein wenig besorgt um, ein wenig besorgt, weil er fürchtete, dass er wieder nur träumte. „Ihr Laden hat sich offenbar geleert."

„Aber nur für ein paar Minuten, bis der nächste Tourbus

kommt. Er hält genau vor der Tür." Sie ging etwas in die Knie, um zu sehen, wo die Leiter ihren Rock eingeklemmt hatte. „Ich hänge an diesem Kleid", sagte sie, und ihr Atem an seinem Ohr jagte ihm einen Schauder über den ganzen Körper. „Bitte versuchen Sie, es nicht zu zerreißen."

Rory versuchte, eine Lösung zu finden, aber es kam etwas dazwischen. Er bemerkte, dass ihre Lippen nahe genug waren, um sie zu küssen. Wie würde sie reagieren, wenn er es täte? Das Kitzeln ihres Atems auf seinen Lippen lockte ihn.

Sie seufzte unwillkürlich.

Eine Welle der Lust rollte durch Rorys Körper, und ihm wurde ganz schwindelig. Oder kam das von der Gehirnerschütterung? „Okay", sagte er. „Ich muss die Leiter ein Stück zusammenklappen, um Ihren Rock zu befreien."

„Oh."

„Ich klettere hinunter und klappe sie ein ganz kleines Stück zusammen. Ihr Rock müsste dann eigentlich wieder freikommen. Ich halte Sie fest, damit Sie nicht runterfallen."

„Oh."

„Hat es Ihnen die Sprache verschlagen?"

„Nein."

Rory kletterte hinunter.

Vielleicht waren ihre Antworten ja deshalb so einsilbig, weil seine Nähe sie genauso überwältigte wie ihre ihn.

Um die Leiter ein Stück zusammenzuziehen, auf der sie ja mit ihrem ganzen Gewicht stand, musste er eine Hand gegen ihren festen Po stemmen und jede Menge Kraft aufbringen. Beides gelang ihm.

Als ihr Rock frei war, ließen seine Kräfte nach. Die Leiter klappte wieder auf, und Victoria stürzte direkt in seine wartenden Arme.

Ihr Lächeln ging ihm durch und durch.

Hinter ihnen räusperte sich jemand, und Rory drehte sich mit Victoria auf den Armen überrascht um.

„Logan!“, sagte sie, und Rory fragte sich, ob das ihr Freund war oder, noch schlimmer, ihr Mann. Warum hatte er diese Möglichkeit eigentlich überhaupt nicht in Betracht gezogen?

„Rory“, fuhr Victoria fort. „Das ist Logan Kilgarven, Melodys Mann. Logan, das ist Rory MacKenzie. Gerade aus Schottland angekommen, um sich mein Einhorn anzusehen. Er arbeitet heute Nachmittag als mein Hausmeister.“

„Der ist aber smart, dein Hauswart“, sagte Kilgarven.

„Er hat gereimt“, sagte Rory zu Victoria und setzte sie ab.

„Sind Sie schon oft in den Staaten gewesen?“, erkundigte sich Kilgarven.

„Noch nie, obwohl es überall im Land von mir geschnitzte oder restaurierte Karussellfiguren gibt. Warum?“

„Ihr Akzent klingt für mich nicht echt, und Ihr Sprachmuster verleugnet Ihre Wurzeln.“

Rory strich sich über den Bart. „Ich telefoniere jeden Tag mit Kunden aus der ganzen Welt, kann also meine Rs nicht rollen und meine Gs nicht verschlucken, sonst würde man mich nämlich nicht verstehen.“ Rory streckte ihm die Hand entgegen. „Rory MacKenzie aus Caperglen, Schottland. Zu Ihren Diensten.“

Kilgarven schüttelte die Hand mit einem Kopfnicken, hielt jedoch das Lächeln, auf das Rory wartete, eisern zurück.

Sie traten zur Seite, als eine neue Welle von Kunden in den Laden flutete.

„Mir gefällt die Show Ihrer Frau“, sagte Rory.

„Mir auch“, meinte Kilgarven. „Genauso, wie mir Ihre gerade gefallen hat.“

Melodys Mann war nicht sehr begeistert davon, Victoria in seinen Armen zu sehen.

„Er hat mich gerettet“, sagte Victoria, um ihn in Schutz zu nehmen, und Rory wusste das zu schätzen. Als sie dann ging, um einem Kunden zu helfen, kam er sich irgendwie verlassen vor.

„Dein Ritter auf dem weißen Pferd, ich weiß“, sagte Kilgarven, der Victoria folgte. „Mel hat es mir erzählt.“ Er fuhr sich mit der Hand durchs Haar. „Sie meint, du solltest ihn festhalten.“

„Was?“, fragten Victoria und Rory wie aus einem Mund und ein bisschen zu laut.

„Ich bin nur das Prüfungskomitee“, sagte Kilgarven. „Wenn ich ihn akzeptiere, soll ich vorschlagen, dass er dein Zimmer mieten kann.“

„Das ist absurd“, protestierte Victoria und scheuchte die beiden von den Kunden weg in Richtung Veranda.

„Das ist Mel“, erwiderte Kilgarven. „Ich dachte einfach, du hast es verdient, dass du rechtzeitig gewarnt wirst. Kira ist auch schon zurate gezogen worden, und sie stimmt dem Plan zu.“

Victoria grinste, weil Rory schon wieder symbolisch was auf den Hintern bekam. „Das ist eine ernste Angelegenheit“, sagte sie.

„Das ist eine gefährliche Angelegenheit“, konterte Kilgarven. „Ich denke, es sind die Hormone, zumindest was Mel betrifft. Und Kira ist einfach Kira. Wie auch immer, MacKenzie, gehen wir ein wenig spazieren. Auf die Weise kann ich mir am besten ein Bild machen und meiner Frau einen ausführlichen Bericht liefern. Vickie, sei doch bitte so lieb und ruf Mel an, damit sie Bescheid weiß.“

„Gut, ich werde ihr erzählen, dass du, wie befohlen, meinen Ritter schikanierst.“

„Jetzt warten Sie mal einen Moment“, meldete sich Rory zu Wort. „Es mag ja sein, dass Sie sich einen Ritter auf einem weißen Pferd gewünscht haben, Victoria, aber glauben Sie wirklich, dass ich das bin?“

„Nein. Melody glaubt das. Ich glaube immer noch, dass Sie ein geistloser, ungehobelter Schotte mit mehr Bart als Verstand sind.“

Acht

BEVOR SIE MEL anrief, bediente Vickie noch ihre Kunden, beseitigte das Chaos, das die abstürzenden Gardinen angerichtet hatten, und schielte oft nach draußen, um den etwas steifen Dokumentarfilmer und den langhaarigen schottischen Einsiedler zu beobachten, die immer noch auf ihrer Veranda standen und sich unterhielten.

Ein schottischer Einsiedler, der Himmel möge ihr beistehen. *Offen für Träume*, dachte sie und rieb sich die Arme, während sie den Schotten betrachtete und sich fragte, ob er wohl einen Kilt besaß.

Sie stellte sich vor, wie er einen trug. Oh ja, das konnte funktionieren. Ihre verrücktspielenden Hormone waren jedenfalls davon überzeugt. Rory, der Adonis, nackt unter seinem Kilt. Böses Mädchen. Wenn das so weiterging, würde sie *noch* einen Brock verschleißen.

Das konnte sie doch vergessen. Eher würde sie den Schotten umbringen. Voller Lust? Jetzt mal im Ernst. Außerdem brachte Logan ihn vielleicht schon um, bevor sie dazu kam.

Logan redete, während Rory am Geländer lehnte und mit den Fingern seinen Bart kämmte.

Wenn er mit einer unbequemen Situation konfrontiert wurde, kämmte Rory wahrscheinlich genauso seinen Bart, wie Logan sich mit den Fingern durchs Haar fuhr. Im Augenblick taten sie es beide. Verdammt, sie wünschte, sie könnte sie hören.

Nachdem der letzte Kunde gegangen war, drehte Victoria das Türschild auf „Geschlossen“ und ließ die Tür offen stehen, während sie ganz in der Nähe ein Regal abstaubte. Aber die beiden sprachen viel zu leise, diese Ratten.

Schließlich entspannte sich Logan und lehnte sich, die Hände in den Taschen, ebenfalls an das Geländer. Beide Männer schienen sehr offen, wenn nicht sogar freundschaftlich miteinander umzugehen. Rory hatte es irgendwie geschafft, Logans Wertschätzung zu erringen.

Vickie war sich nicht sicher, ob sie Rory ein Zimmer vermieten sollte. Er hatte es erwähnt, aber das hieß ja nicht unbedingt, dass er es auch tatsächlich wollte.

Sie rief Mel über eine Kurzwahltaste auf ihrem Handy an. „Bist du dir eigentlich im Klaren darüber, was du da machst, du Kupplerin? Du willst, dass ein völlig fremder Schotte in einem Bett schläft, das in meinem Haus steht?“

„Klar“, sagte Mel. „Aber ich dachte, es wäre gemütlicher für ihn, wenn er in deinem Bett schläft. Du könntest Brock in den Ruhestand schicken.“

„Bist du völlig übergeschnappt? Rory ist ein Fremder. Er könnte auch ein Axt-Mörder sein.“

„Rory …? Das kommt dir aber ziemlich leicht über die Lippen. Keine Angst. Ich besorge dir ein Anti-Axt-Mörder-Spray als Betthupferl.“

„Dann kannst du auch gleich noch etwas von diesem fruchtigen Massageöl besorgen.“

„Vic, wenn er eine Axt hat, dann braucht er sie für Holz. Er ist Weltklasse, wenn es ums Schnitzen geht. Logan hat im Internet recherchiert. Er hat Referenzen. Er ist ein sehr angesehener Geschäftsmann. Und was viel wichtiger ist, er ist ein echter

Adonis, der es dir schon angetan hatte, als du noch nicht einmal wusstest, wie er hieß. Außerdem ist er aufgetaucht, nachdem du gerade einen Zauberspruch über einen Ritter auf einem weißen Pferd von dir gegeben hattest."

„Das habe ich überhaupt nicht ..."

„Denk doch mal an die Möglichkeiten", sagte Mel. „Mehr will ich doch gar nicht sagen. Ich wette, dass er voll auf dich abfährt und du völlig scharf bist auf seinen ..."

„Melody Seabright Kilgarven!" Aber allein bei dem Gedanken bekam Vickie tatsächlich weiche Knie, und in ihrem Bauch breitete sich ein Kribbeln aus. Sie erinnerte sich daran, wie Rory auf der Leiter ganz dicht hinter ihr gestanden hatte, sein Körper ganz nah an ihrem, und das Kribbeln wurde noch stärker. Sie erschauerte. „Warum glaubst du eigentlich, dass er ein Zimmer braucht?"

„Er hat eine Reisetasche mit einem Fluganhänger dabei."

„Ich habe keine Tasche gesehen."

„Du hattest ja auch nur Augen für ihn."

„Deine Fantasie könnte man in Hollywood wahrscheinlich gut gebrauchen, Seabright." Aber dann entdeckte Vickie tatsächlich einen abgenutzten Lederrucksack auf dem Boden, ungefähr einen Meter von dem Einhorn entfernt. Sie drehte den Anhänger vom Bostoner Flughafen und las die Angaben darauf. „Rory MacKenzie, Caper Burn Lane 1, Caperglen, Schottland".

„Sag ich doch."

„Du kleines Biest", sagte Vickie. „Nimm das Grinsen aus dem Gesicht."

„Wie kommst du darauf, dass ich grinse?"

„Durch die fünfundzwanzig Jahre Freundschaft, die du mit deinen Kuppeleiversuchen gerade aufs Spiel setzt. Er ist also auf Reisen. Na und? Ich werde ihm kein Zimmer vermieten."

„Ich warne dich", erwiderte Mel. „Nein, ich warne dich

doppelt und dreifach. Geh einmal in deinem verdammten abstinenten Leben ein Risiko ein."

„Autsch! Ich wage andauernd etwas."

„Von wegen. Der Schrank wäre immer noch zu, wenn wir nicht gewesen wären."

„Ja, ja, ja. Vielleicht habe ich einfach keine Lust auf Veränderungen."

„Ohne Scherz, Rapunzel. Schneid dir die Haare ab und spreng den Turm in die Luft. Geh hinaus in die Welt, die ein wenig Angst macht, aber auch ganz schön aufregend ist. Da gibt es einen schottischen Adonis mit einem tollen Körper, der nur darauf wartet, dass du dir nimmst, was du brauchst."

„Vergiss es!", erwiderte Vickie. „Er ist ein *Fremder*!"

„Du bietest kurz vor Halloween in Salem ein Zimmer an. Hast du vielleicht gedacht, du würdest den Vampir kennen, der es mietet?"

Vickie seufzte. „Kann Jess oder ihr Staatsanwalt nicht versuchen, noch ein bisschen mehr über ihn zu erfahren?"

„Du misstrauisches Ding", sagte Mel mit einem Lachen, weil sie wusste, dass sie gewonnen hatte.

„Ich bin nur vorsichtig", korrigierte Vickie sie, während sie sich umdrehte, weil sie ein Geräusch an der Tür hörte. „Und klug."

„Und du brauchst mal wieder Sex."

„Das stimmt nicht. Ich muss Schluss machen." Vickie blieb einfach die Luft weg, als sie den blauäugigen Schotten auf sich zukommen sah.

Er fuhr sich mit dem Handrücken über die Stirn. „Ich bin noch einmal davongekommen, aber es war äußerst knapp. Diese amerikanischen Anzugtypen sind einfach unberechenbar."

„Was? Ein großer Schotte wie Sie hat Angst vor einem …"

„… Hai. Der Typ ist ein Hai."

„Ich wollte *Schmusekatze* sagen. Sie sollten ihn mal erleben, wenn er mit Mel und den Kindern zusammen ist. Man kann ihn dann regelrecht schnurren hören, ich schwöre es."

„Es war ziemlich unangenehm da draußen, und ich habe ihn nur böse brummen hören. Vielleicht ist er eine ganz besondere Art von Hai, wenn er zu Hause nicht …"

„Sie sind ja so ein … Mann." Oh ja, dachte sie. Ein Mann, der seine Muskeln oft benutzt. Zum Teufel, seine Muskeln haben Muskeln.

„Männer haben so ihre Aufgaben."

„Wie zum Beispiel ihre Holzpferde zu trainieren?"

Vickie ignorierte das Bild, das vor ihren Augen entstand, sonst wäre sie dem Adonis von einem Schotten sofort um den Hals gefallen.

„Ich wollte sagen, wir können kaputte Antiquitäten reparieren, aber mir gefällt Ihre Interpretation besser. Kommen Sie." Er führte sie in ihr Hinterzimmer, als würde es ihm gehören.

„Alles fertig?", stammelte sie, schockiert von all der Ordnung und den sorgfältig aufgeschichteten Papieren. „Sie haben alles, was kaputt war, repariert?"

„Ich habe Ihre Liste gefunden."

„Sie haben meine Achillesferse gefunden", sagte sie und bewunderte seine handwerklichen Fähigkeiten.

„Der Rahmen des Bildes, das Sie fallen gelassen haben, braucht nur eine Klammer und ein bisschen Holzkleber", sagte er. „Das ist ganz leicht in Ordnung zu bringen. Und dem Bild ist nichts passiert. Ich habe das Gefühl, dass ich den Künstler kenne, aber ich kann keine Signatur finden, es sei denn, es ist dieses kleine Zeichen da in der Ecke."

Vickie mochte es, wie sein Akzent kräftiger wurde, wenn sie allein waren. So als würde er sich entspannen. „Das ist der Paxton Wharf in Salem im achtzehnten Jahrhundert", erklärte sie. „Gemalt von meiner Ururgroßmutter. Die Paxtons haben das Schiff auf diesem Bild gebaut. Das Schloss im Hintergrund gibt es immer noch, es verrottet auf einer kleinen Insel vor der Küste."

„Ihre Urururgroßmutter war sehr talentiert."

„Ja, aber die Szene strahlt eine Traurigkeit aus, die mich richtig mitnimmt, deshalb gehört es nicht zu meinen Lieblingsbildern von ihr. Es heißt, dass sie einen großen Teil ihres Lebens am Wharf verbracht und darauf gewartet hat, dass ihr Geliebter zu ihr zurückkommt." Vickie mochte diese Geschichte nicht. Sie fühlte sich fast an wie … eine Erinnerung.

„Und ist er gekommen?"

Fasziniert von der Intensität seines Blickes, hatte sie die Frage nicht verstanden. „Wie?"

„Ist er zu ihr zurückgekommen?"

„Nein, sie hat einen Einheimischen geheiratet und von da ab kein schönes Leben mehr gehabt."

Vickie wechselte das Thema. „Ich möchte Sie für Ihre Arbeit bezahlen."

„Nicht nötig, aber gehen Sie vielleicht mit mir essen?"

„Nein, aber Sie können bei mir essen. Das ist das Mindeste, was ich tun kann. Ich habe für jeden Freitagabend eine feste Pizzabestellung. Sie muss jeden Moment kommen."

„Sehr gern."

Vickie hielt ihm das Bild hin. „Würden Sie das als kleine Anerkennung akzeptieren, wenn ich Sie schon nicht bezahlen darf?"

„Können Sie auch noch Gedanken lesen, Victoria?"

Er nahm das Kunstwerk mit sehr viel mehr Freude an als ihre Einladung zum Pizzaessen, dachte Vickie, obwohl er nicht ein einziges Mal gelächelt hatte.

„Danke", sagte er. „Es … spricht zu mir."

„Meine Großmutter hat immer dasselbe empfunden. Wenn

sie hören könnte, dass Sie ihre Gefühle teilen, würde sie sagen, dass das Schicksal es für Sie bestimmt hat."

„Ich glaube nicht an Schicksal", erwiderte der Schotte.

„Ich auch nicht." Vickie zog das Tuch ein wenig enger um die Schultern, weil sie fröstelte.

Neun

RORY HALF IHR, den alten Resopaltisch ihrer Großmutter im Hinterzimmer mit Papptellern und allem anderen, was nötig war, zu decken.

„Ihre Kücheneinrichtung ist ganz schön schräg", bemerkte er, während er mit der Hand über eine Stuhllehne strich.

Mit rotem und grauem Plastik bezogen, hatte jede Rückenlehne in der Mitte eine rote Rose in einem ausgesparten grauen Quadrat, und sowohl die Rose als auch das Quadrat waren mit messingfarbenen Polsternägeln eingefasst.

„Schrill, meinen Sie", sagte Vickie, „aber ultramodern, als meine Großmutter geheiratet hat." Eine Welle der Trauer überflutete sie, während sie den Blick senkte, um eine Flasche Cola zu öffnen.

„Tut mir leid … Ihr Verlust", sagte Rory. „Man merkt, dass Sie sie vermissen."

„Ja, das tue ich, danke. Aber woher wissen Sie das?"

Er zeigte auf den Stapel, den er aus ihren Unterlagen gemacht hatte. „Die Beerdigungsrechnung. Und außerdem haben Sie feuchte Augen bekommen, als Sie von ihr sprachen. Sie müssen sich einsam fühlen, jetzt, wo Sie allein in diesem großen Haus leben."

„Wer sagt denn, dass ich allein lebe?"

„Ich habe Logan gefragt. Ich hatte befürchtet, dass Sie möglicherweise … ich meine … na ja, ich möchte Ihnen einen Vorschlag machen, der unser beider Probleme lösen könnte."

Vickie setzte sich gerade hin. „Was für Probleme?"

Rory schien kurz zu zwinkern. „Geben Sie mir den Hausmeisterjob im Tausch gegen das Zimmer."

Sie ließ die Plastikutensilien auf den Tisch fallen. „Sind Sie übergeschnappt? Außerdem brauche ich jemanden, der auch die Bücher führen kann."

„Das kann ich. Sind wir im Geschäft?"

„Mit Sicherheit nicht."

„Aber Ihre Freunde …"

„… sind verrückt." Sie lief zur Tür, um die Pizza entgegenzunehmen. „Ich möchte nur eine Teilzeitkraft", sagte sie, als sie zurückkam, „und eine Miete ist wesentlich mehr, als ich für den Job monatlich bezahlen könnte. Und außerdem habe ich mir vorgenommen, das Zimmer für mehr als nur ein paar Tage zu vermieten." Sie öffnete die Pappschachtel.

„Das soll ja auch nicht nur eine Stippvisite sein. Wie lange wollen Sie denn mindestens vermieten?"

Sie ließ ein Stück Pizza auf seinen Teller fallen, sodass Sauce auf seinen Rollkragenpullover spritzte, aber er tat so, als würde er es nicht bemerken. „Ich arbeite umsonst, wenn Ihnen das weiterhilft. Ich habe jedenfalls keine Lust auf den ganzen Papierkram für eine Arbeitsgenehmigung. Auf diese Art und Weise haben Sie die Miete *und* einen Hausmeister und Buchhalter. Damit ist doch uns beiden geholfen."

„Das wäre zu schön, um wahr zu sein." Wer arbeitete heutzutage schon umsonst? Sie wollte ihn gern in der Nähe haben, einfach, um herauszufinden, was er wirklich wollte. „Wie viele Karussellbauer, glauben Sie, werden hier noch auftauchen, jetzt, wo ich Drummond in der *Roadshow* hatte?"

Rory jonglierte mit seiner Pizza und verlor den Kampf. „Drummond?", fragte er, während er einen mehr als halben Meter langen Käsefaden von seinem Schoß pflückte.

Vickie versuchte, nicht zu lachen. „Ich habe das Einhorn nach seinem potenziellen Schöpfer benannt."

Er nahm eine Serviette und wischte sich die Hose ab.

„Halt", sagte Vickie und kam auf seine Seite des Tisches. „Wow. Mit der belegten Seite nach unten. Cool. Lassen Sie mich das machen."

Aus der Art, wie sein Kopf hochschoss, schloss Vickie, dass er erwartete, sie würde so in seinem Schritt herumreiben, wie er es gerade getan hatte.

„Na los!", sagte er und legte frech den Kopf schief.

Vickie nahm eine Flasche Fleckentferner vom Regal hinter ihm und sprühte ihn zwischen seine Beine.

„Mist!", rief Rory und sprang auf.

Vickie sprühte ihm übermütig den Nacken voll, und er flüchtete vor dem stinkenden Regen.

„Sind Sie verrückt?", fragte er aus gebührendem Abstand.

Sie zeigte ihm die Flasche. „Das ist nur Fleckentferner, sehen Sie? Werfen Sie Ihre Jeans in die Waschmaschine, und sie ist wieder wie neu."

Rory wischte sich mit einer Serviette über den Nacken. „Habe ich da auch Sauce gehabt?"

Vickie biss sich auf die Unterlippe, um ein Kichern zu unterdrücken. „Ich habe nur Spaß gemacht. Was glauben Sie, wie viele Karussellbauer kommen werden, um sich mein Einhorn anzusehen?"

Ihr griesgrämiger Schotte kratzte sich den Bart, anstatt ihn glattzustreichen, und zuckte die Schultern. „Einer, vielleicht zwei."

„Das schätze ich auch. Entschuldigen Sie mich einen Augenblick, ich muss mal telefonieren." Vickie ging hinaus auf die Veranda und umschloss mit den Fingern das Handy in ihrer Tasche.

Obwohl der langmähnige Schotte mit den breiten Schultern und dem unglaublich charmanten Akzent sie wahnsinnig anzog, machte er ihr auch Angst. Sie war verrückt, wenn sie an ihn vermietete. Wie aber konnte sie bei dem Berg an Schulden, den sie hatte, diese Einnahme abschlagen?

Sicher, Rory hatte ihr bei dem Zwischenfall mit dem kleinen Jungen die Haut gerettet, dafür gesorgt, dass sie im Fall einer Klage Fotos besaß, und die Mutter des Kindes mit seinem Charme um den Finger gewickelt. Und auch sie hatte er zum Schnurren gebracht. Seit wann konnte ein Mann sie mit Gehässigkeiten entzücken und ungestraft davonkommen?

Vickie nahm ihr Handy aus der Tasche und wählte.

„Hey", sagte Mel, „habt ihr es schon getrieben?"

„Zweimal. Einmal auf Omas altem, hässlichem Tisch und einmal auf der Vitrine des Einhorns. Die Touristen vom Rundfahrtbus haben uns *Standing Ovations* gegeben."

„Und was ist dann dein Problem?"

Vickie seufzte. „Ich glaube, dass er mich charmiert, um an das Einhorn zu kommen."

„Erzähl!"

„Es ist genauso, wie ich es sage."

„Als ich da war, hat er dir gegenüber aber nicht besonders viel Charme an den Tag gelegt. Rumgebrummt, ja. Aber von Charme war nicht so viel zu entdecken. Hat sich seine Persönlichkeit verändert?"

„Bestimmt nicht."

„Du bist aber trotzdem ganz fasziniert. Interessant."

Vickie verdrehte die Augen. „Mel, hör auf, dich so hämisch zu freuen, und hör zu. Er will das Zimmer mieten."

„Und du möchtest es vermieten, also wo liegt das Problem?"

„Ich bin nicht ganz sicher, ob das Angebot, auf seinem Holzpferd zu reiten, für oder gegen ihn spricht. Dann müsste noch sein Hintergrund überprüft werden. Du wirst es nicht glauben, aber er will *umsonst* als Hausmeister und Buchhalter für mich arbeiten. Meinst du, die Richterin weiß vielleicht schon irgendwas?"

„Ich habe gerade mit ihr telefoniert. Rory MacKenzie lebt in der Caper Burn Lane Nummer eins in Caperglen, Schottland, so wie auch seit Jahrhunderten seine Vorfahren. Er ist ein erfolgreicher Karussellbauer, hat noch nie etwas mit Antiquitäten zu tun gehabt, hat nicht im Gefängnis gesessen. Er ist noch nicht einmal bei Rot über die Straße gegangen. Kurzum, er hat nichts zu verbergen. Also, was wirst du tun?"

Verdammt! Mel hatte recht. Wer auch immer das Zimmer mieten würde, wäre ein Fremder. Und irgendetwas an Rory MacKenzie sprach sie an. Er schien ihr so vertraut und … vital.

Sein Unbehagen, wenn er es mit anderen Leuten zu tun hatte, und seine Verschrobenheit amüsierten sie. Sie mochte seine Entschlossenheit und seine Arbeitseinstellung genauso wie seinen durchtrainierten Körper und seine dunklen, schottischen Züge, ja sogar seinen mahagonibraunen, aber nicht roten Bart. Sie mochte *ihn*, verdammt noch mal. „Ich sollte mir das wirklich überlegen."

„Ja!", rief Mel.

Vickie legte auf. Als sie zurück ins Haus kam, lag der Schotte neben der Vitrine auf dem Rücken und untersuchte die Unterseite des Einhorns.

„Haben Sie irgendwas entdeckt, das ich wissen sollte?"

Rory fuhr hoch und stieß sich den Kopf am Bücherregal.

„Mist!"

„Wow, zwei Gehirnerschütterungen an einem Tag." Vickie

musste kichern, als sie sich hinunterbeugte, um ihm aufzuhelfen, obwohl er so groß war. Sie kam sich dabei ziemlich albern und klein vor.

„Was muss ich tun, um Sie zu überzeugen, dass Sie mir das Zimmer vermieten?“, wollte er wissen. „Ich habe Kopfschmerzen und würde mich gern ein wenig hinlegen.“

„Okay, hier ist mein Angebot. Jeder Bewerber hat eine dreimonatige Probezeit.“

„Einverstanden“, stimmte Rory zu. „Das ist fair. Ich miete das Zimmer also für drei Monate.“ Er griff in seine Hosentasche. „Wie viel im Monat?“, fragte er. „Ich zahle im Voraus.“

Vickies Herz raste. Drei Monate im Voraus, das würde sie auf einen Schlag von allen aufgelaufenen Schulden befreien. „Tausend im Monat“, sagte sie, „plus eine Monatsmiete Kaution, die Sie wiederbekommen, wenn Sie ausziehen.“

„Für ein einziges Zimmer? Haben Sie schottisches Blut in den Adern, Mädel?“

„Ich vermiete Ihnen mehr als ein Zimmer. Sie dürfen sich im ganzen Haus bewegen.“

„Das heißt hoffentlich nicht, dass ich auf allen vieren durch eine Klappe in der Küchentür kommen muss.“

Sie wurde wütend. „Das heißt, Sie dürfen das Wohnzimmer benutzen, die Fernbedienung, die Küche, die Bücherei, den Computer …“

„Wie wäre es mit drei anständigen Mahlzeiten am Tag?“

„Okay, wenn Sie kochen. Ja, das ist eine großartige Idee. Ich freu mich schon drauf. Danke.“

Vickie hörte auf, ihn zu quälen, als er anfing, Hundertdollarscheine aus einem Bündel zu ziehen, das jeder vernünftige Amerikaner auf der Bank deponiert hätte. „In bar? Warum tragen Sie das ganze Geld mit sich herum?“

„Ich hasse Schulden“, erwiderte er.

„Sie könnten ausgeraubt werden."

Er öffnete ihre Hand, legte das Geld hinein und schloss ihre Finger darum. „Victoria, Süße, genau das ist mir gerade passiert."

Zehn

VICTORIAS GESICHT WURDE korallenrot, ein Farbton, in dem Rory seine Karussellmeerjungfrauen oft anstrich. „Sie sind nicht ausgeraubt worden!“, widersprach sie.

Wie ein eingesperrter Tiger lief sie auf und ab, majestätisch und bereit zu töten. Immer wieder durchbohrte sie ihn mit einem Blick aus ihren hungrigen Katzenaugen. „Ich habe im Internet recherchiert, was an Miete so üblich ist. Als Mitbewohner eines Hauses von dieser Größe hätte ich in dieser Stadt und zu dieser Jahreszeit ohne Probleme eintausendfünfhundert Dollar nehmen können.“ Sie warf ihm das Geld an den Kopf. „Gehen Sie doch für zweihundert die Nacht in ein Hotel. Da können Sie für das Geld drei Wochen bleiben.“ Sie wandte sich ab, verschränkte die Arme und starrte aus dem Fenster. „Sie können jederzeit gehen.“

Er nahm an, dass sie, was die örtlichen Mieten anging, recht hatte.

„Haben Sie das Zimmer in die Zeitung gesetzt, Victoria?“

Sie nickte, wobei sie ihm immer noch den Rücken zukehrte.

„Sie haben inseriert, und trotzdem ist es noch zu haben?“, fragte er.

„Ich habe das Schild heute aufgehängt, und die Anzeige wird morgen zum ersten Mal erscheinen. Bis mittags habe ich einen Mieter.“

Das war's dann wohl. Er hatte keine Wahl, er musste vorsichtig sein. Sie misstraute seinen Motiven, und verdammt, wenn er doch nur nicht so bezaubert gewesen wäre von ihrem Auftreten, ihrem Temperament und ihren üppigen Kurven, die so schön in seine Hände passten. Figuren zu schnitzen war sein Job, und Victoria Cartwright war von einem wahren Meister geformt worden.

Mensch, vielleicht hatte sie ihn längst verhext.

Er war wegen des Einhorns gekommen, und er weigerte sich einfach, sich in diese tolle Frau zu verlieben. Weder würde er dieselben Fehler machen wie der alte Drummond, noch würde er sich von den Einwohnern von Caperglen nachsagen lassen, dass ein weiterer MacKenzie dem Zauber einer Hexe verfallen war. Klar, je mehr Zeit er mit Victoria verbrachte, umso weniger magisch kam sie ihm vor. Auf der anderen Seite besuchte sie ihn in seinen Träumen mit ihrem goldenen Haar und ihren verführerischen Küssen.

Aber würde eine Hexe sich selber in einer Leiter einklemmen? Vielleicht nicht, aber es konnte auch sein, dass sie versuchte, ihn ein wenig durcheinanderzubringen.

Sie hatte ihn erwischt, wie er auf dem Rücken unter dem Einhorn gelegen hatte, und ihn gefragt, was er da mache. Das bedeutete, er hatte nicht viel Zeit, und er musste unbedingt bleiben, um welchen Preis auch immer.

„Ich bitte um Entschuldigung, falls ich Sie verletzt habe, Victoria." Er hob das Geld wieder auf, das sie ihm an den Kopf geworfen hatte. „Ich denke, die Miete ist für eine anständige Dusche gut angelegt."

Sie drehte sich um. „Sie wollen nur eine Dusche?"

„Ich bin gestern im Morgengrauen in einen Zug gestiegen, dann bin ich die ganze Nacht geflogen. Ich bin verschwitzt, eingestaubt und mehr als einmal mit Sauce und Käse bekleckert und mit Chemikalien eingesprüht worden. Ich bin völlig fertig und stinke wie ein Frettchen. Ich brauche eine Dusche und ein weiches Bett, Mädel, wenn Sie so freundlich wären, mir zu verzeihen."

„Gehen Sie davon aus, dass Sie sich … in der Probezeit befinden."

Rory holte seinen Rucksack. Er würde das Geheimfach im Handumdrehen finden, dann Victorias bestes Angebot übertrumpfen, das Einhorn nach Caperglen zurückbringen und die Ehre der MacKenzies wiederherstellen.

Und wenn das Glück ihm gewogen war, würde vielleicht auch noch ein wenig Vergnügen dabei für ihn abfallen. Er hatte das Knistern auf der Leiter nicht vergessen. Nein, und auch ihr Interesse an ihm war nicht zu übersehen. „Okay, dann sind wir uns einig." Er räusperte sich. „Ich bin Ihr Hausmeister, und Sie sind meine Vermieterin."

„Der Himmel stehe uns bei."

Sie führte ihn von dem Hinterzimmer in eine gelb-blau gestrichene Küche, in der es nach Kürbisquiche roch. Ihre Schränke hatten keine Türen. Die standen am Boden an die Wand gelehnt. Ihr Tisch, die Stühle und der Kuriositätenschrank waren aus Eichenholz, klassisch und richtig schön alt.

Rory stellte seinen Rucksack ab, nahm eine der Schranktüren, griff sich einen Scharnierstift aus dem Werkzeugkasten auf ihrer Anrichte und hängte die Tür ein. Dann nahm er sich die nächste vor.

„Vielleicht war es ziemlich clever von mir, Sie einzustellen", sagte Victoria, die an ihrem runden Tisch mit den Krallenfüßen saß.

Rory warf ihr unter der Schranktür hindurch einen Blick zu. „Haben Sie daran gezweifelt?"

„Bin ich verrückt?"

„Ich denke, darüber kann ich mir noch kein Urteil erlauben."

„Gut. Ich bin stolz darauf, dass mich die Leute nicht gleich durchschauen."

Victoria deutete mit dem Kopf auf die Schranktüren. „Ich habe sie abgenommen, um sie zu streichen, bevor meine Oma gestorben ist, weil sie darauf bestanden hatte, und … danke jedenfalls. Ich habe versucht, sie wieder einzuhängen, aber ich habe mir dabei einen Absatz von meinen Lieblingsschuhen abgebrochen."

„Unsinn. Sie doch nicht! Wie haben sie die Stifte überhaupt *rausbekommen*?"

„Das hat meine Oma noch gemacht. Sie war handwerklich wesentlich geschickter als ich."

Rory kicherte in sich hinein und hängte noch eine Schranktür ein. Mit der dritten riss er aus Versehen etwas von der Arbeitsplatte, und aus dem Nichts stürzte sich eine Katze darauf.

„Wer ist denn der Sprinter mit den Zebrastreifen?"

„Tigerstar. Sie hat ADS."

„Was?"

„Sie ist hyperaktiv. Und sie bringt ständig blaue Briefe mit nach Hause."

„Sie sieht aus wie ein Tiger, ist aber wie ein Zebra angezogen, und für beides ist sie zu klein. Damit hätte wohl jeder Probleme. Auf jeden Fall ist sie neugierig auf das, was hier gerade runtergefallen ist. Wahrscheinlich müsste man sich ernsthaft mit ihr anlegen, wenn man zuerst sehen wollte, was es ist." Aber es war auf seinem Schuh gelandet, und daher konnte Rory es sich zuerst schnappen.

Victoria kam herüber. „Was ist das?"

„Nur ein alter Briefumschlag."

Ihre Hände zitterten aus irgendeinem Grund, den Rory nicht nachvollziehen konnte, als sie den Umschlag öffnete und etwas herauszog.

„Verflucht“, sagte er mit einem Blick über ihre Schulter, „das ist ein alter Joker.“

Victoria setzte sich an ihren runden Tisch und sah ziemlich nachdenklich aus.

„Alles klar?“, fragte Rory, der gerade die letzte Schranktür anhob, während die Katze versuchte, an seinem Bein hochzuklettern.

„Das ist der *Narr* aus den Tarotkarten meiner Großmutter, der immer gefehlt hat.“

„Tarot? Ach so, Karten zum Wahrsagen.“ Aber Rory gefiel der plötzliche Ernst in ihrem Gesicht ganz und gar nicht. „Glauben Sie jetzt, dass Sie ein Narr sind, weil Sie mir das Zimmer vermietet haben?“

„Gehen *Sie* oft irgendwelche verrückten Risiken ein?“, fragte sie.

„Nein, ich lasse noch nicht einmal meine Schranktüren ausgehängt.“

„Ich hasse Veränderungen.“

„Aber Sie sind ein freier Geist, das haben Sie doch selbst gesagt.“

„Ja, wenn ich mich dafür entscheide und es nicht irgendjemand anders bestimmt.“

„Ah, ich verstehe.“ Rory schüttelte den Kopf. „Aber dieses neue Lebensarrangement“, sagte er und riskierte dabei in unkluger Weise seinen Rauswurf, „ist eine riesengroße Veränderung, obwohl ich gehört habe, dass Veränderungen gut sein können.“

„Das behaupten Melody und Kira auch.“ Victoria legte die Karte auf den Tisch. „Der *Narr* bedeutet, auf unsere Situation bezogen, eine neue Phase, die ins Unbekannte führt und Risiken und Abenteuer mit sich bringt. Ich frage mich, ob meine Oma gewusst hat, dass die Karte da war?“

„Vielleicht wollte sie deshalb, dass Sie die Schranktüren streichen."

Victoria runzelte die Stirn. „Nein. Die ist von … Nein. Vielleicht sollte ich ein bisschen weiter ausholen, und dann würde ich sagen: die *Zwei Schwerter*, was eine gegensätzliche Karte ist …"

„Sie spannen mich ganz schön auf die Folter", sagte Rory. „Kann ich bleiben, oder muss ich gehen?"

„Oh, Entschuldigung. Sie wollen das Fazit? Egal, wie verrückt mein Impuls, Sie bei mir zu behalten … an Sie zu vermieten, im Moment erscheinen mag, gestattet der Narr, dass man auch verrückte Gelegenheiten ergreift … also bleiben Sie. Ich habe in der letzten Zeit schon mehrere dieser Karten gefunden, und alle waren ganz unterschiedlich."

Rory steckte den letzten Scharnierstift an seinen Platz und wischte sich mit dem Handrücken über die Augenbraue. „Harte Arbeit", sagte er, aber es war ihre bevorstehende Entscheidung, die ihn hatte schwitzen lassen. „Also, wie viele Karten müssen Sie noch finden?"

Victoria zuckte die Schultern. „Wie viele auch immer nötig sind, nehme ich an."

„Um was zu tun?"

„Wer weiß?" Victoria stand auf und schüttelte ihr Haar auf, wobei ein Hauch von Lavendel in Rorys Nase stieg.

„Was ist los?", fragte sie, während sie ihn beobachtete.

Um sie abzulenken, zeigte er auf einen alten schwarzen Eisentiegel voller Kürbisse auf ihrem Tisch. „Ziemlich kreativ, einen Tiegel so zu benutzen."

Victoria legte den Kopf schräg. „Ich fand das ganz schön. Ich zeige Ihnen das Wohnzimmer."

Gemalter Efeu rankte sich um den Türrahmen, durch den er ihr folgte.

Ihr weiß gestrichenes Wohnzimmer, in Grün möbliert und

dekoriert, war eindrucksvoll, abgesehen von dem unordentlichen Sofa, dem ganzen Schnickschnack und den nackten Fenstern, die unbedingt geputzt werden mussten. Die Schönheit des Zimmers setzte sich auch in dem gepflegten viktorianischen Treppenhaus fort, das ebenfalls in grünen Schattierungen von Mint bis Graugrün gehalten war.

„Schade, dass Ihre Großmutter so viel Trödel gesammelt hat." Rory berührte eine von den antiken Karussellspieluhren, die den blassgrünen Kaminsims säumten, und entlockte ihr einen blechernen Ton. „Sie bringen es wohl nicht übers Herz, das Chaos hier zu beseitigen, nehme ich an."

„Entschuldigen Sie mal, diese Spieluhren befinden sich schon seit Generationen in Familienbesitz. Sie sind mein Erbe, und sie sind unbezahlbar."

„Glaskästchen würden sie schützen."

„Jeder Glaskasten, der mir über den Weg läuft, landet in meinem Laden, damit ich meine Waren darin ausstellen kann."

Rory zog eine weitere Spieluhr auf und nieste. „Und sie könnten mal abgestaubt werden."

„Tun Sie sich keinen Zwang an." Victoria schüttelte energisch ihre Locken, drehte sich um und führte ihn die Treppe hinauf, wobei sie den Zipfel ihres Tuchs über die Schulter warf und ihn im Gesicht traf. Als sie das Gleiche auch mit dem anderen Zipfel machte, wusste er, dass sie ihn absichtlich getroffen hatte. Zwei Mal.

„Danke", sagte Rory. „Das habe ich gebraucht."

„Die Bibliothek", sagte sie und führte ihn hinein, „ist mein Lieblingszimmer."

Rory blieb im Türrahmen stehen. Mit den Balken und antiken Möbeln erinnerte ihn der Raum auf atemberaubende Art und Weise an die Bibliothek im Haus seiner Vorfahren, bis hin zu dem Geruch von Nelken und schottischem Whisky.

Der fest eingebaute Schreibtisch, in dem sich vielleicht wichtige Schlüssel verbargen, verband zwei Bücherregale in einer Ecke am Fenster miteinander. Gerahmte Bilder von Sternzeichen und grob skizzierte Karussellfiguren im Drummond-Stil standen auf diversen Bücherregalen und gaben Rory das Gefühl, am richtigen Ort zu sein. Ein alter, aufklappbarer gelber Zollstock, der geöffnet war und einen Stern bildete, hing an der Wand zwischen den Bücherregalen. Sterne aus Zinn, Kupfer und Messing bildeten ein Arrangement an der Wand.

Hinter einem Regal entdeckte Rory drei cremefarbene Ledersofas, in deren Mitte ein Teppich lag, der zu der Couchdecke passte. Die Sofas standen gegenüber dem eigentlichen Blickfang des Zimmers, einem Kamin mit geraden Linien ganz im Missionsstil. Rory verschlug es den Atem, als er das Symbol der Burg des Heiligen Sterns an der Wand darüber entdeckte. Darunter standen auf einem Regalbrett eine Reihe von Holzschnitten. Er nahm einen in die Hand, weil er ihm irgendwie bekannt vorkam. Der Stil erinnerte ihn an die Karte des Narren, die sie gerade gefunden hatten, aber auch noch an etwas anderes. Etwas, das ihm im Moment nicht einfiel.

„Das ist die Karte *Zwei der Kelche*“, bemerkte Victoria.

„Und was bedeutet sie?“

„In diesem Fall würde ich vorschlagen … Waffenstillstand.“

„Ach ja? Kämpfen wir denn gegeneinander?“

„Im Moment nicht.“

„Dann stimmt es also.“ Er hielt den Holzschnitt hoch. „Und wo kommen die her?“

„Eine meiner Vorfahrinnen hat sie geschnitzt. Sie hat Tarotkarten damit gedruckt. Der Narr, den wir gefunden haben, gehört auch zu diesem Originalspiel.“

„Sie sind aus Lindenholz, daraus schnitze ich auch meine Karussellfiguren. Die Linde ist in Südschottland beheimatet.“

„Das ist ja ein seltsamer Zufall", sagte Victoria.

„Viele Leute schnitzen Karussellfiguren aus Lindenholz. Ihr Kamin gefällt mir übrigens." Rory stellte den Klotz mit dem reliefartigen Holzschnitt wieder ab. Jeder Zufall begeisterte ihn. Wie die Öffnung ihres Kamins – ein perfekt gemauerter Kreis. Sehr selten und mit seinem eigenen völlig identisch.

Victoria schenkte ihm ein Lächeln. Dieses Haus war voller Überraschungen, dazu gehörte auch die Inschrift vorn im Kaminsims auf Gälisch, die ganz ähnlich aussah wie jene in Rorys Haus.

Die Worte auf seinem Kamin waren noch von Drummond in Auftrag gegeben worden. Sie lauteten: „Mach dich mit Freude auf diese Reise." Rory wusste, dass eins der gälischen Worte „zu Hause" bedeutete und ein anderes, so glaubte er zumindest, Rory … Drummonds zweiter Vorname. So hatten seine Familie und seine Freunde ihn genannt.

Victorias Vorfahrin muss Lili Lockhardt gewesen sein, die Hexe, die im Haus seiner Familie aus- und eingegangen war, bevor Drummond die Verlobung mit ihr gelöst hatte. Die Pentagramme auf beiden Seiten der Schrift auf dem Kaminsims waren einzigartig, zumindest in dieser Bibliothek.

Rory erkannte, dass das Pentagramm das gleiche war wie das in Drummonds altem Zimmer, das jetzt seins war. Eine Erinnerung an Lili, ein magisches Symbol, das Generationen von MacKenzie-Frauen gern entfernt hätten, wovor sie sich gleichzeitig aber auch fürchteten.

Rory fuhr mit den Fingern über die Worte und versuchte herauszufinden, was sie bedeuteten.

„Das ist Gälisch", sagte Victoria.

„Ich weiß, aber was bedeutet es?"

„Ich hatte gehofft, dass Sie mir das sagen könnten. Wir wissen es bis heute nicht."

„Ich werde einem Bekannten eine E-Mail schicken und ihn bitten, es übersetzen zu lassen. Ich wünschte, ich könnte es einem der Dorfältesten mailen, aber die alten Knochen sehen es gar nicht ein, sich noch an Computer zu gewöhnen."

„Haben Sie denn keine Freunde, denen Sie schreiben könnten?"

„Wissen Sie nicht, was das Wort Einsiedler bedeutet?"

Elf

„ICH DACHTE, DAS wäre ein Witz gewesen“, meinte Victoria spöttisch. „Wer ist denn heutzutage schon ein Einsiedler.“

Rory fuhr sich mit den Fingern durch den Bart. „Wir hocken eben nicht alle aufeinander, wissen Sie, und einige von uns haben gute Gründe dafür.“

Sie würde nie verstehen, was es bedeutete, als Außenseiter in seiner eigenen Stadt zu leben, in eine Familie hineingeboren zu sein, die verbannt war und mit Nichtachtung gestraft wurde.

„Irgendwelche Leichen im Keller?“, fragte sie in sein Schweigen hinein.

„Ja“, sagte er überrascht. „Im großen Stil.“

Victoria rieb sich die Oberarme. „Ich auch.“

Er sah auf. Handelte es sich bei ihrer Leiche um eine Hexe, die einen Mann derart verzaubert hatte, dass er ihr die Quelle von Caperglens Reichtum geschickt hatte? „Wir haben also doch etwas gemeinsam“, bemerkte Rory.

Victoria strahlte wie der ganze Raum, und wieder verfiel er auf der Stelle ihrem Charme. Sie musste einfach mit Lili verwandt sein, denn er war jetzt erst einen Tag in den Staaten und schon von ihr verzaubert. „Allein dieses Zimmer ist die Miete wert“, sagte er. „Entschuldigen Sie, dass ich so unhöflich auf Ihre Preisvorstellung reagiert habe.“

„Entschuldigung angenommen.“ Victoria ließ ihr Schultertuch auseinanderfallen, und Rory bewunderte, was er von ihren gut verborgenen Kurven sehen konnte.

Sie hatte eine üppige Figur. Einen großen Busen und ausladende Hüften. Genau die Art von Figur, die er im Schlaf am liebsten im Arm hielt, besonders aber in lustvollen Zeiten.

Er sollte lieber aufhören zu träumen. „Das ist ja ein toller Raum“, sagte er. „Im Stil eines ganz anderen Jahrhunderts eingerichtet als der Rest des Hauses.“

Rory saß am anderen Ende desselben Sofas, auf dem auch Victoria Platz genommen hatte, und sein geschundener Körper war dankbar für die butterweichen Kissen.

„Das Haus ist von meiner Urgroßmutter eingerichtet worden“, sagte Victoria. „Die Frau, die auch Paxton Wharf gemalt und die Holzblöcke geschnitzt hat. Und in ihrem Testament hat sie die Familie gebeten, das Zimmer so zu lassen, wie es ist. Möchten Sie übrigens etwas trinken?“

„Ich bin nicht Ihr Gast. Sie brauchen mich nicht zu bedienen.“

Die hyperaktive Katze kam wieder wie aus dem Nichts angeschossen und landete unsanft in seinem Schoß.

„Verflucht!“, schimpfte er und pflückte das Biest aus seinem Schritt. „Das hat wehgetan.“

Mit einem Lachen nahm Victoria ihm die Katze ab. Rory schlug schützend ein Bein über das andere.

„Entschuldigung“, sagte Victoria und streichelte das schnurrende Fellknäuel. „Tigerstar ist das wildeste Raubtier, das es gibt.“

„Der Name passt perfekt, wenn man bedenkt, wie viele Sterne gerade vor meinen Augen tanzen, ganz abgesehen von denen, die sich in Ihrem Haus und Ihrem Laden befinden.“

Victorias Lächeln traf ihn mitten ins Herz. „Sie sind Ihnen also aufgefallen", stellte sie fest. „Tiger hat übrigens am selben Tag Geburtstag wie meine Oma. Sie hat eigentlich mehr ihr gehört als mir. Sie ist so anhänglich."

Sie hätte mich verdammt noch mal beinah kastriert, dachte Rory, *aber sie ist ja so anhänglich.*

„Sie war die kleinste in einem Wurf von ausschließlich schwarzen Kätzchen", erzählte Victoria und glättete das seidige Fell der Katze, um ihm an einem der Hinterbeine einen gezackten schwarzen Stern zu zeigen. „Melodys Sohn Shane hat den entdeckt und wusste sofort, dass sie für mich bestimmt sein muss." Sie schnurrte. Die Katze, nicht Victoria, selbst wenn Rory sich auch darauf Hoffnungen machte.

Victorias Lächeln wurde sanft. „Tiger ist zwar getigert, aber am ehesten kann man sie wohl gefleckt nennen, weil ihre Streifen so ungleichmäßig sind. Der Stern befindet sich da, wo die Streifen sich treffen und überkreuzen. Verpfuscht wäre wohl die bessere Bezeichnung. Schauen Sie sich ihre Augen an."

Rory nahm die Katze hoch, um ihr ins Gesicht zu sehen, und kraulte sie hinter beiden Ohren. „Ein blaues und ein grünes Auge", stellte er fest. „Du kannst dich nicht entscheiden, was du bist, nicht wahr, kleiner Star?"

Die Katze miaute und leckte seine Nase, und er konnte ein leises Lachen nicht unterdrücken.

Victorias Augen glänzten. „Man weiß nie, wann sie sich plötzlich auf einen stürzt oder wo sie landen wird."

„Na wunderbar."

Victoria versuchte, ihre Erheiterung zu verbergen, indem sie die Katze gefährlich nah an seinem Schoß streichelte.

Er mochte es, Victoria so nah bei sich zu haben, aber Tigerstar stupste seine Hand mit dem Kopf an, sodass Victoria ihre zurückzog und ihn machen ließ.

Sie zog sich an, als käme sie aus einem anderen Jahrhundert, dachte er, diese wundervoll verrückte Frau, die in der Lage war, verheerenden Schaden anzurichten, wie sie ja heute in ihrem Laden unter Beweis gestellt hatte. Aber sie war süß, witzig und verführerisch. Er bewunderte die Art, in der sie jeden neuen Kunden wie einen Freund behandelte. Jedenfalls um Längen besser, als sie am Anfang mit ihm umgegangen war. Vielleicht fand sie ihn ja genauso außergewöhnlich wie er sie.

Sie plauderten bis spät in die Nacht. Es war auf eine seltsame Art befriedigend, auch wenn Rory nichts erfuhr, was seine Recherche in irgendeiner Weise vorantrieb.

Als ihre antike Standuhr zwei Uhr schlug, sprang Victoria vom Sofa auf.

„Meine Güte, sehen Sie nur, wie spät es ist. Ich habe die halbe Nacht geredet."

„Ja, und ich habe zugehört und Ihnen Fragen gestellt, oder etwa nicht?"

Das brachte sie aus dem Konzept. „Wir müssen ins Bett gehen", sagte sie.

Rory hatte das Bedürfnis zu lächeln, er konnte aber leicht widerstehen, weil er gar nicht so genau wusste, wie das ging. „Wenn Sie mir dann jetzt mein Zimmer zeigen könnten", sagte er und ignorierte ihre Doppeldeutigkeit. „Wir haben morgen einiges zu tun."

„Ach Gott, wohin denn jetzt mit Ihnen?"

„Victoria, Sie haben eine Annonce für ein Zimmer aufgegeben, das Sie noch nicht einmal hergerichtet haben?"

„Nein … ja … Nun, ich habe gedacht, dass ich an eine Frau vermieten würde. Deswegen habe ich ein Zimmer entstaubt und das Bett frisch bezogen. Aber die Räume, in denen es nicht so viele Rüschen gibt, stehen voll mit kaputtem Trödel."

„Dann eben Rüschen."

Sein Schlafzimmer erinnerte Rory an ein Museum.

„Das war Omas Zimmer", erklärte Victoria mit einem Seufzer. „Sie hat antike Wandspiegel gesammelt."

Kein Witz, großer Gott, was für eine Sammlung! Zwanzig oder mehr hingen an jeder Wand oder standen auf den Regalen – ovale, quadratische, dreieckige. Herzen, Monde, Sterne.

Er hätte schwören können, dass einige von derselben Hand gestaltet worden waren, die auch die Verkleidungen, die Blenden und die verspiegelten Platten am *Unsterblichen Karussell* dekoriert hatten. War es dieselbe Hand, die um die Jahrhundertwende Paxton Wharf gemalt hatte?

Deshalb war ihm das Bild so vertraut vorgekommen.

Und der Rest des Zimmers verblüffte ihn ebenso. Das Art-déco-Schlafzimmer war mit geschnitzten Tulpen verziert. Eine schwere weinrote Bleikristallvase stand auf einer Kommode mit einem „Bouquet" aus antiken Handspiegeln darin. Das Bett mit der hohen Rückenlehne war mit violetten Satinrüschen und mit cremefarbener Spitze versehen.

„Victoria?" Rory suchte nach ihrem Spiegelbild. Wie hatte sie es nur geschafft, ein Fleckchen zu finden, wo sie nicht sechzig Mal reflektiert wurde? „Kommen Sie rein", sagte er. Es amüsierte ihn, dass sie noch vor der Tür stand. „Ich möchte Sie im Spiegel sehen."

Sie winkte, daher sah er ihre Hand. „Sie können auspacken, während ich mich im Badezimmer fertig mache", sagte sie. „Dann zeige ich Ihnen, wo Sie Handtücher und alles andere finden. Sobald ich nach oben ins Bett gegangen bin, gehört das Bad ganz allein Ihnen." Das war eine klare Ansage.

Am Ende brauchte Victoria im Bad gar nicht so lange, wie er erwartet hatte. Er beobachtete sie, wie sie allein die Treppe zu ihrem Schlafzimmer unter dem Dach hinaufging. Ohne ihn. Ein blödes Gefühl. Und verdammt noch mal, er musste sich schwer zusammenreißen, ihr nicht zu folgen.

Es war kein gutes Vorzeichen für sein Ziel, aber er hatte sich noch nie so stark zu einer Frau hingezogen gefühlt.

Rory ärgerte sich über seine pubertäre Verliebtheit und weigerte sich zu glauben, dass sein Herz von mehr als einem seltsamen Traum berührt worden war, in dem eine blonde Frau vorkam, die ungefähr die Größe, die Züge und die Figur von Victoria Cartwright hatte.

Er schüttelte seine Lethargie ab, ging ins Badezimmer und stand vor einem Spiegelschrank, der aussah, als habe ihn jemand genau in der Mitte mit einem Absatz getroffen. Von dort aus hatten sich Risse spinnennetzartig über den ganzen Spiegel gezogen.

Als er sein gebrochenes Spiegelbild betrachtete, zerstreuten sich seine Gedanken genauso wie die seiner Vermieterin.

Aber als er sich in dem großen, modernen Badezimmer, in dem es sogar einen Whirlpool gab, umsah, überkam ihn der Gedanke, dass er dafür zahlte, mit einem höchst erotischen, wenn auch äußerst unordentlichen freien Geist, der möglicherweise eine Hexe war, das Haus zu teilen.

Dann machte sein Herz einen Satz, denn ein roter Slip neben einem Wäschekorb aus Weide schmückte den Badezimmerboden.

Zwölf

VIELLEICHT KAM RORY MacKenzie gut ohne Menschen aus, dachte Vickie, als sie sich ihr Nachthemd anzog, aber Tiere schienen ihn zu mögen. Tigerstar war ihm in sein Zimmer gefolgt, als hätte er Katzenminze an den Fersen. Sie hatte sich sogar auf seinem Bett zusammengerollt.

Vickie wusste ziemlich genau, wie ihre Katze sich fühlte. Wenn sie auch nur die geringste Chance gehabt hätte, wäre auch sie ihm gefolgt. Das war wirklich beängstigend, schließlich hatten sie sich doch erst vor ein paar Stunden kennengelernt.

Sie wünschte, ihre Oma wäre da gewesen, und sie hätte mit ihr reden können.

Sie erinnerte sich so gut an ihr letztes Gespräch. „Achte auf deine Sterne“, hatte ihre Oma gesagt und sie ermahnt, Vertrauen in die Zukunft zu haben.

Aber Vickie hatte sie beim Wort genommen, weil ihre Oma im Sterben lag und nichts einfach war. „Der Tarot-Stern“, hatte Vickie gesagt. „Er fehlt.“ Und Oma hatte ihre Hand gedrückt, also hatte Vickie ihren Rat wiederholt. „Hab Vertrauen in die Zukunft. Öffne dein Herz …“

„Und dein Haus“, hatte ihre Oma hinzugefügt.

Vickie hatte genickt und war fortgefahren: „Freue dich an der Harmonie …“

„Und dem Schicksal", hatte ihre Großmutter geflüstert, obwohl sie schon nicht mehr ganz bei Bewusstsein war, weil sie ihre letzte Reise angetreten hatte.

Selbst jetzt schien der Oktoberwind *Schicksal* zu flüstern, während er an den Fensterläden rüttelte.

Von all den Holzschnitten, nach denen Rory hätte greifen können, hatte er sich ausgerechnet *Zwei der Kelche* herausgepickt, die auch *Beziehung* und *Anziehung* bedeuteten. Aber ihm einfach etwas von *Waffenstillstand* zu erzählen, war ihr unter den gegebenen Umständen klüger erschienen. Das Witzige war, dass *Der Einsiedler* einen Gegensatz zu den *Zwei Kelchen* bildete. Rory würde also ein paar Dinge ändern müssen, oder ihr Zusammenleben unter einem Dach konnte schwierig werden.

Als sie unter ihre weiche Decke schlüpfte, dachte Vickie wieder an den Traum, den sie in diesem Zimmer zum ersten Mal als Kind gehabt hatte. Einen Traum, der zu blühendem Leben erwacht war, nachdem sie vor einem Jahr zu ihrer Großmutter gezogen war.

Natürlich fiel ihr das jetzt ein, aber ihr schottischer Untermieter trug keinen Kilt. Wenn er einen tragen würde, wäre sie nicht in der Lage gewesen, seinem Schlafzimmerblick zu widerstehen, als sie sich umgedreht hatte, um nach oben zu gehen.

Ihre Träume waren einmal so unschuldig gewesen wie sie selbst, aber sie waren gemeinsam mit ihr gereift. Im letzten Jahr hatte der Traum sich in einen Kuss verwandelt, jene Art von Kuss, die normalerweise zu mehr führt, was aber niemals geschehen war.

Nachdem sie das Einhorn gefunden hatte, fing Vickie an, körperlich auf den Kuss ihres Schotten im Kilt zu reagieren. Später dann hatte sie den Traum zu fürchten begonnen, weil sie sich nach dem Aufwachen immer einsam gefühlt und nach einem

Mann gesehnt hatte. Aber in dieser Nacht wünschte sie sich den Traum aus irgendeinem Grund herbei.

Vickie ging in der Abenddämmerung auf das Karussell zu. Es war diese magische Zeit des Tages, wenn der Himmel erstrahlt und das Universum seine ganze Erhabenheit enthüllt, bevor die Sterne sich am Himmel blicken lassen.

Ihr war diese Szene so vertraut, dass sie sich nicht wunderte, dass das Karussell einsam auf einer Lichtung voller Wildblumen stand. Es war ihr egal, dass die wunderschönen Karussellfiguren sich im Uhrzeigersinn drehten und nicht entgegengesetzt. Ihr Anblick machte sie einfach unsagbar glücklich.

Der Geruch von Lilien lag in der Luft und kitzelte ihre Sinne, und je näher sie dem sich drehenden Karussell kam, umso stärker wurde dieser Duft. Die magischen Figuren mit ihrem sternenbesetzten Zaumzeug, den Blumen, Fähnchen und Fransen wurden lebendig. Im Rhythmus des Orgelspiels flogen sie nur so dahin.

Wie immer lief Victoria mehrfach um das Karussell herum, bevor sie sich in den Armen des Schotten wiederfand. Sie wusste nie, wie sie dorthin gekommen war, aber sehnte sich trotzdem nach seinem Kuss.

Je länger sie um das Karussell herumlief, umso mehr sehnte sie sich nach seinen Lippen und nach der Wonne, die sie ihr bereiteten. Lippen die sich auch nach ihren sehnten – sinnlich, erfahren, ein wortloses Versprechen, angedeutet, aber niemals vollzogen.

Wenn sie das Einhorn fand, würde sie auch ihn *finden, aber sie waren beide nicht real, die Figur im Zeichen des Wassermanns und der muskulöse Schotte in seinem karierten Kilt und dem schwarzen Piratenhemd, die weder bei der ersten noch bei der zehnten Umrundung da waren. Manchmal hatte Vickie das Gefühl, sie würde stundenlang um das Karussell herumlaufen, bevor sie die beiden fand, aber sie gab niemals auf, nicht bevor das Morgengrauen den Himmel erhellte und sie nicht mehr suchen konnte.*

In manchen Nächten lief sie völlig umsonst um das Karussell, und vielleicht war es in dieser Nacht ja auch so, aber nicht, wenn sie es ändern konnte. Wie der Wind setzte Vickie sich in Bewegung und war sich sicherer als jemals zuvor, dass sie ihn finden würde, dass sie sich nur beeilen musste.

Als sich schon die Enttäuschung in ihr breitzumachen drohte, fand sie sie doch noch: Der Mann in dem Kilt und das Tier mit dem einzelnen Horn saßen nebeneinander und warteten … auf sie.

Das Karussell schien sich nicht länger zu drehen, obwohl die Musik noch schneller zu spielen schien. Dann wurde der Wind stärker und fuhr unter den Kilt des Schotten, sodass Vickie einen guten Blick auf ihn erhaschen konnte. Ihr Herz fing bei diesem Anblick an, wie verrückt zu klopfen, und ihre Weiblichkeit erwachte auf eine neue und aufregende Weise.

Der Himmel wurde blauer, der Mann und das Einhorn erstrahlten so sehr, als würde die Sonne sie in ihr warmes Licht tauchen.

Vickie blieb vor dem Ritter stehen, und weder er noch sein gehörntes weißes Reittier verschwanden, so wie es manchmal geschah. Aber sie fand sich nicht in der Umarmung des Schotten wieder und verlor sich auch nicht in seinen Küssen, denn er rührte sich nicht von der Stelle, schenkte ihr nicht die geringste Aufmerksamkeit, sondern wandte sich stattdessen dem Einhorn zu.

Vickie bemühte sich, nicht beleidigt zu sein oder an der Kilttasche des Geliebten zu zerren.

Sie hatte nur selten sein Gesicht gesehen und konnte sich kaum daran erinnern, aber heute Nacht erkannte sie sein Profil, versteinert und aristokratisch, mürrisch und stur.

Sie wusste, wie sich sein kräftiger Körper anfühlte, die Wärme seines Atems in ihrem Nacken, sein Haar unter ihren Fingern.

Seine ganze Aufmerksamkeit galt dem Einhorn, seine langen Finger regten ihre Fantasie an. Er berührte das goldene, gedrehte Horn, die helle Mähne, das mit Halbedelsteinen besetzte Zaumzeug. Und dann fing er an, die Lilien um den Hals des Tiers zu streicheln, und Vickie stockte der Atem.

Mit einem Finger berührte er den Blütenkelch einer Lilie. So als seien die Blätter aus reiner Seide oder als streichle er die intimsten Stellen einer Frau, tauchte er seinen Finger tief hinein und zog ihn wieder heraus. Jede Bewegung zunächst langsam und geradezu hypnotisierend, dann tiefer und schneller, bis Vickie das Gefühl hatte, als würde er sie tief in ihrem Inneren berühren. Und sie stöhnte auf.

Schockiert von ihrer Reaktion trat sie zurück, und zum ersten Mal drehte sich ihr Traummann um und sah sie mit lusterfüllten Augen an, die ihr so vertraut waren wie sein mahagonifarbener Bart und seine kantigen Züge.

Er lächelte nicht, aber das erwartete sie auch gar nicht.

Er musterte sie von oben bis unten dreist und schamlos und ließ seinen Blick auf all den wichtigen Stellen ruhen, was einen Schauer durch ihren ganzen Körper jagte.

Als Vickie bereits vor Verlangen brannte, kam er auf sie zu und strich ihr die Haare hinters Ohr. Sein Blick wie auch seine Berührung waren so sanft wie eine Sommerbrise und erregender als jeder Kuss.

Er zog sie zu sich heran, umarmte sie und fuhr mit der Hand über ihren Rücken. Sein Körper war nicht länger nur ein Traum, sie spürte ihn an all den richtigen Stellen. Und er öffnete seinen Mund, um sie so sinnlich zu küssen, dass Hitzewellen durch ihren Unterleib pulsierten.

Er umfasste ihre Taille, und seine Daumen strichen über die

Unterseite ihrer Brüste, ein neues und angenehmes Gefühl. Ihre Brustwarzen kribbelten vor Verlangen.

Mit wachsendem Vergnügen gab sich Vickie seinem Kuss hin. Ihre Körper waren so nah beieinander, dass ihre Lenden sich berührten und miteinander zu verschmelzen schienen.

Doch sie wollte ihn noch näher spüren.

Als die Sonne aufging, verblassten die Lichtung, das Karussell und ihr Schotte, bis sie ganz verschwunden waren, und Vickie überkam ein Gefühl der Panik.

„Rory!"

Der Klang seines Namens auf ihren Lippen ließ sie hochschrecken. Sie setzte sich im Bett auf und empfand das wahnsinnige Verlangen, ihn in sich zu spüren. Ihn! Rory!

Warum ausgerechnet ihn? Warum hatte sie von einem Mann im Kilt geträumt, bevor der verschrobene Schotte vor ihrer Tür aufgetaucht war?

Vickie schlug die Bettdecke zurück und ging zum Fenster. Der Himmel war so dunkelblau wie in ihren Träumen. Der Morgen graute bereits.

Warum Rory?

Sie hatte einige Dates gehabt und mehrere attraktive Männer kennengelernt. Keine so griesgrämige. Männer, die zwar lächeln konnten, aber ihr Herz nicht berührten, nach denen sie sich nicht verzehrte, die im Traum nicht ihre Liebhaber wurden.

Warum waren ihre Träume, seit das Einhorn aufgetaucht war, so viel stärker geworden? Wie konnte es sein, dass der Mann, der den großen Teich überquert hatte, um ihr Einhorn zu sehen, der Mann war, der sie in ihren Träumen verführte? *Das gibt es doch verdammt noch mal gar nicht.*

Vickie ließ ihren Blick zum Horizont schweifen und wollte überhaupt nicht länger über ihre abwegigen Fantasien nachdenken. Eine helle, orange glühende Sonne ging über Salem Harbor auf, und für sie begann ein neuer Tag.

Sie hatte ihrem Traummann Rorys Gesicht gegeben. Sie hatte ihn neben dem Karussell platziert, weil er in ihrem Haus schlief.

Morgengrauen. Ein neuer Anfang. Ein Mann in ihrem Leben. *Ein Untermieter. Mehr nicht!*

Eine mutige Frau wäre jetzt wahrscheinlich zu ihm ins Bett gestiegen, hätte ihm von ihrem Traum erzählt und ihn gebeten, sie zu nehmen.

Vickie lachte leise. *Als ob ich das machen würde. Mut ist die eine Sache, Cartwright, Verführung eine völlig andere. Das Erste könntest du wahrscheinlich noch vortäuschen, aber das Zweite würdest du niemals zustande bringen.*

Sie hielt sich von seinem Zimmer fern. Die Spiegel fand sie sowieso gruselig.

Sie fühlte sich schön, weil er sie mit seinem umwerfenden Akzent Victoria nannte, nicht Vickie. Niemand sonst benutzte ihren vollen Namen. Es war immer nur ein Wort auf ihrer Geburtsurkunde gewesen, so als gehöre er zu jemand anderem. Aber die rollende Art und Weise, wie Rory ihren Namen aussprach, als habe er drei „r“, war wunderschön.

Sie fand Gefallen an Rorys seltsamen schottischen Manieren, jetzt, da sie wusste, dass er nicht absichtlich grob war. Ein Einsiedler, hatte er gesagt, und verdammt noch mal, warum sollte sie ihm nicht glauben? Sie mochte es, ihn unter seinem Bart lächeln zu sehen, aber sie war ganz sicher noch nicht bereit, mit ihm ins Bett zu gehen.

Na ja, eigentlich schon … aber eigentlich auch nicht.

Als wenn er das mitmachen würde. Vickie stellte sich sein Gesicht vor, wenn sie es versuchen würde, und musste lachen. *Du kannst dich nicht den ganzen Tag hier oben verstecken. Du musst deinen Laden aufmachen.* Und sie brauchte noch ein wenig Ruhe nach diesem Traum, bevor sie ihrem Untermieter wieder gegenübertreten konnte.

Wegen des Zeitunterschieds und des Jetlags würde er sicher noch eine ganze Weile schlafen. Trotzdem zog sie den Morgenrock, den Mel ihr im letzten Jahr zu Weihnachten geschenkt hatte und der sich immer noch in der Geschenkbox befand, über das dreißig Jahre alte, vom Hals bis zu den Zehen mit Rüschen besetzte Nachthemd ihrer Mutter, bevor sie in die Küche ging.

Sie goss sich eine stark koffeinhaltige Chai-Mischung auf, spritzte einen Berg Schlagsahne darauf und nahm sich eine Packung Schokoladenkekse. Dann schlug sie ihr Buch über alte Damenunterwäsche auf und begann zu lesen.

„Himmel, bezeichnen Sie das etwa als Frühstück?"

Vickie zuckte zusammen und stieß aus Versehen ihren Becher um. „Verdammt! Sehen Sie nur, was Sie angerichtet haben."

Rory durchsuchte schnell die Küchenschubladen und fand ein Geschirrhandtuch, mit dem er alles wegwischte. „Nehmen Sie sich einen neuen", sagte er und warf das Handtuch in die Spüle. „Haben Sie das hier getrunken?", fragte er, nahm die Dose mit dem Tee hoch und las die Zubereitungshinweise. „Ich mache Ihnen einen neuen", sagte er dann. „Sie haben offensichtlich noch nicht genug Koffein zu sich genommen, um wach zu werden."

Rory stellte ihr die Teetasse hin, nahm dann das Geschirrtuch aus der Spüle, wrang es aus und hängte es über den Griff am Herd. Sein spöttisches Bellen musste ein Lachen gewesen sein, denn er schlug gleichzeitig mit der Hand auf die Arbeitsplatte. „Hexe, Hexe, Hexe", las er auf dem Geschirrtuch. „Victoria? Hat das extra jemand für Sie machen lassen?"

Dreizehn

VICKIE UMSCHLOSS DEN heißen Becher mit beiden Händen, konzentrierte sich wieder auf ihr Buch und stellte ihre nackten Füße auf den kalten Boden.

„Sie sollten Pantoffeln anziehen“, sagte Rory, der ihre Bewegung mitbekommen hatte. „Es ist Oktober. Der Boden ist kalt.“

Vickie zitterte. „Mir ist nicht kalt.“

„Klar.“ Er lief nach oben.

Er war groß, riesig, größer als ihre Küche, strotzte vor Testosteron und sah so herrlich verschlafen aus, dass es ihr auf den ersten Blick den Atem raubte. Das konnten nur die Nachwirkungen des Traumes sein, denn er hatte sie heute Morgen schon ganz schön genervt, und trotzdem war sie noch immer heiß auf ihn.

Okay, also es lag nicht an dem Traum. Sie war vom allerersten Augenblick an verrückt nach ihm gewesen. Verdammte *Zwei Kelche*.

Sogar ohne Kilt – eigentlich besonders ohne Kilt –, wenn er etwas anderes trug als einen Kilt, sah er klasse aus, selbst in abgerissenen Jogginghosen, mit Socken und völlig zerzaustem Haar.

Er kam die Treppe wieder herunter, hatte ein Paar seiner Socken in der Hand und hockte sich neben sie. „Geben Sie mir Ihren Fuß.“

„Wie bitte?“

Er griff sich einen, und sie hätte ihm mit dem anderen beinahe vor die Brust getreten, während sie versuchte, das Gleichgewicht zu halten.

„Manche Frauen begreifen einfach nicht, dass sie ihre Füße warm halten müssen.“ Er klemmte den störrischen Fuß zwischen seine Oberschenkel, während er über den anderen eine Socke streifte.

Vickie tat so, als wolle sie ihren Fuß befreien, arbeitete sich dabei aber mit ihren Zehen gefährlich nah an sein bestes Stück heran.

„Nein, das kommt nicht infrage“, sagte er, nahm ihren eingeklemmten Fuß und steckte auch ihn in eine Socke. „Ich werde mir heute Morgen nicht als Erstes von einem Tiger in die Kronjuwelen treten lassen.“

„Apropos Tiger“, erwiderte Vickie, die gerade ihren gestreiften Kämpfer entdeckt hatte. „Ich will Sie nur warnen, dass …“

Doch zu spät. Tigerstar war bereits auf Rorys Schulter gelandet.

Er stieß einen Schrei aus, sprang auf die Füße und drehte sich im Kreis, aber Tigerstar klammerte sich mit sämtlichen Krallen fest.

„Victoria!“, schnaubte Rory, wobei er jede einzelne Silbe betonte.

„Wenn Sie ruhig stehen bleiben, braucht sie ihre Krallen nicht.“

Rory erstarrte, Tigerstar entspannte sich, streckte sich aus und kuschelte sich um seinen Hals, während ihr Schwanz vor seinem Gesicht auf- und abschlug.

Rory deutete mit dem Daumen schnell auf seine rechte Schulter.

Vickie nickte. „Ist mir aufgefallen.“

Er öffnete den Mund, um etwas zu sagen … und spuckte einen Katzenschwanz aus.

Ihr Grinsen brachte ihr bei ihrem Untermieter keine Pluspunkte ein. „Bringen Sie sie hier rüber. Ich denke, die Show ist vorbei."

Rory bückte sich und drehte ihr dieses Mal den Rücken zu.

Vickie versuchte, Tigerstar von seiner Schulter zu zerren. „Sie muss Sie mögen. Sie will gar nicht runter."

„Das merkt man. Sie hat mich an mindestens drei Stellen gekratzt." Als er endlich frei war, richtete Rory sich auf und rieb sich den Nacken.

Vickie kicherte, und er hielt inne. „Beim nächsten Mal bin ich vorbereitet", sagte er.

„Das bezweifle ich."

Er ignorierte sie, öffnete den Kühlschrank und kratzte sich die Brust.

„Hey, Sie sind ja multitaskingfähig", sagte Vickie, um ihn zu ärgern – ein unglaublich befriedigender Zeitvertreib. „Können Sie auch eine Banane essen, während Sie sich von einem Baum zum anderen schwingen?"

„Nein, aber ich bin mir ziemlich sicher, dass ich Sie übers Knie legen und dabei laut lachen könnte."

Vickie überlief ein Schauder. Empörung und Verlangen in einem. Ihr wurde klar, wie vertraut sie sich in den letzten vierundzwanzig Stunden geworden waren.

Er stand an der offenen Kühlschranktür, als würde er jeden Tag dort stehen.

Rory. In ihren Träumen. In ihrer Küche. Ihr nackter Fuß zwischen seinen Schenkeln. Seine Hände auf ihrem nackten Fuß, die ihr die Socke überzogen. Das war eine etwas weit hergeholte Interpretation von „sich seinen Träumen öffnen", dachte sie.

„Mann, da drin stinkt es ja erbärmlich!" Er hatte den Deckel einer Dose abgenommen. „Machen Sie Ihren eigenen Blauschimmelkäse?"

„Wie kommen Sie darauf?“, fragte Vickie. „Ich dachte, der Kühlschrank sei leer.“

„Abgesehen von Ihren sechs Dosen geschlagene Sahne, meinen Sie? Ja. Gibt es nichts, was wir uns zum Frühstück kochen können?“

„Kochen? Das ist das Problem. Ich koche nicht.“

„Ah, ich verstehe.“ Er öffnete die Schublade des Kühlschranks. „Mensch, Sie haben zwei Eier, eine halbe Tomate, eine halbe Paprikaschote und zwei Scheiben …“, er schnupperte daran, „… gekochten Schinken und schönen alten Cheddar.“

„Ach ja, ich habe gestern auf Melodys Kinder aufgepasst, und sie hat darauf bestanden, dass sie das essen, was sie für sie mitgebracht hat.“

„Kluge Frau. Kann ich haben, was übrig ist?“

„Und Sie glauben, *ich* würde seltsame Dinge zum Frühstück essen?“

„Gewürze?“, fragte er.

„Nein danke“, sagte sie. „Ich mag mein Essen am liebsten ohne alles.“

„Genau wie ich“, sagte er und hob auf ziemlich zweideutige Art eine Augenbraue.

„Träumen Sie weiter.“

„Mir bleibt ja auch nichts anderes übrig.“

Vickie schaute wieder hinunter auf ihr Buch. Wie hatte er das gemeint?

Rory legte seine flache Hand über beide Seiten. Sie blickte auf, um herauszufinden, was das sollte.

„So, jetzt noch mal“, meinte er. „Haben Sie irgendwelche Kräuter oder Gewürze im Haus, die ich nehmen kann, wenn ich mir was zum Frühstück mache?“

„Kräuter, ja. Hinten im Garten. Meine Oma hat da was gepflanzt.“

„Herrlich, das Mädel hat einen Kräutergarten." Ihr Mieter ging zur Seitentür hinaus, und Vickie fragte sich, warum er, wann immer sie von Träumen sprach, ihr eine Antwort gab, die sie erschauern ließ.

Fünf Minuten später war er wieder zurück. Sie wusste das, weil er Gras auf eine Seite ihres Buches fallen ließ, während er ihr ein Büschel Grünes unter die Nase hielt.

„Riechen Sie mal. Ist das nicht großartig? Das ist frischer Rosmarin. Und das …" Rory hielt ihr einen anderen Strauß hin.

Vickie wandte sich ab und nieste. „Mir ist ein Käfer auf die Nase geflogen!"

„Armer Käfer. Ist er gestorben?"

„Keine Ahnung, aber Ihnen könnte das passieren." Sie nahm sich ein Papiertaschentuch.

„Das ist Basilikum und das ist Salbei. Sie haben ja wirklich einen richtigen Kräutergarten. Und einen mittelalterlichen Garten haben Sie auch. Sowohl die Clematis als auch das Drachenköpfchen blühen, aber die Clematis läuft Amok und klettert auf das Drachenköpfchen."

„So ein Flittchen!"

Rory kratzte sich an der Nase, was sie allmählich als ein Zeichen seiner Erheiterung deutete. „Und Sie haben einen Gemüsegarten", stellte er fest. „Aber Sie lassen die Tomaten vergammeln, Victoria."

„Ja, ich weiß", gestand sie, „aber es ist nie jemand da, der mir Tomaten pflückt, wenn ich welche brauche."

Rory starrte in ihren Morgenmantel und direkt auf ihre Brüste. Er wirkte, als habe es ihm die Sprache verschlagen.

Sie zog die Rüschen an ihrem Hals zusammen. „Lustmolch!"

Ohne zu lächeln, zwinkerte er ihr zu. „Ich mag Ihre Tomaten", erklärte er. „Ich würde sie gern pflücken, wann immer Sie mich darum bitten."

Sie wünschte sich fast, er würde mit *ihr* flirten, aber er tat das, was jeder Mann mit diesem Testosteronspiegel auch machen würde: Er stürzte sich auf die nächste verfügbare Frau.

Er wandte sich ab, um sich sein Frühstück zu machen. „Ich kaufe nachher ein paar Lebensmittel für mich", sagte er. „Wenn Sie nichts dagegen haben, dass ich den Vorratsschrank benutze, den Sie ja sowieso nicht brauchen."

„Nein … ja … großartig … gute Idee. Würde es Ihnen etwas ausmachen, mir auch was mitzubringen? Ich zahle dann auch die Hälfte. Wäre vielleicht ganz nett, mal ein bisschen Abwechslung auf dem Tisch zu haben."

„Ich möchte gar nicht darüber nachdenken, was Sie normalerweise essen. Gestern Abend habe ich ja eine kleine Kostprobe davon bekommen."

„Wie? Sie mögen keine Pizza? Wie seltsam ist das denn?"

„Ab und zu mal schon, aber nicht andauernd."

„Ich werde keine Diät machen!"

„Ich habe nicht gesagt, dass Sie das soll…"

„Ich werde es nicht tun. Es ist nicht gesund!"

„Dann *essen* Sie wenigstens gesund. Essen Sie, was Sie wollen und so viel Sie wollen, aber immer auch mal etwas Gemüse. Mehr sage ich nicht."

„Ach!"

Er öffnete und schloss mehrere Küchenschränke. „Wo ist der Kaffee?"

„Ich habe keinen. Möchten Sie vielleicht was anderes mit Koffein?" Sie hob den Becher mit ihrem Hexengebräu hoch. „Kürbis-Chai."

„Nur eine Tasse ganz normalen Kaffee", sagte er und klang fast traurig. „Ist das zu viel verlangt?", sagte er mehr zu sich selbst.

Vickie musste sich wieder ein Lachen verkneifen und biss sich auf die Unterlippe. „Soll ich Ihnen vielleicht schnell den Weg zum nächsten Coffeeshop erklären?"

Plötzlich zog er das alte Schneidbrett ihrer Großmutter aus einem Geschirrschrank hervor. Aus einem anderen nahm er eine noch neue Rührschüssel.

„Hey, die nicht! Die will ich in meinem Laden verkaufen."

„Machen Sie das immer so mit Ihren Küchenutensilien?"

„Nicht mit allen, aber die Schüssel ist wirklich toll. Und der Stil ist total angesagt."

„Wie viel wollen Sie denn dafür?"

„Fünfhundert Dollar", erwiderte sie, ohne zu lächeln, doch ihm rutschte fast eins raus. Sie würde sich wohl noch mehr anstrengen müssen. „Das war nur zur Hälfte ein Scherz."

Er schüttelte den Kopf und fand auch eine Bratpfanne, aber als er bemerkte, dass sie ihn beobachtete, wandte sie sich wieder ihrem Buch zu. „Streber", murmelte sie.

Dann stand sie auf und holte sich noch Chai. Plötzlich schlug er mit der flachen Hand auf die Arbeitsplatte.

Vor Schreck sprang sie fast einen Meter hoch. „Was ist los, verdammt?"

„Der Rücken Ihres Bademantels", sagte er.

„Was auch immer da draufsteht, Mel meint es nicht ernst."

„Ihre Freundin Melody steigt in meiner Achtung. Da steht: ‚Ich brauche deine Meinung nicht. Ich habe selbst eine'."

„Sie ist schon vergeben."

„Wer, Melody? Ich habe nicht gesagt, dass ich sie haben will, ich habe gesagt …"

„Ja, ja, ja."

„Wir sind wohl ein bisschen zickig heute Morgen, was? Schlecht geträumt?"

Vickie hob so schnell den Kopf, dass es in ihrem Nacken knackte. „Autsch, verdammt."

„Ja, autsch. Ich hab's gehört. Sie müssen ziemlich schlecht geschlafen haben."

„Das kann man wohl sagen."

„Soll ich Ihnen ein bisschen den Nacken massieren?"

Oh ja, besorg's mir, Baby. „Wenn Sie wollen."

Sie fühlte sich wie im Himmel. Seine Hände in ihrem Genick fühlten sich so gut an wie ... „Das reicht. Danke. Schon viel besser. Was Sie da brutzeln, riecht ganz gut." Beinah hätte sie „köstlich" gesagt, aber diese Genugtuung gönnte sie ihm nicht.

Eine Minute später saß er ihr mit einem Omelett gegenüber, das über seinen Teller hinausragte. „Möchten Sie die Hälfte?", bot er an. „Es ist riesig."

Hmm riesig ... oh ja ... bitte. Oben in meinem Bett und genau jetzt.

„Nein danke." Vickie schlürfte ihren Chai, damit er nicht sah, dass sie auf viel mehr scharf war als auf sein Omelett.

Er zog ihr Buch weg, sah sich die Bilder an und fragte: „Tragen Sie so was?"

„Bitte", sagte sie.

„Okay, *bitte* tragen Sie so was."

Sie nahm ihm das Buch wieder ab. „Ich muss mir einen Überblick verschaffen, was ich für die Retro-Unterwäsche nehmen kann, die ich eingekauft habe."

„Das dürfte Ihnen doch nicht schwerfallen. Vervierfachen Sie einfach den aktuellen Preis."

„Danke für den Tipp." Sie nahm sich noch einen Keks.

„Jetzt mal ernsthaft", sagte sie. „Haben Sie eigentlich gut geschlafen? War das Bett bequem genug?"

„Ich habe geträumt ... von einem Karussell", erwiderte er. „Sie sind in dem Traum auch vorgekommen."

Vickie verschluckte sich an den trockenen Krümeln und

hustete wie ein in die Jahre gekommener Raucher. Luft! Sie brauchte Luft!

Rory zog sie vom Stuhl hoch.

Sie sah Sterne, während er sie packte, nach vorn beugte und ihr mit der flachen Hand kräftig zwischen die Schulterblätter schlug. Ein dicker Krümel flog quer durch die Küche. Ihr Rachen fühlte sich rau an, aber das kümmerte sie nicht.

Rory zwang sie, etwas von ihrem Chai zu trinken, dann kippte er den Rest hinunter als wäre es Whisky.

„Danke", keuchte sie und versuchte aufzustehen.

„Bleiben Sie sitzen", befahl er, eine Hand auf ihrer Schulter. „Sie sind weiß wie eine Wand."

„Ich glaube, ich muss mich hinlegen."

„Gute Idee." Rory nahm sie auf die Arme und trug sie nach oben in sein Bett.

„Wie dreist", krächzte sie, dankbar für die weiche Matratze in ihrem Rücken. Sein Kopfkissen roch schon nach seinem altmodischen, würzigen Eau de Cologne. Es war derselbe Duft, den ihr Großvater immer benutzt hatte.

„Sie wollten sich doch hinlegen. Und ich schaffe es nicht, Sie noch einen Stock höher zu tragen."

„Danke, Rory, aber mir reichen die Sticheleien jetzt, dass ich zu dick bin."

Er setzte sich neben sie. „Victoria. Ich wollte Sie einfach nur schnell ins Bett bekommen."

„Das hört sich schon besser an", meinte sie.

„Sie haben die schönste Figur, die ich seit Jahrzehnten gesehen habe. Herrgott, in meinem Traum letzte Nacht habe ich Sie mir von Kopf bis Fuß angesehen … Natürlich hatten Sie dabei nichts an."

Moment! Moment! Das war in *ihrem* Traum passiert.

Vickies Schenkel kribbelten, und sie zitterte.

Rory zog ihr die Decke bis unters Kinn und legte ihr eine Hand auf die Stirn.

Vickie versuchte, nicht zu stöhnen, als er sie berührte. Wilde Gedanken über ihr Schicksal, ihre Träume und ein unglaubliches Gefühl der Anziehung erschreckten sie zu Tode. „Sie müssen zurück nach Schottland."

Sie wollte sich aufrichten, doch er drückte sie zurück in die Kissen. „Weil ich von Ihnen geträumt habe? Das ist doch ein lausiger Grund. Ich habe nicht vor, Ihnen zu nahe zu treten, Victoria."

„Sehen Sie", meinte Vickie, deren Kehle sich schon besser anfühlte. „Das sind schon zwei lausige Gründe."

„Entschuldigung, aber wollen Sie denn, dass ich mich für Sie interessiere?"

„Nein. Absolut nicht. Das ist nur so ein Ding fürs Ego. Sich begehrt zu fühlen gefällt einer Frau einfach, das ist alles."

Sie hatten ähnliche Träume gehabt, dachte sie, und das war ein verdammt guter Grund, warum er besser gehen sollte. Doch sie wollte, dass er blieb, um zu sehen, wohin ihre Träume führen würden. Ihre hatten mit seinen wahrscheinlich nichts zu tun. Vielleicht hatte sie ja in seinem Traum einen Fisch ausgenommen … auf einem Karussell.

„Wer geht zuerst unter die Dusche?", fragte er. „Aber vielleicht sind Sie ja auch noch so schwach, dass Sie beim Duschen meine Hilfe brauchen."

„Ich dachte, Sie wollten mir nicht zu nahe treten?"

„Will ich auch nicht, ich teste meine Grenzen und die Regeln in diesem Haus aus."

„Dann testen Sie doch mal Folgendes: Ich habe letzte Nacht von Ihnen geträumt und Sie mir ebenfalls genauer angesehen."

Als der unerschütterliche Schotte sehr abrupt aufstand, nahm Vickie an, dass er ihre Reaktion auf seine Enthüllung jetzt verstand. „Das ist schon unglaublich, oder? Wenn Sie trockene Kekse gegessen hätten, würden Sie jetzt in diesem Bett liegen."

„Warten Sie", sagte er. „Ich hole noch welche."

Vierzehn

VICTORIA KUSCHELTE SICH noch tiefer in sein Bett, und Rory wäre am liebsten zu ihr hineingekrochen.

„Warum drehen sich schottische Karussells im Uhrzeigersinn?", fragte sie.

Rory schaltete sofort um. „Woher wissen Sie das?" Er setzte sich wieder.

Sie seufzte und schloss die Augen. „Aus demselben Grund, aus dem ich weiß, wie ein schottischer Sonnenuntergang aussieht, denke ich." Sie sah ihn an. „Fernsehen?"

„Ach so", brummte er, aber unter seiner Haut kribbelte es wie verrückt. Er massierte ihr mit den Fingerknöcheln die Halsbeuge. „Ist es besser?"

Sie sah ihn erstaunt an, und er zog seine Hand zurück. „Unsere Karussells drehen sich im Uhrzeigersinn, weil die Originale im Mittelalter gefertigt worden sind und man den jungen Männern beibringen musste, von der richtigen Seite auf ihre Pferde zu steigen und auch bei höheren Geschwindigkeiten im Sattel zu bleiben."

„Oh, verstehe, also waren damals auf den Karussells nur Pferde."

„Ja, und es waren grob gezimmerte Biester."

„Keine Einhörner mit Lilien um den Hals?", fragte sie.

Rory erinnerte sich, wie er letzte Nacht im Traum einen Finger in den Kelch einer Lilie gesteckt hatte, während er sich vorstellte, Victoria zu streicheln. Und hatte sie nicht verdammt noch mal ausgesehen, als würde sie seine Berührung spüren, genau wie jetzt?

„Ich gehe unter die Dusche." Sie schob ihn unsanft zur Seite. Dann stieg sie über ihn hinweg und ging, ohne sich auch nur einmal zu entschuldigen.

An der Tür schaute sie sich noch einmal um. „Hausregel Nummer eins: Ich gehe *immer* zuerst unter die Dusche. Und meine Grenzen werde ich im Laufe der Zeit festlegen."

Eine Stunde später stand Rory mit völlig widersprüchlichen Gefühlen unter der Dusche. *Erleichterung* … denn er hatte das Einhorn gefunden. *Schuld* … denn er nahm an, dass es nicht in Victorias Sinn war. *Panik* … weil sie voneinander geträumt hatten. *Lust* … eine süße, beispiellose Lust, die er empfand, seit er sie getroffen hatte. Zum Teufel, schon bevor er sie getroffen hatte.

Rory sah an sich hinunter. Er hatte eine Erektion. Und das wegen einer Frau, die er kaum kannte.

Das ist doch krank. Er seifte seinen Oberkörper ein. *Unmöglich.* Dann seifte er auch eine andere Stelle ein und stellte sich dabei vor, Victoria zu streicheln, so wie er die Lilie gestreichelt hatte.

Verflucht! Er sollte das nächste Flugzeug zurück nach Schottland nehmen … Aber wenn er ohne das Einhorn wiederkam, würden sie ihn steinigen.

Da er ohnehin dem Untergang geweiht war, konnte er genauso gut diesen Sturm mit Namen Victoria aussitzen, auch wenn er lieber mit ihr geschlafen hätte. *Lust.* Nichts weiter. Ein Tag in ihrer Gegenwart machte ihn so heiß wie nichts anderes.

Sie weckte in ihm den Wunsch wegzurennen, aber ebenso zu

bleiben. „Okay“, sagte er laut, während er die Dusche abstellte. Dann konnte er auch genauso gut bleiben und sich an die Arbeit machen.

Sein Schicksal lag in Victorias Hand. Was für ein Gedanke! Und wenn er schon leiden musste, wusste er doch genau, was er Victoria am liebsten in die Hand legen würde.

Als Rory später ins Hinterzimmer des Ladens ging, machte er sich als Erstes auf die Suche nach dem Schlüssel für die Vitrine des Einhorns. Er sortierte Rechnungen, die Korrespondenz und Rezepte. Er ordnete Holzkleber, Lacke, Beize und Leinsamöl in Kisten, aber er fand keinen Schlüssel.

Er teilte den Raum in drei Bereiche: Eine Werkstatt unter den Leuchtstofflampen. Ein Büro dort, wo kein Licht den Computerbildschirm blenden konnte. Den Basteltisch ans Fenster.

Dann suchte er Victoria, um sie zu bitten, ihm ihr Buchhaltungssystem zu erklären, und fand eine Hexe in Blau. Die Hände in den Hüften stand sie stirnrunzelnd vor einem Regal mit Vasen. „Sehen Sie die Vase in dem hässlichen Grau, oh Schreck? Werfen Sie sie weg.“

„Ich stelle sie hinter die anderen“, meinte Rory, aber als er sie hochnahm, glitt sie ihm aus den Fingern. „Ich schwöre, ich hatte sie fest im Griff.“

Victoria holte den Mülleimer. „Soll ich?“

„Ja, hören Sie auf zu reimen und zu träumen, Sie bringen mich ganz durcheinander.“

Sie grinste. „Was das Träumen angeht, müssen wir uns beide schuldig bekennen. Und was den Rest angeht – mein Talent zu reimen und zu zaubern ist ein reines Hirngespinst meiner Freundin Mel.“

„Versprochen?“

„Ja, sicher.“ Victoria fegte die Scherben auf. „Kein großes Ding.“

„Ja, und ich möchte nicht, dass ein Mädel das über mein bestes Stück sagt, wissen Sie?“

Sie grinste. „Ist das ein großes Ding?“

Rory ging wieder ins Hinterzimmer, so als habe er keine Lust, darauf zu antworten. Ihm war es lieber, dass sie das selber herausfand. „Ich möchte jetzt gern Ihr Buchhaltungssystem lernen“, rief er.

„Feigling“, warf sie ihm an den Kopf, als sie zu ihm kam.

„Wenn Sie so mutig sind, dann fragen Sie mich doch. Dann werden Sie schon sehen, wie groß das Ding werden kann.“

„Lächeln Sie eigentlich nie?“ Sie öffnete einen alten Eichenschrank, zog eine große braune Papiertüte heraus und gab sie ihm. „Hier.“

Rory schaute hinein. „Das würde einem Buchhalter die Tränen in die Augen treiben.“ Er fand Rechnungen, bezahlte und unbezahlte, Briefumschläge, offene und geschlossene, Rezepte, Mahnungen und geplatzte Schecks. „Sagen Sie jetzt nicht, dass das Ihre kompletten Unterlagen sind.“

„Alle Belege sind aus diesem Jahr“, sagte sie stolz. „Ich halte meine Unterlagen gern auf dem Laufenden.“

„Welche Unterlagen?“, rief Rory.

„Alle wichtigen Papiere sind da.“

„Aber Sie wissen doch, wie man mit einem Computer umgeht!“

„Sicher, nur Oma hat ihre Sachen immer … hmm. Ich schätze, Kira und Mel haben recht. Ich mag keine Veränderungen.“

„Immerhin haben Sie mir ein Zimmer vermietet.“

„Schon, aber ich habe mich erst ziemlich lange dagegen gewehrt.“

„Tatsächlich?“ Rory zupfte an seinem Bart herum und musterte sie von oben bis unten. Am liebsten wäre er ihr mit den Fingern durch ihr wildes honiggelbes Haar gefahren.

Ihr verrückter Stil, wie auch immer man ihn nennen wollte,

verzauberte ihn auf der einen Seite, auf der anderen ging er ihm auch ziemlich auf die Nerven. Er wollte sie gern ins Bett bekommen, aber die Chancen, dass dort mehr passierte, als dass sie sich ausruhte, lagen bei null.

„Rory?"

„Ich entschuldige mich für meine Ungeduld", sagte er und legte ihre Unterlagen neben den Rechner. „Haben Sie ein Kassenbuch oder ein Computerprogramm, in das ich die Zahlen eintragen kann?"

„Ich habe einen Steuerberater."

Rory schüttelte den Kopf. „Der Mann muss eine Engelsgeduld haben."

„Die hat sie, und sie schreit auch nicht rum."

„Ich vermute mal, dass ihr Honorar Sie ein kleines Vermögen kostet."

„Keine Kosten. Sie bekommt nur alle Sachen, die sie bei mir kauft, zum halben Preis."

„Sie ist wahrscheinlich Ihre beste Kundin."

Victoria bemerkte erst jetzt, wie aufgeräumt das Zimmer war, und starrte ihn an. „Sind Sie immer so besessen ordentlich?"

Ein raues Lachen entfuhr ihm, das erste seit Jahrzehnten. „Ich schätze Ordnung und Disziplin, was ich bei einem Schotten für ziemlich normal halte. Während Sie dagegen durchs Leben schweben, ohne sich um irgendwas zu kümmern."

„Ich kann nicht schweben, vielen Dank. Und ich habe genau dieselben Verpflichtungen wie jeder andere auch. Ich bin schlicht und einfach nicht so pingelig."

Rory verließ das Zimmer, ging quer durch den Laden und dann hinaus auf die Straße.

„Hey, Sie haben doch nach *mir* gesucht", sagte Victoria, während sie ihm auf die Veranda folgte.

„Ja, das habe ich." Er ging über die Fahrbahn.

„Laufen Sie gerade von zu Hause weg?“, rief sie. „Zu entsetzt, um zu bleiben?“

Er drehte sich zu ihr um, überrascht und auch berührt, dass sie ihr Haus als sein Zuhause bezeichnete.

„Was ist jetzt?“, fragte sie. „Haben Sie Ihr Kuscheltier vergessen?“

Er schüttelte den Kopf über ihre Stichelei, obwohl er sie eigentlich höchst amüsant fand. „Ich gehe Software kaufen. Für die Buchhaltung und zur Erstellung einer Website.“

„Wirklich? Und wo?“

„Seien Sie doch so nett und hören Sie auf, sich über mich lustig zu machen. Zeigen Sie mir lieber den Weg. Ich mache das für *Sie*, verstehen Sie?“

„Ein paar Kilometer in diese Richtung.“

„Mist! Haben Sie ein Fahrrad?“

„In der Garage. Sie ist offen. Die Kette könnte ein bisschen haken.“

„Wie die Buchhaltung“, murmelte Rory.

„Hey, MacKenzie“, rief sie. „Brauchen Sie Geld?“

„Nein. Ich frage mich, warum ich dieser Vereinbarung zugestimmt habe.“ Aber er war so bezaubert, dass er sich noch einmal nach ihr umdrehte, und die Hexe warf ihm einen Kuss zu.

Rory wandte sich ab. Er steckte derart in der Klemme, dass er eigentlich in das Hafenbecken von Salem springen und nach Schottland zurückschwimmen sollte.

Wenn Lili ihn von ihrem Grab aus schon nicht erwischen konnte, weil er gekommen war, um ihr Einhorn zu holen, so würde Victoria ihn ganz sicher mit einem gewaltigen Testosteronschub an den Haken bekommen.

Fünfzehn

SIE HATTE IHM Luftküsschen zugeworfen, seine Mundwinkel hatten gezuckt, und beinahe hätte er tatsächlich gelächelt, aber dann sah er das Innere ihrer Garage.

Irgendwo musste sich unter diesem Haufen kaputter Möbel ein Fahrrad befinden.

Während er herumkletterte, entdeckte Rory eine Kiste mit Gerümpel, und als er sie auf der Suche nach Schlüsseln durchwühlte, fand er ein Gemälde, das sein Herz rasen ließ. Er schaute sich die bekannte Szene genau an. Ein Karussell auf einer Lichtung mit wilden Lilien vor einem blassblauen Himmel und im Vordergrund zwei Liebende, die sich küssten. Es entsprach genau seinem Traum.

Aber wer hatte es gemalt? Er nahm es und ging damit zum Fenster, um die Signatur zu finden, doch es hatte keine. „Verflucht!"

Hatte Lili seinen Traum bereits vor hundert Jahren gemalt?

Oder war Victoria die Hexe, die ihn in seinen Träumen verzaubert und hierher gelockt hatte?

Fragen über Fragen. Je mehr er erfuhr, umso mehr wollte er wissen. Je länger er blieb, umso weniger wollte er sie missen. *Jetzt fang ich auch schon an zu reimen, verdammt noch mal.*

Rory steckte das Bild wieder in die Kiste, stellte sie so hin, dass er sie später wiederfinden würde, und suchte weiter nach Victorias Fahrrad.

Als sie später zu ihm kam, hatte er seine Hormone Gott sei Dank schon wieder ganz gut im Griff, und Victoria hatte sich von der bezaubernden Frau in den Grund für seine schlechte Laune verwandelt. Womit er wesentlich besser umgehen konnte.

„Sind Sie schon wieder zurück?“, erkundigte sie sich, als habe sie nicht gesehen, dass er dreckig und verschmiert vor ihr auf den Knien hockte.

„Sind Sie bescheuert?“, blaffte er. „Ich bin verdammt noch mal gar nicht weg gewesen. Nachdem ich die Klapperkiste aus dem Möbelfriedhof, den Sie hier angelegt haben, rausgezogen hatte, habe ich noch diese verrostete Handpumpe gefunden, um die Reifen aufzupumpen, die wahrscheinlich auf halber Strecke platzen werden. Jetzt muss ich noch die verflixte Kette aufziehen.“ Seine Stimme war mit jedem Wort lauter geworden. „Noch Fragen?“

Victoria machte einen Schritt auf ihn zu. „Also keine Lebensmittel?“

Seine Wut musste so offensichtlich gewesen sein, dass sie die Hände hob, als wolle er sie erschießen. „Okay, ich bestelle etwas. Was halten Sie von einer kleinen mexikanischen Pizza? Mögen Sie Jalapeños?“

Wütend zog Rory die Kette auf und erhob sich.

„Ich kann gar nicht glauben, dass Sie die Kette repariert haben“, sagte sie. „Hoffentlich fällt sie nicht wieder ab. Oops!“

Rory kochte. Victoria rannte.

Zehn Minuten später, als ein Laster von *Mike's Bikes* in die Einfuhr bog, fluchte er immer noch. Rory wischte sich die Hände an einem Lappen ab. „Hat sie Sie geschickt, um das Rad zu reparieren?“, fragte er den Fahrer.

Der Mann schüttelte den Kopf. „Sie hat mich gebeten, Ihnen

dieses hier vorbeizubringen und das da mitzunehmen." Er zog ein halbwegs neues Fahrrad in gutem Zustand vom Laster. „Sie sagte, dass Sie so viele Satteltaschen brauchen, wie wir anbringen können." Der Typ grinste. „Für Lebensmittel und Software?"

Als Rory sah, dass sie aus dem Ladenfenster schaute, sprang Victoria zur Seite und ließ schnell den Vorhang wieder fallen.

Während der Fahrer das alte Rad in den Laster lud, erklärte er Rory den Weg. Dann fuhr Rory zur Front des Ladens, wo Victoria auf märchenhafte Weise und äußerst reumütig erschien.

Rory warf ihr einen Kuss zu und radelte davon.

Einige Stunden später suchte er in ihrem Garten nach Basilikum, Oregano, Tomaten, Zucchini und Paprika. Während sein gut gewürztes Rinderhackfleisch vor sich hin brutzelte, pürierte er noch die Tomaten in ihrer alten Küchenmaschine.

„Das riecht ja köstlich." Sie beugte sich über die Pfanne und probierte einen Löffel. „Oh, mein Gott", sagte sie mit einem geradezu ekstatischen Gesichtsausdruck, den er lieber unter anderen Umständen gesehen hätte. „Was ist das denn?"

Rory vertrieb die erotischen Gedanken aus seinem Kopf und setzte den Deckel auf die Küchenmaschine. „Es werden gefüllte überbackene Zucchini."

„Ach, ruinieren Sie doch nicht das ganze gute Fleisch mit ekligem Gemüsezeug."

Rory ignorierte sie, drückte auf den Knopf der Küchenmaschine, und im Umkreis von drei Metern wurde alles mit Tomatenpüree bespritzt.

Victoria schrie ihn an, dass er die Maschine abschalten solle, doch je lauter sie schrie, desto schwieriger wurde es, den Knopf zu finden.

Doch unerschrocken schaffte sie es schließlich.

Wohltuende Ruhe.

Rory wischte sich übers Gesicht.

Victoria leckte sich über die Lippen. „Da fehlt noch Salz."

Rory spürte, wie seine Wangen heiß wurden. „Ich bin ein exzellenter Koch."

„Sicher. Sie wissen nur nicht, wie man eine *amerikanische* Küchenmaschine benutzt."

„Sie ist kaputt. Der Deckel, das schwöre ich Ihnen, sitzt so fest drauf, wie es nur geht."

„Stimmt, aber die Sauce kam unterhalb des Behälters raus, der dazu da ist, das matschige Zeug aufzufangen. Den muss man fester draufsetzen … So!" Victoria drückte den Behälter an seinen Platz, bis er einrastete. „Versuchen Sie es jetzt noch mal."

„Das ist Ihre Küche", sagte Rory und erwartete eine Überschwemmung, aber das verdammte Ding funktionierte tatsächlich.

„Ich gehe unter die Dusche, während Sie zu Ende kochen", sagte Victoria.

„Ach, und wer kümmert sich um die Sauerei hier?"

„Ich würde sagen, wer die Sauerei angerichtet hat, der macht sie auch weg."

„Dann wird derjenige, der die Sauerei angerichtet hat, auch der Einzige sein, der zu Abend isst."

„Zucchini? Ja, genau", sagte Victoria im Hinausgehen. „Wehe mir."

Rory mochte ihr loses Mundwerk und dachte darüber nach, wie man es besser nützen könnte.

Er schob das Abendessen in den Ofen, und nachdem er die Küche und sich selber gereinigt hatte, waren die gefüllten Zucchini, das Knoblauchbrot und die gegrillten roten Paprika fertig. Die Hände mit den Topflappen in die Hüften gestemmt, überlegte er, wie er es anstellen sollte, dass die Hexe herunterkam.

Während er den Tisch deckte, sorgte ein Ventilator, den er

hinter das Essen gestellt hatte, dafür, dass der Duft die Treppe hinaufstieg.

Keine fünf Minuten später stand Victoria strahlend sauber und ungeschminkt in der Küche. Sie trug eine ausgebeulte Jogginghose und flauschige pinkfarbene Häschenpantoffeln, auf die Tigerstar gesprungen war, sich festgekrallt hatte und jetzt die Vorderpfoten um Victorias Bein legte.

„Ist das eine magische Katze?", wollte Rory wissen.

„Nein, nur etwas gestört."

Rory bemerkte, dass Victoria versuchte, nicht auf den Topf in der Mitte des Tischs zu starren, doch sie kam nahe genug heran, um daran zu schnuppern. „Das riecht ja köstlich", bemerkte sie.

„Ja, und das ist es auch", erwiderte Rory.

Sie glättete eine Serviette. „Haben Sie für zwei gedeckt."

Rory nahm den Deckel vom Topf. „Ich dachte, Sie seien vielleicht hungrig."

„Irgendwie schon."

„Möchten Sie etwas von meinem ekligen Gemüsezeug?"

Victoria lächelte unerschrocken und sinnlich süß. „Ja, bitte."

„Dann seien Sie mein Gast."

„Sie sind ein Schatz."

Sie nahm einen Bissen und zog ein Gesicht, das er aus seinen Träumen kannte, so als würde sie in seinen Armen lebendig – Himmel, als wäre sie in seinen Armen *gekommen* –, und Rory spürte schon wieder eine Erektion, genau wie heute Morgen beim Aufwachen, wie unter der Dusche und wie in dem Moment, in dem sie in seinem Bett gelegen hatte.

Verdammt, er hatte sich innerhalb eines Tages in jemanden verwandelt, der völlig von Sex besessen schien.

Wenn er nicht aufpasste, konnte sie bald *Rory MacKenzies Niedergang* in ihren Kaminsims gravieren lassen. Er hatte seit Jahren ein völlig enthaltsames Leben geführt, und jetzt saß er hier mit einer Fremden, die sein Blut in Wallung brachte. Eine Fremde, die wahrscheinlich für seinen Traum verantwortlich war. Nach ihren Kommentaren vom Morgen und nach dem Gemälde begann er sich zu fragen, wie sehr ihr Traum eigentlich seinem glich. Wenn das nicht unheimlich war. Ziemlich sogar.

Er bekam ihre geradezu orgiastische Reaktion auf sein Abendessen mit und rutschte auf seinem Stuhl hin und her. „Schmeckt es Ihnen?“, fragte er.

„Es ist unglaublich. Wunderbar. Sie sind ein Könner.“ Victorias Grinsen schien über seine Lenden zu streichen.

Rory seufzte. „Victoria, wenn Sie und ich zusammen leben wollen, müssen wir, denke ich, ein paar Regeln aufstellen.“

Sie hob den Kopf und blickte ihn wachsam an. „Wir brauchen auch Regeln, damit wir uns nicht gegenseitig umbringen“, sagte sie. „Und damit meine ich, Regeln, die Sie davor bewahren, mich umzubringen.“

Er sah sie an. „Ich habe dasselbe gedacht. Für den Anfang: Wenn wir zusammen essen, dann waschen wir auch gemeinsam ab.“

„Abgemacht. Und wenn ich Ihnen auf die Nerven gehe, dann ziehen Sie sich zurück. Klingt das gut?“

„Und ungefähr so vernünftig, als würde man meine edelsten Teile in ein Zeugenschutzprogramm stecken.“

Er sah ihr Grinsen, während sie den Blick wieder auf ihren Teller senkte.

Während des Essens sprachen sie über das Schnitzen von Karussellfiguren, und Rory verabschiedete sich für die Nacht, nachdem sie abgewaschen hatten, denn seine Gelüste, was Victoria anging, zu beherrschen, war für ihn die Hölle.

Als er in seinem bequemen, wenn auch ein wenig zu weichen Bett lag, schlug er ihr Buch über alte Damenunterwäsche auf und begann, mit Interesse zu lesen.

In der Abenddämmerung wartete Rory auf Victoria. Der Mond war schon aufgegangen, die Sterne würden sich bald zeigen, und die Grillen zirpten, um Victoria den Weg zu weisen.

Weil das Einhorn mit seiner Magie sie beim ersten Mal zu ihm geführt hatte, strich Rory über das goldene, gedrehte Horn, während er auf sie wartete.

Als Victoria schließlich um das Karussell herumkam, ihre Blicke sich trafen und ihre Herzen und Seelen miteinander verschmolzen, erinnerte sich Rory daran, wie sie schmeckte und wie sie sich anfühlte … auch wenn er nicht wusste, warum er sich daran erinnerte.

Das Blut pulsierte in seinen Adern. Er kannte das wunderbare Gefühl, sie in den Armen zu halten, und sehnte sich danach, jede einzelne Kurve, jeden einzelnen Zentimeter ihres verführerischen Körpers zu begutachten.

In ihrem Gesicht erkannte er eine ähnliche Erregung und hoffte, dass sie sich in der gleichen intensiven und überraschenden Art und Weise nach ihm verzehrte, wie er es tat.

Der Wind spielte mit ihren widerspenstigen Locken und drückte ihr mit einem Schottenmuster versehenes blassblaues Kleid an ihren runden, üppigen Leib.

Dann wurde ihm klar, dass das Schottenkaro, das sie trug, sein eigenes war.

Sie kam auf ihn zu, und er wartete darauf, sie in die Arme zu nehmen, um sie zu küssen, zu umarmen, irgendwas … alles, was sie zu geben bereit war.

Victorias Augen strahlten vor Erregung und Erinnerung, als wenn solche Begegnungen schon seit ewigen Zeiten stattfanden, und trotzdem …

Bald würde sie ihm nah genug sein, um sie zu berühren, aber plötzlich hatte er das Bedürfnis zu erfahren, warum er dieses absurde Verlangen nach einer Fremden hatte.

Ihre Augen … sie trafen ihn direkt in sein leeres Herz, sprachen von geteilten Träumen, lebenslanger Reue und unerfüllten Schicksalen.

Bei ihrem Anblick erinnerte er sich an gebrochene Herzen, an das letzte Signal vor der Abfahrt eines Schiffes, das wie eine Totenglocke klang. Sie blieben beide stehen und fielen sich in die Arme, um sich einen letzten bittersüßen Kuss zu geben.

Ach, aber wo sollte er ein so klares Bild finden? Und warum tat es so verdammt weh?

Als es so aussah, als würde Victoria sich nicht in seine Arme werfen, denn für eine Minute fürchtete und betete Rory, dass sie es tun würde, verspürte er das starke Bedürfnis, sie festzuhalten … und ein noch stärkeres, sich umzudrehen und davonzulaufen.

Er war hin- und hergerissen zwischen ihrer Anziehungskraft und seiner Erregung und Angst. Doch trotzdem wich er nicht.

Ihre Hände berührten sich, als sei es das erste Mal. Sie hielten sich zärtlich fest, dann entglitten sie einander. Erinnerungen stiegen wieder auf. Ein Bild erschien – er küsste ihre Finger, sie seine –, und sie lachte, was ihn an Vogelgezwitscher an einem Frühlingstag erinnerte. Und dann liebten sie sich in einem Ruderboot.

Und dann war da noch eine sehr klare Erinnerung. Er spürte, wie seine Männlichkeit sich erhob, so als würde er dort am Boden des Bootes tatsächlich in sie eindringen.

Rory kannte diese Frau, und er wollte sie mit einem Verlangen, das so alt war wie die Menschheit. Er hob sie hoch, setzte sie auf das Karussell, und schon verschwand sie aus seinen Händen.

Völlig ohne Grund stieg Panik in ihm auf, denn naturgemäß würde das Karussell sie ihm ja zurückbringen.

Als er es nicht aushielt, länger zu warten, sprang Rory auf das drehende Rund und versuchte, sie einzuholen. Er taumelte von

Pfosten zu Pfosten, lief so schnell, wie die Musik spielte, und sein Herz stockte, als er Victoria sah.

Dann war er bei ihr, nahm ihre Hand und führte sie zu dem schaukelnden Triumphwagen. Es war ein Drache, zu kraftvollem Leben erweckt, mit einem Hauch von schimmerndem Mahagonie über gedecktem Dunkelrot.

Anstatt zuzulassen, dass er sie hineinsetzte, bedeutete sie ihm, sich zuerst zu setzen, und so saß er und wartete. Sie kletterte zu ihm, setzte sich auf seinen Schoß und umschlang ihn mit den Beinen. Dass sie sein tiefstes Verlangen gespürt hatte, verblüffte Rory über alle Maßen. Aber aus dem Schock wurde schnell Dankbarkeit, was zu Erregung führte, dann zu Lust und schließlich zu dem berauschenden Wunsch nach Erfüllung.

Als der Drache schaukelte, traf Rorys Männlichkeit auf Victorias weibliche Mitte. Ihre Bewegungen waren sinnlich und verführerisch wie die Hölle, als wolle sie, dass er trotz der Kleidung zwischen ihnen in sie eindrang.

Mit ihrem Einverständnis öffnete Rory den ersten Knopf an ihrem Kleid, dann den nächsten und den nächsten, bis er ihr Hemd und ihr Korsett seinem hungrigen Blick enthüllte. Er wog ihre schweren Brüste in seinen Händen, spürte, wie ihre Brustwarzen sich unter seinen streichelnden Daumen aufrichteten.

Victoria schloss die Augen, hob das Kinn und ließ ihren Kopf in den Nacken fallen, wobei ihre Haare seine Finger kitzelten, als er eine Hand auf ihren Po legte und mit der anderen ihre knospenden Brustwarzen durch das Hemd massierte.

Ihr durchdringender Schrei und ihre offensichtliche Erlösung bei einer so einfachen Berührung ließen ihn ganz wild werden.

Er nahm ihre üppigen Brüste in seine Hände. Der Triumphwagen mit dem Drachen schaukelte, das Karussell und seine Musik rasten auf ihrer endlosen Reise dahin, und der Duft von Lilien erfüllte die Luft, als Rory Victorias Brustwarzen zwischen die Lippen nahm, während sie in ein Reich fuhren, wo Drachen den Himmel beherrschten und es nichts als Vergnügen gab.

„Victoria!"

Sechzehn

RORY WACHTE AUF, weil er Victorias Namen rief. Sein schweißbedeckter, erhitzter Körper lag unter den zerwühlten Laken in einem fremden Bett, und jeder einzelne der verdammten Spiegel zeigte seine sexuelle Frustration. Er schloss gequält die Augen und wünschte sich in seinen Traum zurück.

Welcher Wahnsinn ihn auch immer gepackt hatte, Victoria Cartwright hatte in den zwei Tagen, in denen er jetzt unter ihrem Dach geschlafen hatte, seine Träume erobert. Es war die reinste Qual, ihre aufreizende Gegenwart tagsüber ertragen zu müssen, wenn er sie nur nachts berühren durfte.

Hatte Victoria das Traumbild gemalt, das er in der Garage gefunden hatte?

Rory warf die Laken zurück. Lag sie jetzt gerade in ihrem Bett, genauso verschwitzt und feucht wie er? Er nahm seinen Penis in die Hand und stellte sich vor, sie würden zu Ende bringen, was sie begonnen hatten.

Würde sie auf dem Rücken liegen, ihre Knie anziehen oder hemmungslos spreizen? Er sah sie vor seinem geistigen Auge, wie er ihre Hand durch seine ersetzte und tief in ihre warme, feuchte Mitte eindrang. Er öffnete seine Lippen über ihren, und sie schrie ihre Erlösung in seinen Mund.

Rory fluchte und strich sich mit dem Handrücken über die

Stirn. Und er hatte gedacht, er würde ganz gut enthaltsam leben können.

Vor vier Monaten war dieser Traum das erste Mal zu ihm gekommen. Vor vier Monaten hatte Victoria das Einhorn entdeckt.

Zwei Nächte unter ihrem Dach. Zwei Nächte voller sexueller Träume.

Ein seltsamer Zufall oder schicksalhafte Verknüpfung?

Eine Verknüpfung war das Einhorn.

War diese Figur ein Katalysator? War es Drummonds Einhorn? Sollte er es einfach hierlassen und noch bei Verstand nach Caperglen zurückkehren? Das Einhorn konnte Lilis Rache dafür sein, dass Drummond damals die Verlobung gelöst hatte.

Eine hundert Jahre währende Rache?

Rory stand auf und begann, in seinem Zimmer auf und ab zu laufen.

Als er Victoria in Melodys Sendung gesehen und geglaubt hatte, sie käme ihm irgendwie bekannt vor, hatte er sich noch für verrückt erklärt.

Als er sie später in der Antiquitätenshow mit dem Einhorn gesehen hatte, wusste er, dass er nicht verrückt war.

An seinem ersten Tag in den Staaten hatte er seine Traumfrau in Fleisch und Blut auf der Veranda stehen sehen. Keine Frage, dass sie seitdem in seinen Träumen lebendig wurde.

Tatsache oder Fantasie?

Er würde ja verstehen, dass er sie unbewusst in seine Träume aufnahm, hätte er sie bereits gesehen, *bevor* die Träume angefangen hatten.

Rory stieß einen missbilligenden Laut aus und ging ins Badezimmer, um zu duschen. Dann begann er, ein Frühstück zuzubereiten, dessen Duft Victoria anlocken würde, weil sie ihm nicht widerstehen konnte.

Nachdem er seine Kreation in den Ofen geschoben hatte, vernahm er einen Krach, der sich anhörte, als würde sie die Treppe herunterpurzeln. Er lief in den Flur und sah sie auf ihrem Po sitzen.

„Ich bin okay", meinte sie nur, stand auf und ging ruhig in die Küche.

„Haben Sie sich verletzt?", fragte er.

„Nein, ich bin ja auf meiner schön gepolsterten Seite gelandet."

„*Sehr* schön gepolstert. Wollen Sie, dass ich sie einreibe? Ein wenig Salbe auftrage?"

Victoria hob ihre verschränkten Arme auf den Tisch, legte ihren nassen Kopf darauf und schloss die Augen.

Rory spürte erneut eine Woge des Verlangens. Er goss ihr das nach Kürbis duftende Koffein in einen Becher und zog an dem Kragen ihres Morgenmantels, damit sie den Kopf hob. Dann hielt er ihr den Becher vor die Nase. „Haben Sie mit geschlossenen Augen geduscht?"

„So was kann ich", sagte sie, die Augen weiterhin fest zusammengekniffen. Aber sie schnupperte und öffnete sie dann. „Sie sind ein Schatz." Sie nahm den Becher in beide Hände, trank einen Schluck und seufzte: „Der Nektar der Göttin."

„Vielleicht sollten Sie sich einen Becher auf den Nachttisch stellen, damit Sie morgens sicher die Treppe runterkommen. Auf der Packung steht, dass es auch kalt schmeckt."

Victoria fuhr sich durch ihr nasses Haar, nahm noch einen weiteren Schluck und lächelte dann zum ersten Mal an diesem Morgen. „Was ist denn *das* für ein göttlicher Duft?"

„Selbst gemachte Zimtröllchen." Er nahm sie aus dem Ofen und hielt ihr die Kuchenform vor die Nase, um sie ein bisschen zu quälen. „Normal oder mit Guss?"

Sie fuhr sich mit beiden Händen durch die Haare, wobei sich ihre Brüste hoben, was so verdammt aufreizend aussah, dass er beinahe die Kuchenform hätte fallen lassen. „Ich mag sie dick bestrichen“, sagte sie.

„Aber gern, jederzeit.“

„Was?“, fragte sie.

„Ich bestreiche Sie – Ihre … Röllchen, ein Zimtröllchen, mit Glasur. Ganz wie Sie es wünschen.“

Victoria schüttelte den Kopf, als sei er verrückt, und das war er auch ganz sicher. Sie schaute nicht weg, als er sich die Glasur vom Finger leckte, so wie er sie gern von ihren Fingern geleckt hätte.

„Sind Sie real?“, fragte sie ihn.

„Wie?“

Sie hielt ein Zimtröllchen hoch.

„Ach, weil ich gern backe?“

„Und weil Sie kochen und das Essen aus der Erde ausgraben.“

„Das nennt man Gartenarbeit. Es ist mein Hobby wie Kochen und Backen.“

„Sie sind wirklich Einsiedler, nicht wahr?“

„Ja, ich komme ganz gut ohne Menschen aus. Mein Grundstück ist ein paar Kilometer von meinem nächsten Nachbarn entfernt, und genau so mag ich das.“

Sie teilte das Röllchen, strich Butter auf beide Hälften, klappte sie zusammen und leckte sich geradezu ekstatisch die Finger ab.

Der Ausdruck auf ihrem Gesicht beim ersten Bissen erhöhte seinen Testosteronspiegel in eruptiver Weise.

„Womit habe ich es nur verdient, dass Sie in meiner Küche gelandet sind?“, fragte sie.

Ach, würde sie ihn doch fragen, ob er mit ihr ins Bett gehen wolle.

„Sie haben das Einhorn gefunden und es in der *Roadshow* vorgestellt.“

„Also ist die *Roadshow* noch ein Hobby?“

„Ja, könnte man so sagen.“

„Und das Einhorn ist so wichtig, dass Sie deswegen um die halbe Welt reisen?"

Oh, das hatte er sich wohl selbst eingebrockt. Verdammtes Testosteron. „Es ist eine seltene Figur, soviel ich weiß. Aber sie hier zu finden war mehr Glück als Verstand. Mehr als ich jemals erwartet hätte."

„Danke." Sie warf ihr Haar von der einen auf die andere Seite und lockerte es mit allen zehn Fingern auf. „Mel ist ein helles Köpfchen, dass sie an die *Roadshow* gedacht hat."

„Ihre Freundin hat schon ein paar gute Ideen."

„Hey, glauben Sie nicht, dass das von Anfang an so war. Als sie die Küchenhexe wurde, konnte sie noch nicht einmal Brot toasten, ohne dabei einen Feuerlöscher zu benutzen. Ich habe noch die Kürbissuppe gemacht, die sie in ihrer ersten Show ruiniert hat."

„Sind Sie eifersüchtig auf Melody?"

„Seien Sie nicht albern. Sie ist eine meiner besten Freundinnen, aber ihre erste Kürbissuppe war von mir. Fragen Sie sie. Fragen Sie nur. Sie wird es Ihnen selbst erzählen."

„Na gut", meinte Rory und stellte ihr noch ein Zimtröllchen hin. „Wie machen Sie Kürbissuppe?"

Vickie schnaubte ärgerlich. „Ich kann mich nicht mehr erinnern. Aber nur deshalb, weil es Omas Rezept war und sie mir gezeigt hat, wie …"

„Klar. Wenn Sie kochen könnten, würden Sie nicht so viel Pizza essen."

„Ich mag Pizza. Ich *möchte* nicht kochen. Es ist nicht so, dass ich es nicht kann. Bei den seltenen Gelegenheiten, wo ich es tue, habe ich Erfolge und Misserfolge, so wie jeder andere auch."

„Aha!"

„Was?", fragte Victoria. „Ist ihnen noch nie ein Braten missraten?"

„Noch nie."

Sie blickte an ihm vorbei, ihre Heiterkeit verriet sie.

„Es qualmt …"

Rory drehte sich zu seinem rauchenden Omelett um, das gerade Feuer fing.

„Verdammt!" Er griff nach der Pfanne, fluchte, schnappte sich einen Topflappen und trug das Inferno nach draußen.

Als er es betrachtete und sich überlegte, was er damit machen solle, hielt Victoria ihm durch die offene Tür den Pfannendeckel hin.

Rory nahm ihn in stummer Undankbarkeit und erstickte das Feuer. Dann ging er wieder in die Küche.

„Das kommt davon, wenn man so eingebildet ist!", bemerkte Victoria und schlürfte mit einem erotischen Grinsen ihren Chai.

„Eingebildet", wiederholte er und zupfte an seinem Ohrläppchen. „Bin ich das?" Rory hob eine Augenbraue. „Sie haben wieder gereimt, und mir ist zum ersten Mal ein Essen angebrannt."

„Ich habe nicht gereimt."

„Sie haben *Braten* auf *missraten* gereimt, und dann ist mein Frühstück in Flammen aufgegangen. Sind Sie sicher, dass das nicht einer Ihrer Wünsche war, genauso wie Ihr Ritter und der abstürzende Vorhang und … Sind Sie eine Hexe, Victoria?"

Sie lockerte wieder ihr Haar auf, das ihr in verführerischen Wellen über die Schultern fiel. Er hatte noch nie eine Hexe gesehen, die so unschuldig aussah. Ach, was wusste *er* schon? Er hatte ja überhaupt noch nie eine Hexe gesehen.

„Ich reime nicht absichtlich", erklärte sie. „Und verdammt, das sage ich allen immer wieder. Nein, ich bin absolut keine Hexe."

„Allen?"

„Vergessen Sie's. Wenn ich eine Hexe wäre, dann würde ich mich aus der finanziellen Misere herausholen, in der ich stecke. Ich bin absolut keine Hexe. Obwohl Mel in ihrer Show die

Sachen trägt, die ich verkaufe, und damit Werbung für meinen Laden macht, verdiene ich nicht genug, um davon leben zu können."

Rory setzte sich ihr gegenüber, nahm ein Zimtröllchen und legte es ihr auf den Teller. „Essen Sie noch eins. Wenn ich den Zustand Ihrer Bücher sehe, wundert mich das auch nicht."

„Können wir das Thema wechseln? Über Geld zu reden ist deprimierend."

Er nahm sich selber ein Zimtröllchen. „Welches heitere Thema würden Sie denn bevorzugen?"

Sie hob eine Augenbraue. „Haben Sie jemals die Karte *Der Wagen* im Tarotspiel gesehen?"

Rory hielt inne. „Nein, das kann ich nicht behaupten."

„Sie symbolisiert das Zusammenführen von widerstreitenden Kräften, manchmal von männlichen und weiblichen, um auf ein gemeinsames Ziel hinzuarbeiten."

„Und was wollen Sie damit sagen?"

Sie zuckte die Schultern. „Ich schätze, mir schwirren heute Morgen Wagen im Kopf herum."

Und als ob das nicht schon irritierend genug gewesen wäre, biss sie in eine weitere mit Butter bestrichene Zimtrolle, und dieses Mal hätte er beinah einen Orgasmus bekommen. Sie öffnete die Augen. „Haben Sie jemals einen Drachenwagen gebaut?"

Rory fummelte an seiner Zimtrolle herum und schmierte sich die Handfläche mit Glasur ein.

„Ja oder nein?"

Er stand auf, um sich ein Küchentuch zu holen. „Noch nie", erwiderte er und schaute ihr direkt in die Augen.

„Okay", sagte sie. „Haben Sie jemals in so einem Wagen gelegen?"

Siebzehn

RORYS BLICK WAR voller Verlangen. Vickie zitterte. Noch nie hatte der Blick eines Mannes sie so sehr in ihrem Inneren berührt. „Ich wiederhole", sagte sie, „haben Sie jemals in einem solchen Wagen *gelegen*?"

Er hob den Kopf, und seine hellen blauen Augen wurden schmal. „Ich habe … in einem geflirtet."

Aha, genauso wie ich. Die Funken sprühten nur so, und die Luft schien zu summen wie ein Vibrator auf höchster Stufe.

Rorys Männlichkeit erhob sich, und er bemerkte, dass sie es bemerkte, aber er ließ sich nicht verunsichern.

Vickie konnte ihren Blick kaum abwenden. Hatte er etwa ein erotisches Interesse an ihr?

Ja, klar.

„Und du, Victoria?", fragte er. „Hast du schon mal in einem solchen Wagen geflirtet?"

Vickie wählte ihre Antwort genau. „Nicht am helllichten Tag."

„Also nachts?", fragte er ernst und ziemlich alarmiert.

Sie zuckte die Schultern. Sie wollte ihm nicht zu viel verraten.

„Und mit wem hast du geflirtet?", fragte er.

„Verdammt, MacKenzie. Der besagte Drache spuckt Feuer, und trotzdem wirfst du ihn mir zurück."

„Wenn ich ein Schwert tragen würde, würde man das eine Parade nennen."

„Oh, du trägst durchaus ein Schwert. Es ist lang, dick und zum Angriff bereit."

Auch wenn Rorys Lippen sich nicht bewegten, lag ein Lächeln in seinem Blick, das sie wie ein Pfeil mitten ins Herz traf.

„Mein bestes Stück dankt dir, Victoria. Heißt das, du hast Lust zu einer kleinen Schlacht?"

Vickie war sich nicht ganz sicher, was sie mehr wollte, ihn küssen, Sex mit ihm haben oder ihn erst die Treppe hinaufschleppen – auch wenn er ein völlig Fremder war, was ein Funken gesunden Menschenverstands ihr noch einzuflüstern versuchte. Geile Fremde … die in ihren Träumen Sex miteinander hatten.

„Hast du wach oder im Schlaf in diesem Wagen geflirtet?", fragte sie, um herauszubekommen, ob sie von demselben Traum sprachen.

„Ich glaube, du kennst die Antwort", erwiderte Rory.

„Verdammt", fuhr Vickie ihn an. „Sag es doch einfach."

„Kann ich nicht."

Vickie stieß einen Seufzer aus. „Hör mal zu, *meine* Fahrt in dem Triumphwagen hat mich völlig verrückt gemacht. Aber sie war nicht real."

Rory schwieg, deutete ein Kopfnicken an, stellte einen Stuhl neben sie und setzte sich.

Sie drehte sich um und sah ihn an.

„Also habe ich letzte Nacht deine Brüste nicht zwischen meinen Lippen gehabt?", fragte er und steigerte damit die Spannung zwischen ihnen ins Unermessliche.

Victoria schüttelte nur den Kopf, denn ihre Zunge klebte ihr am Gaumen.

Rory räusperte sich. Sie so sprachlos zu sehen gab ihm ein

Gefühl von Macht. „Es hat dir schon wieder die Sprache verschlagen, Mädel, weil das alles *nicht* passiert ist?"

In dem vollen Bewusstsein, dass sein Verlangen stärker war als seine Vorsicht, öffnete Rory den Gürtel von Victorias Morgenrock. „Keine Angst", sagte er.

„Hab ich nicht", flüsterte sie.

„Ich sollte das eigentlich nicht tun", fügte er hinzu und knöpfte ihr mit Rüschen und Spitzen besetztes Nachthemd auf, während sie ihm einfach nur zusah.

„Warum tust du es dann?", fragte sie. Es war bestenfalls ein symbolischer Protest.

„Ich muss etwas wissen."

„Du könntest auch fragen."

„Du könntest mich aufhalten."

„Darüber denke ich gerade nach."

„Keine Angst. Ich habe nicht vor, dich auszuziehen."

„Gott sei Dank."

Rory sah, dass Victorias Blick auf seinen Händen ruhte, die sich in der Nähe ihrer Brüste zu schaffen machten, und deutete das als ein Zeichen, nicht aufzuhören. „Ich will sehen, ob die feuerroten Sterne, die ich in meinen Träumen auf deiner linken Brust gesehen habe – großer Gott, sie sind da!"

Er spürte ihren schnellen Herzschlag unter seinen Händen, die er eigentlich wegnehmen müsste, auch wenn sie keine Anstalten machte, ihren Morgenrock zusammenzuziehen. Ihre Brustwarzen entblößte er dabei nicht, denn ihre Sterne schmückten die innere Wölbung ihrer linken Brust an ihrem Dekolleté. Er hatte keinen Grund weiterzugehen, abgesehen davon, dass er mit seinen Lippen jede Stelle berühren wollte, an der sein Geist schon gewesen war.

„Ich habe immer gedacht, dass Träume nicht wahr werden", sagte sie und schaute zu ihm auf, „aber wenn du im Traum wirklich mein Tattoo gesehen hast, dann musst *du* ausgestattet sein wie ein Bulle."

„Du hast überhaupt nichts gesehen?"

„Riesig", erwiderte sie. „Wirklich riesig." Sie breitete die Arme so weit auseinander, dass er sich beinah verschluckt hätte. „So lang", sagte sie.

„Das ist eine verrückte Spekulation … basierend auf … vor einer Minute, als du mich mit deinen Blicken verschlungen hast, konnte ich nicht anders, als größer zu werden."

„Es ist keine Spekulation. In meinen Träumen hast du einen Kilt getragen, MacKenzie, und der Wind hat ihn hochgerissen, als ich heute Nacht um das Karussell herumgelaufen bin. Und da habe ich ihn in seiner vollen Pracht gesehen."

„Ja, kalte Teile der männlichen Anatomie sind ein fester Bestandteil der schottischen Tradition, aber ich habe nicht gewusst, dass du auch nur einen winzigen Blick riskieren konntest."

„Von winzig kann gar nicht die Rede sein." Victoria legte ihre Handflächen auf seine Schenkel, während er ihren warmen Atem an seinem Hals spürte. Mit ihren Fingern übte sie leichten Druck aus, und je weiter sich ihre Lippen den seinen näherten, umso mehr fühlte Rory sich wie dieser Bulle. Total erregt und zu allem bereit.

„Ich habe heute Nacht einen schönen Eindruck von deiner ganzen Pracht bekommen, MacKenzie, und ich muss deinen Reißverschluss nicht öffnen, um das zu beweisen."

„Aber ich wünschte, du tätest es."

Rory wuchs, während ihr Herzschlag sich beschleunigte, und er legte seine Handfläche auf diesen Herzschlag, und sie ließ ihn gewähren.

„Was hat dich denn im Triumphwagen so mutig gemacht …?"

„… mich auf dich zu setzen?" Sie glitt mit ihrer Hand näher

an das Zentrum seiner Begierde. „Ich war sicher, dass ich eine potenziell gefährliche Situation im Griff habe“, sagte sie.

„Du bist auf einem Drachen geritten, um seinen Flammen zu entkommen? Mutiges Mädchen!“

Victoria hielt inne. „So habe ich das noch gar nicht gesehen.“

„Ja, glaub das einem Drachen. Du hättest dich verbrennen können.“

„Ich wollte in diesem Traum schon seit Monaten mehr als nur die Küsse, aber ich wusste nicht, wie viel mehr und wie ich dahin kommen sollte.“

„Seit Monaten?“, wiederholte Rory, während ihre Hände sich langsam seiner Männlichkeit näherten. „Wie lange hast du diese Träume denn schon?“

„Seit ich das erste Mal in der Dachkammer meiner Großmutter geschlafen habe. Ich war noch ein Kind und habe davon geträumt, einen Schottenjungen im Kilt zu treffen. Später dann von einem unschuldigen Kuss und so weiter. Und über die Jahre hat dieser Mann ein Feuer in mir entfacht. Aber wir sind nie über diesen Kuss hinausgekommen … bis du hier aufgetaucht bist.“

Sie strich sich über die Augenbraue. „Kein Wunder, dass du mir sofort bekannt vorkamst. Wie lange hast du diesen Traum schon?“

„Seit vier Monaten.“

„Bei dir ist es also ungefähr zu der Zeit losgegangen, als ich das Einhorn gefunden habe? Dann bist du gekommen, um dir das Einhorn anzusehen, und wir haben beide angefangen, von mehr als diesem Kuss zu träumen. Das ist ja total verrückt.“

„Gestern Nacht“, erkundigte sich Rory, um von dem Einhorn abzulenken, „haben wir es da in deinem Traum getan?“

„Nein“, seufzte sie. „Aber ich hoffe, dass ich, wenn ich morgen früh aufwache, nicht so … frustriert bin.“ Sie wurde knallrot.

„Lass mich meine Gefühle so beschreiben“, sagte er, „auch wenn ich sie dir eigentlich nicht vollständig offenbaren sollte. Seit ich hier bin, träume ich Tag und Nacht davon, dass es über diesen Kuss hinausgeht. Und die letzte Nacht war ganz besonders.“

„Ach!“

„Ja“, nickte Rory. „Aber du musst dir keine Sorgen machen. Wenn ich wach bin, bist du sicher. Ich würde niemals …“

„Weil ich zu gut im Futter stehe?“

„Victoria … du hast einen Körper, den ich anbete, und mal ganz abgesehen von meinem Verlangen nach dir, willst du damit sagen, dass du den Traum im wirklichen Leben fortsetzen möchtest?“

„Na ja, du Trottel. Habe ich nicht so ausgesehen, als habe es mir gefallen?“

„Also könnte ich dich jetzt sofort die Treppe rauftragen und …“

Victoria entzog sich ihm so schnell, dass er das Gefühl hatte, eine Welle würde über ihm zusammenschlagen, so kühl wurde die Luft.

„Ganz langsam, Meister. Glaubst du, ich habe da oben ein Karussell? Oder einen Triumphwagen mit einem Drachen davor? Ich möchte, dass es *im Traum* passiert. Im wirklichen Leben kennen wir uns doch überhaupt nicht.“

Rory lehnte sich auf seinem Stuhl zurück. „Stimmt. Abgesehen von den Sternen auf deiner Brust, Blicken unter den Kilt und einem wahnsinnigen Verlangen, mit dir zu verschmelzen, wie ich es noch nie empfunden habe.“

„Genau“, sagte Victoria. „Abgesehen davon.“

„Also nehme ich an, dass deine Antwort auf mein Angebot *nein* lautet.“

„Ja … Nein … Es ist ein Nein. Im wirklichen Leben ein ganz klares Nein.“

Rory stand auf, sah, dass Victorias Morgenrock noch immer offen stand und die Sterne auf ihrer Brust ihn zu verhöhnen schienen. „Ich brauche eine Dusche", sagte er und steckte die Hände in die Hosentaschen.

Victoria war klar, dass er seiner misslichen Lage nur mit seinen eigenen Händen abhelfen konnte. „Am besten duschst du kalt." Und das freche Biest zwinkerte ihm zu.

Als Victoria sich ihr blaues Siebzigerjahre-Kleid über den Kopf zog, dachte sie, dass Rory und sie jetzt wohl noch ein paar Regeln für ihr Zusammenleben hinzufügen sollten, um zu verhindern, dass sie miteinander ins Bett stiegen. Besonders jetzt, da er ihr ganz deutlich gezeigt hatte, dass er sie attraktiv fand.

Wer hätte das gedacht?

Der arme, so unglaublich gut ausgestattete Kerl hatte in den letzten beiden Nächten auch nicht besser geschlafen als sie. Sie würde jetzt jedes Mal rot werden, wenn sie ihn ansah.

Bevor sie den Laden öffnete, fuhr sie zu *Cups*, dem Tee- und Tarotladen ihrer Freundin Wisteria.

Sie war die beste Kupplerin der Stadt – ganz in Salems Hexenstil. Sie brachte Paare zusammen, ob die das nun wollten oder nicht. Und auch wenn Vickie sie mit Details aus ihren erotischen Träumen überschüttete, behielt sie alles für sich.

Sie kaufte ein Pfund *verhexten* Kaffee und eine zusätzliche Kaffeemaschine, und Wisteria empfahl ihr ein paar Haferkekse und Shortbread, wie „ihr Schotte" sie sicher mögen würde. Und als Vickie schon im Begriff war zu gehen, sagte sie: „Sorg dafür, dass deine Träume wahr werden, Schätzchen. Das ist alles, was ich dazu sagen kann." Sie drückte Vickies Schulter und schob sie hinaus, während die Türglocke eine zauberhafte Melodie klimperte.

Sorge dafür, dass deine Träume wahr werden … so ein einfacher Satz, ein ganz schön gewagter Hinweis unter den gegebenen traumhaften Umständen. „So ein Mist!“

Im *Unsterbliche Klassiker* stellte Vickie die Kaffeemaschine und die anderen Dinge neben Rorys Schreibtisch.

„Kaffee!“, sagte er und blickte vom Computer auf. „Oh, und Kekse aus meiner Heimat. Ich könnte deine …“

„Meine was?“, fragte sie.

„Entschuldige. Ich habe nur daran gedacht, was ich in meinem … in unseren Träumen geküsst habe, und dabei vergessen, was ich eigentlich sagen wollte.“

„Du könntest mir die Füße küssen.“

Rory warf einen Blick nach unten. „Sogar deine Zehen sind sexy“, sagte er. „Ich mag Frauen mit lackierten Fußnägeln.“ Dann fügte er bedauernd hinzu: „Aber jeder Kuss bringt uns in Schwierigkeiten. Hättest du Interesse an Schwierigkeiten? Mein bestes Stück wäre bereit.“

„Beste Stücke, Schwerter, Ruten … so was ist alles verdammt gefährlich“, meinte Vickie, ohne wirklich *Nein* zu sagen, um sich alle Möglichkeiten offenzuhalten. Mit schwungvollen Schritten und einem Grinsen auf den Lippen ging sie in ihren Laden. *Sexy Zehen, was?*

Die Tatsache, dass sie in der Lage war, diesen großartigen Schotten anzumachen, verlieh ihr eine Energie, die sich fast mystisch anfühlte. So als könne sie einfach jeden Wunsch reimen.

Himmel, vielleicht konnte sie ja auf diese Weise ihr Sexleben in Ordnung reimen. Sie würde damit anfangen, dass Rory flach auf dem Rücken vor ihr lag und sein bestes Stück Haltung angenommen hatte.

Aber jetzt wurde es Zeit, den Laden aufzumachen, also machte sich Vickie daran, ihren Lebensunterhalt zu verdienen, und schaffte es für den Rest des Vormittags, nicht mit Rory zu flirten.

Um elf schrie sie vor lauter Frust auf, und Rory kam sofort angerannt.

„Was ist los?“, fragte er.

Vickie ballte die Fäuste. „Ich bin ausgeraubt worden.“

Achtzehn

„WIE VIEL HABEN sie mitgehen lassen?"

„Eine Schneekugel."

„Ist das alles?"

„Es ist eine Schneekugel aus einer wertvollen Sammlung."

„Und weißt du, wer es war?"

„Ja", sagte Vickie und zeigte auf das Modepüppchen im mittleren Alter an der Bushaltestelle. „Sie."

„Hast du irgendwas gesagt?"

„Ja, schon. Ich habe gesagt: ‚Mir wäre es lieber, wenn Sie die Zweihundert-Dollar-Schneekugel, die sie in Ihrer Dreitausend-Dollar-Tasche haben, bezahlen würden.'"

„Das hast du nicht gesagt."

„Doch, aber sie hat mich ignoriert und ist einfach gegangen."

„Das kann ich kaum glauben."

„Willst du dich über mich lustig machen?"

„Nein, verdammt, ich spreche aus Erfahrung. In meinen Träumen kann ich dich jedenfalls nicht ignorieren."

Darüber musste Vickie lächeln, aber ein Blick auf die Diebin verdarb ihr die Freude gleich wieder. „Sieh sie dir an, schmuckbehangen und ganz unschuldig. Ich wünschte, die Schneekugel würde platzen und ihr die Handtasche verpatzen."

Als der Bus kam und Leute ausstiegen, blieb ein Kind in

einem Halloween-Kostüm mit seinem Schwert im Henkel der Handtasche hängen und zog sie nach unten, sodass die Schneekugel herausfiel und auf den Bürgersteig knallte, wobei die schicken pinkfarbenen Wildlederschuhe der Diebin mit Glitter und Wasser vollgespritzt wurden. Als das Schwert zerbrach, fiel die Tasche auch auf den Boden, und eine Menge wertloser Kram fiel ebenfalls heraus.

Die Diebin drohte der Mutter des Jungen, aber Vickie lief auf die Veranda. „Brauchen Sie Hilfe?", rief sie. „Der Junge war das nicht. Ich hab alles gesehen." Die Diebin verstummte, sammelte schnell ihre Sachen auf und ging ruhig die Straße hinunter, wobei sie eine nasse Fußspur hinterließ.

Als Vickie in den Laden zurückkam, machte Rory ein finsteres Gesicht. „Da ist wieder einer deiner gereimten Wünsche in Erfüllung gegangen", stellte er fest. „Ich würde es nicht glauben, wenn ich es nicht mit eigenen Augen gesehen hätte."

„Ich kann mich nicht daran erinnern, gereimt zu haben. Und was ist so schlecht daran, wenn ein Ladendieb seine gerechte Strafe bekommt?"

Rory hob eine Hand. „Reim bitte einfach *keine* Wünsche, wenn ich in der Nähe bin, okay?"

„Du machst dir wohl Sorgen um dein Prachtstück, was?"

Er legte ihr den Finger auf die Lippen. „Spiel nicht mit ihm."

„Ich habe gerade gedacht, das wäre vielleicht ganz lustig."

Rory hob das Kinn und zog an den nicht vorhandenen Bündchen seines marineblauen Rollkragenpullovers. „Ich weigere mich, als dein Köder zu fungieren. Ich gehe jetzt rein und mache meine Wäsche."

„Hast du noch ein bisschen Platz in der Waschmaschine?"

„Was heißt ein bisschen?"

„Für die Sachen im Wäschekorb?"

Die Falten um seine Augen glätteten sich, als er sich an der

Nase kratzte. „Ich wette, es hat Zeiten gegeben, da hast du so lange mit der Wäsche gewartet, dass du dir hier etwas von den Ständern holen musstest, um etwas anzuziehen zu haben."

„Mir sind noch nie die Klamotten ausgegangen. Geh und bügele eine Socke, du Ordnungsfanatiker."

„Bügel deine Socken doch selber!", sagte er beim Hinausgehen.

Vickie rief Kira an.

„Ist der Schotte knackig?", fragte Kira, anstatt Hallo zu sagen.

„Er ist total verschroben, wenn du die ungeschminkte Wahrheit hören willst. Nicht, dass ihm irgendwas Ungeschminktes gefallen würde, denn das wäre nicht perfekt genug."

„Du bist verknallt", stellte Kira fest.

„Kannst du verknallt mal definieren?"

„Ts, ts", machte Kira. „Du weichst meiner Frage aus."

„Nein. Ich drücke mich vor der Antwort. Aber ich sage dir, dass ich es genieße, ihn zu quälen, bis er sich aufregt und unverschämt wird. Das ist doch total seltsam."

„Hat er versucht, dir an die Wäsche zu gehen?"

Nein, es sei denn, man zählte ihre Träume und die Untersuchung ihres Busens heute Morgen dazu. „Er hat gestern Abend für mich gekocht und heute Morgen das Frühstück gemacht."

„Normalerweise ist das ein gutes Zeichen, aber du bist ja in jeder Hinsicht eine Ausnahme."

„Na, so was, danke."

„Hey, ich hatte gehofft, dass du einen Rat haben willst, wie du ihn in deine weiblichen Fänge locken kannst."

„Nein, aber ich hatte gehofft, du könntest einer Nichthexe vielleicht einen Zauberspruch empfehlen, mit dem sie einen kratzbürstigen Schotten etwas wärmer und süßer machen kann."

„Wer ist denn die Nichthexe?"

„Sehr komisch. Jetzt sag schon."

Kira kicherte. „Lass mich überlegen. Oh, ich hab's. Du brauchst einen Topf Honig."

„Hab ich."

„Und du musst versuchen, ein Foto von ihm zu machen."

„Schon geschehen."

„Ehrlich? Ich bin stolz auf dich. Was hat er angehabt, oder was hat er nicht angehabt?"

„Das ist eine lange Geschichte. Ich erzähl es dir später. Noch was?"

„Mensch, das macht keinen Spaß mit dir. Nimm sein Foto, steck es in den Honigtopf und stell ihn für ein paar Minuten in die Mikrowelle, damit der Honig seine Persönlichkeit wärmt und versüßt. Dabei sagst du: ‚Süß wie mich, mach ich dich!'"

Vickie lehnte sich gegen die Arbeitsplatte. „Ich hasse Zaubersprüche."

„Das ist ein großer Irrtum, du kleine Hexe. Zaubersprüche kommen dir immer dann über die Lippen, wenn du so richtig schön emotional bist."

„Das stimmt nicht. Na gut. Ich mache es, aber nur weil ich so verzweifelt bin. Ich muss Schluss machen. Danke!"

Am späten Nachmittag kam Rory wieder in den Laden zurück. „Deine Wäsche ist fertig", sagte er.

„Ich habe gedacht, du machst sie nicht. Wie kommt es, dass du es dir anders überlegt hast?"

„Wenn du es unbedingt wissen willst, es war die Vorstellung, deine Höschen in die Finger zu bekommen. Ich denke, ich baue einen Schrein für das pinkfarbene Teil."

Der Gedanke, dass er ihre Unterwäsche in der Hand gehabt hatte, machte sie ziemlich an. Sie hatte das Gefühl, er wusste, dass es ihr gefiel, denn er hob eine sexy Augenbraue und streichelte eins ihrer Ohrläppchen. Und als sie erbebte, steckte er die Hände in die Hosentaschen und ging pfeifend ins Haus zurück.

Der Rest des Nachmittags verging wie im Fluge. Nachdem sie den Laden geschlossen hatte, hörte sie plötzlich Maschinenlärm und eine ganze Reihe schottische Flüche. Rory stand im Wohnzimmer und versuchte, sich den Ruß aus dem Gesicht zu wischen, während ein alter Staubsaugerschlauch Staub spuckte wie eine durchgeknallte Schlange. Der einzige Teil von Rorys Gesicht, der nicht schwarz war, waren seine Augen.

„Zieh den Stecker!", rief sie, worauf er erschrocken einen Schritt zurückwich und über den Staubsauger fiel.

„Greif dir den Schlauch!", brüllte er.

„Zieh den Stecker!" Sie machte eine entsprechende Handbewegung. Rory kniete sich hin und zog den wild gewordenen Schlauch vom Gehäuse ab. Der Stutzen blies ihm daraufhin den Staub direkt ins Gesicht.

Jetzt konnte Vickie schnell hinüberlaufen und den Stecker ziehen, während Rory sich die Lunge aus dem Hals hustete.

Sie drängte ihn, sich aufs Sofa zu setzen, und holte ihm ein Glas Wasser.

„Danke", sagte er, stellte das Wasserglas auf den Tisch und betrachtete das tote Monster. „Was habt ihr denn hier für Staubsauger?" Seine Worte klangen so würdevoll, als würde er einen Armani-Anzug tragen, dabei sah er aus wie ein Schornsteinfeger, der den Kampf mit einem tollwütigen Eichhörnchen verloren hatte.

Sie setzte sich neben ihn. „Meine Eltern haben den Staubsauger bekommen, als sie frisch verheiratet waren. Es ist ein Wunder, dass er überhaupt noch funktioniert. Du hast den Schlauch in den falschen Anschluss gesteckt. Siehst du die beiden Stutzen? Einer saugt, und einer bläst."

Rory hob den Kopf. „Entschuldigung."

„Hey, was für eine Aussage. Aber ich meine es ernst, er ist definitiv kaputt, denn er soll den Dreck im Beutel nicht wieder hinauspusten. Dieser Anschluss ist dafür vorgesehen, den Staub wegzublasen.

„Vielleicht war der Beutel einfach zu voll."

„Wo du es sagst … Ich wette, er hat überhaupt keinen Beutel, das würde auch erklären, warum das Innere voller Dreck war statt Luft. Wahrscheinlich haben sie die Produktion von Staubsaugerbeuteln für dieses Modell bereits vor zwanzig Jahren eingestellt."

„Ich schätze, deine Mutter putzt genauso oft wie du."

„Sie würde mehr putzen, wenn sie noch am Leben wäre."

„Und ich bin ein Esel. Ich wusste nicht, dass du deine Mutter auch verloren hast." Er zog sie zu sich heran und machte sie ganz dreckig, aber es störte sie nicht.

„Sie ist gestorben, als ich im College war."

„Das tut mir leid. War sie krank?"

„Nein. Doch, aber davon wusste sie nichts. Sie hat so lange Diät gemacht, bis ihr Herz aufgehört hat zu schlagen. Sie hat mindestens zehnmal am Tag in den Spiegel geschaut und den Kopf geschüttelt. Ich hab neben ihr gestanden und ihr gesagt, dass sie schön ist, aber sie hat mich gar nicht wahrgenommen."

„Vielleicht solltest du ihr vergeben."

Vickie zuckte die Schultern. „Auf meinen Vater bin ich viel wütender. Er hat ihr so komische Namen gegeben wie *Leckeres Plätzchen*, *Knuspriges Brötchen*, *McNugget*, lauter essbare Dinge. Er hat gelacht, und sie ist jedes Mal zusammengezuckt. Nachdem er uns für einen Strich in der Landschaft verlassen hatte, hat meine Mutter mit einer Diät angefangen, an der sie schließlich gestorben ist."

„Was meine Bemerkung bei unserem Kennenlernen in einem völlig neuen Licht erscheinen lässt, und trotzdem hast du gerade jemanden als Strich in der Landschaft bezeichnet."

„Aber ich habe doch nicht gemeint … Wenn ich dünn wäre,

würde ich … Vielleicht sollte ich aufhören, Kira und Mel als Bohnenstangen zu bezeichnen."

Rory spielte mit einer Locke ihrer Haare. „Wenn ich dich Törtchen genannt hätte, dann nur, weil ich am liebsten die ganze Glasur von dir ablecken würde, um in dein schönes Inneres blicken zu können."

Vickie rückte ein Stück von ihm ab. „Keine Chance!" Bei Rorys Blick wurde ihr ganz warm ums Herz.

„Ich wollte nur sagen, dass es einzig darauf ankommt, wie man die Dinge wahrnimmt", erklärte er.

„Du meinst, dass sie möglicherweise auch ohne den Einfluss meines Vaters eine Essstörung gehabt hätte?"

„Höchstwahrscheinlich, sie hatten beide Probleme, und du hast dazwischen gestanden."

„Ich hab noch nie einem Außenstehenden davon erzählt. Und weißt du was, du hast mich zum Nachdenken gebracht."

„Gut. Wie werde ich denn zu einem Insider?"

„Gib dir keine Mühe. Insider sind eine echte Enttäuschung. Bleib lieber draußen. Das ist besser für uns beide."

„Okay … aber verzeih mir bitte meine Bemerkung, dass du gut im Futter stehst."

„Bringst du diese Schweinerei hier in Ordnung?" Sie zeigte auf ihr verwüstetes Wohnzimmer.

Rory hob die rechte Hand. „Der Ordnungsfanatiker schwört."

„Dann könnte ich dir glatt verzeihen."

„Ich erwarte dein Urteil mit angehaltenem Atem", sagte er mit einem seiner charmanten finsteren Blicke. „Hast du auch einen Staubsauger aus diesem Jahrhundert?"

Vickie holte ihren Staubsauger und stellte ihn vor ihm ab. „Ich habe den Beutel letzte Woche gewechselt."

„Vor dir steht ein reumütiger Mann."

„Vor mir steht ein schmutziger Mann."

„Gibt es hier noch andere antike Apparate, die mich in Schwierigkeiten bringen könnten?“

„Ja.“ Vickie lächelte bei der Vorstellung. „Oma war eine echte Sammlerin.“

„Na super.“

„Heute Abend bin ich mit Kochen dran. Wenn du hier fertig bist, kannst du erst mal unter die Dusche gehen.“

Nachdem sie wieder sauber war, warf Vickie sich ein schwarzes, tief ausgeschnittenes Hängerchen über, hörte im Vorbeigehen, dass Rory unter der Dusche stand, und bemerkte, dass das Wohnzimmer wieder sauber war.

In der Küche schnitt sie den zweijährigen Wiegenzerstörer von einem der Fotos ab und steckte die Hälfte mit Rory darauf in einen riesigen Honigtopf. „Das dürfte dich ziemlich süß machen.“ Nur um ganz sicher zu gehen, stellte sie die Mikrowelle für zehn Minuten auf die höchste Stufe, wiederholte Kiras Zauberspruch und ging dann los, um beim Chinesen etwas zu essen zu besorgen. Als sie wiederkam, saß Rory am Küchentisch und erhob zur Begrüßung seine Kaffeetasse. „Oh Mann“, sagte er mit einem Blick auf die Tüte mit dem Essen. „Ich hatte schon befürchtet, dass *das* da das Abendessen ist.“ Er deutete mit dem Kopf auf die klebrige goldene Masse, die durch die Türschlitze der Mikrowelle herausquoll.

„Igitt!“, rief sie.

„Ich sage dir, deine Haushaltsgeräte haben es auf mich abgesehen. Was auch immer da drin ist, hat sich total aufgebläht, und ich musste in Deckung gehen.“

„Das ist nicht der Effekt, den ich erzielen wollte.“

„Effekt? Ich dachte, das wäre das Dessert. Und das hat Tigerstar übrigens auch gedacht. Sie war der Überzeugung, das sei ein riesiger Lolli.“

„Oh, hoffentlich wird ihr nachher nicht schlecht.“

„Ich habe verstanden. In meinem Bett wird sie jedenfalls heute Nacht nicht schlafen."

Verdammt, warum hatte Kira sie in ihrem Zauberspruch nur „süß wie mich" sagen lassen? Wie albern war das eigentlich? Sie war genauso schrullig wie der Schotte. Sie hätte sagen sollen „süß wie Mel". Vickie seufzte. „Ich mache die Schweinerei später weg."

„Dann wird das Zeug aber so hart sein wie Kandiszucker. Für die Stalagmiten und Stalaktiten wirst du einen Elektromeißel brauchen."

Vickie verschränkte die Arme. „Warum hast du es dann nicht weggemacht, solange es weich war?"

„Weil hier Dinge passieren, die mich aus den Socken hauen. Und ich wollte deine verrückten Universen nicht aus dem Gleichgewicht stoßen."

„Na, wenigstens ist mein Leben nicht so langweilig wie das eines Einsiedlers. Lass uns essen."

„Je länger du wartest, umso härter wird es", sagte er.

„Alles leere Versprechungen."

„Ich halte meine Versprechen, Victoria. Einen schlafenden Drachen solltest du nicht reizen, wenn du nicht Feuer fangen willst."

Neunzehn

VIELLEICHT WÜRDE SIE sich gern ein wenig die Finger verbrennen, dachte Vickie, aber ganz bestimmt nicht Feuer fangen, und sie wusste nicht, wie sie ihm das sagen sollte, ohne ihre Anziehungskraft auf ihn zu verlieren.

„Ich mache die Mikrowelle sauber", erklärte Rory, „aber nur wenn du mir versprichst, dass der Effekt, den du hier erzielen wolltest, nichts mit meinen wichtigen Körperteilen zu tun hat. Ich mag mein bestes Stück, weißt du?"

„Ich auch", erwiderte Vickie voller Inbrunst. „Was wären meine Träume ohne es?"

„Stimmt", meinte Rory zustimmend, während er die Ärmel hochkrempelte.

Dann versuchte er mit aller Gewalt, die Tür der Mikrowelle zu öffnen, und als er es schließlich schaffte, sprang die Scheibe.

Vickie wünschte, sie hätte eine Kamera, um seinen Gesichtsausdruck festzuhalten. „Ich hab doch gesagt, dass ich es später mache", erklärte sie.

Er schüttelte den Kopf. „Was ist das bloß mit mir und deinen Haushaltsgeräten?"

„Keine Ahnung. Vielleicht bist du gerade dabei, dein schlechtes Karma abzuarbeiten."

„Definiere schlechtes Karma."

„Ich interpretiere das jetzt mal als ein Ja. Aber warte, deine Kaffeemaschine hast du noch nicht kaputt gemacht."

„Die gehört ja auch mir. Autsch! Da ist eine Scherbe drin."

„Hast du dich geschnitten?"

„Ja, ein Kratzer, aber du hättest mich warnen können." Er sah sich das Innere der Mikrowelle genauer an. „Und was ist das?" Er nahm ein Steakmesser aus der Küchenschublade, fuhr damit an der Decke der Mikrowelle entlang und zog ein honigbeschmiertes Foto von sich selbst heraus. „Victoria", sagte er, „möchtest du mir vielleicht irgendwas erzählen?"

Fieberhaft dachte Vickie darüber nach, wie sie aus der Nummer wieder herauskam. „Das würde dir nicht gefallen."

„Völlig untertrieben", erwiderte er. „Ich hasse jetzt schon jede mögliche Erklärung."

„Ich habe Kira um einen Zauberspruch gebeten, mit dem ich dich ein wenig süßer machen kann."

„Ich bin also zu sauer?"

„Wie ein eingelegtes Ei mit Limonen oben drauf – außerdem mürrisch, launisch und schrullig ..."

„Missmutig und streitsüchtig", fügte er hinzu. „Das war ich schon immer. Und du glaubst, mich mit einem Zauberspruch ändern zu können? Dann bist du also doch eine Hexe?"

„Nein. Kira ist eine Hexe. Ich dachte einfach ..."

„Ich bin, wie ich bin, Victoria. Nimm mich so oder lass es."

„Ich hab dich genau verstanden, Rory. Das ist alles, was auch ich mir immer von einem Mann gewünscht habe, dass er mich so nimmt, wie ich bin." Sie holte zwei Gabeln aus der Schublade.

Rory legte das Messer weg und öffnete die zwei Schachteln mit dem chinesischen Essen. „Ich habe keine Lust auf deine gereimten Wünsche."

„Dann nimmst du mich aber nicht, wie ich bin, oder?" Sie aß die gebratenen Nudeln direkt aus der Schachtel. „Du hast trotzdem recht. Die Reime machen mich selbst wahnsinnig, aber ich mache mir langsam Gedanken darüber, ob es vielleicht an meinen magischen Kräften liegt, die ich nicht wahrhaben möchte, dass meine Wünsche ständig wahr werden – wie unsere Träume."

„Dann reim doch einen Wunsch, um deine Magie wegzuzaubern." Rory spießte ein knochenloses Schweinerippchen auf.

„Du willst, dass ich eine Hexe bin, um zu verhindern, dass ich eine Hexe bin?"

„Ich verstehe die Ironie. Also kannst du es nicht?"

„Mir sind gerade die zerriebenen Giftpilze ausgegangen."

„Du ahnst gar nicht, wie froh ich darüber bin."

„Lass uns die Schachteln tauschen", sagte Vickie. „Es könnte ja sein, dass mir die Zaubersprüche ziemlich locker sitzen, und wenn das so ist, dann könntest du leicht einen Querschläger abbekommen."

„Da bin ich ja verdammt glücklich dran."

Vickie glaubte nicht, dass Rory schon hören wollte, dass sie durch das Öffnen des Schrankes möglicherweise Lilis Kräfte geerbt hatte. Für einen einzigen Tag hatte sie wahrscheinlich schon genügend Leichen aus dem Familienschrank gezaubert.

Vielleicht hatte Kira recht. Vielleicht musste sie ihre Kräfte tatsächlich einfach akzeptieren – wenn sie überhaupt welche hatte – und mit ihnen Frieden schließen. Dann konnte sie sie wenigstens nutzen, wenn auch nur dazu, sie zu unterdrücken.

„Mein Talent für solche Wunscherfüllungen ist größer geworden, seit ich das Einhorn gefunden habe", gab sie zu. „Und als du hier aufgetaucht bist, ist es noch ein bisschen schlimmer geworden."

Er schob seinen Stuhl näher an ihren, weil sie aus beiden Schachteln aßen. „Mach mich nicht für deine magischen Kräfte verantwortlich", sagte er.

Sie winkte mit dem letzten Schweinerippchen ab. „Meine Träume können als ein Paradebeispiel für meine magischen Kräfte interpretiert werden, aber was ist mit deinen? Hast du auch magische Kräfte?"

„Unmöglich."

„Das ist es ja, was ich sage. Magie. Am liebsten würde ich sie im Garten verbrennen und überhaupt vergessen, dass es sie gibt. Nur die Träume, die möchte ich behalten … und verbessern."

„Ja", sagte Rory und legte seine Gabel hin. „Genau wie ich. Komm mit. Ich entferne den versteinerten Honig morgen mit Hammer und Meißel und repariere auch die Mikrowelle."

Sie warf die Pappschachteln in den Müll, und er legte die Gabeln in die Spüle. „Du hast einen schlechten Einfluss auf mich, Cartwright."

„Machst du Witze? Ich habe heute Morgen meine Socken sortiert!"

Er zog sie an sich, legte einen Arm um sie und ging mit ihr die Treppe hinauf. „Nachdem wir schon wie Hohlenmenschen gegessen haben, sollten wir uns ein bisschen am Feuer wärmen."

„Das hört sich vielversprechend an. Vielleicht hat der Honig ja doch was gebracht."

„Ich kann mir trotzdem nicht vorstellen, so früh ins Bett zu gehen", sagte er. „Unsere Träume fangen an, mir Angst zu machen."

„Was du nicht sagst."

Sie öffnete den Luftbefeuchter, um den Tabakduft nach Nelken und Whisky freizusetzen, dann setzte sie sich in eine Sofaecke, während Rory Holzscheite in den Kamin legte und das Feuer entfachte.

„Ich erkenne den Geruch von deinem Tabak", sagte er, wobei er vor ihr stand. „Es ist ein Lieblingsduft der Familie."

„Niemand raucht ihn. Meine Oma hat ihn immer mal wieder ausgetauscht, um den Duft zu erhalten. Und was soll ich sagen? Ich tue dasselbe."

Zu ihrer Enttäuschung setzte sich Rory in die andere Ecke des Sofas, doch dann nahm er ein Kissen auf seinen Schoß und deutete mit dem Finger darauf. „Leg deinen Kopf hierher, Süße. Wir hatten einen langen Tag."

Vickie konnte sich keinen anderen Ort vorstellen, an dem sie jetzt lieber gewesen wäre, also zog sie die Beine an und bettete ihren Kopf auf Rorys Schoß.

Tigerstar sprang auf Rorys Schulter, und er grinste, streichelte sie und setzte sie dann zu Vickie.

„Du gewöhnst dich langsam dran."

„Mehr oder weniger. Letzte Nacht hat sie mich zu Tode erschreckt, als sie mir auf die Brust gesprungen ist, während ich schlief", meinte er. „Mit ihren Krallen kennt sie keine Gnade, selbst auf einer nackten Brust nicht." Rory musste seinen Arm über Vickies Busen legen, um ihre Katze zu streicheln. *Gute Katze*, dachte Vickie.

Vickie seufzte, um Rory zu signalisieren, dass sie auch noch da war.

„Was hast du gemacht?"

„Reiner Reflex", sagte er. „Was machst du, wenn ein Käfer auf dir landet? Ich habe sie weggestoßen."

„Oh-oh."

„Genau. Nachdem ich sie aus dem Papierkorb herausgeholt, sie beruhigt und mich entschuldigt hatte, haben wir uns wieder vertragen. Oder, Star?"

„Du hättest sie doch auch in den Flur bringen können, bevor du ins Bett gegangen bist."

„Wenn ich gewusst hätte, dass sie in der Schale der Deckenleuchte geschlafen hat, hätte ich das auch getan."

„Deshalb hatte Oma auch den Lichtschalter abklemmen lassen."

Rory schüttelte den Kopf und spielte mit der Spitze an ihrem Kleid unterhalb ihrer Brüste.

Sie war noch nie mit einem Mann zusammen gewesen, mit dem sie so gern schwieg. Auch wenn sie Rory noch nicht lange kannte, fühlte sie sich mit ihm auf eine seltsame Art und Weise vollständig. Seine Anwesenheit in ihrem Leben fühlte sich einfach richtig an. *Er* fühlte sich in ihrem Haus richtig an.

Vickie wurde müde, genoss aber seine Aufmerksamkeit und bemühte sich, dass ihr nicht die Augen zufielen.

Als sie sie öffnete, schimmerte das Morgengrau durch die bunten Glasfenster auf beiden Seiten des Kamins, und sie lag auf dem Sofa in Rorys Armen, ihr Kopf an seinem Hals, seine Hände um ihre Brüste, und seine harte Männlichkeit liebkoste sie genau an der richtigen Stelle.

Sie war erregt und presste sich an ihn.

Rory stöhnte und zuckte.

Keine Träume hatten ihren Schlaf gestört. Was sie hier erlebte, war die Realität, ein Mann, der sie mit starken Armen an sich zog. Zwei Menschen, die so gut zusammenpassten, als habe Gott sie aus demselben Tonklumpen geformt und zum Leben erweckt.

„Ich habe letzte Nacht nicht geträumt."

„Aber ich fühle mich, als würde ich jetzt träumen." Sie spürte seinen warmen Atem an ihrem Hals.

Sie neigte den Kopf. „Was meinst du denn, warum wir nicht geträumt haben?"

„Weil wir beide denjenigen, den wir im Traum gesucht haben, bereits im Arm halten. Wir müssen nicht mehr suchen."

Vickie erschauerte. „Unsere Träume haben etwas Beängstigendes, findest du nicht?"

„Und etwas Aufregendes", fügte er hinzu.

Ihre gotische Wanduhr schlug sieben, und Vickie versuchte, sich aus Rorys Armen zu befreien, aber er hielt sie fest. „Bleib noch ein wenig. Ich mag es, dich so warm und verschlafen neben mir zu spüren."

„Die Arbeit ruft", erwiderte sie. „Ich muss den Laden aufschließen."

„Es ist Sonntag, mein Sonnenschein. Du musst den Laden erst mittags aufmachen. Ich habe dein Schild abgestaubt."

Vickie seufzte, kuschelte sich an ihn, hörte sein Herz klopfen, spürte seinen gleichmäßigen Atem, dann sein leises Schnarchen und schlief auch wieder ein.

„Mama, ich hab Vickie gefunden! Sie liegt hier mit einem Mann."

Zwanzig

DER DUFT VON Lavendel lag noch in der Luft, aber Rory spürte eine störende Kühle, als er Vickies warmen verschlafenen Körper suchte. Er öffnete die Augen und sah einen kleinen Jungen, der seine Ellenbogen auf das Sofa gestützt und sein Kinn in die Hände gelegt hatte.

Victoria hatte ein Baby auf dem Arm, und Melody Seabright stand neben ihr.

„Und wer ist dieses nette Kerlchen hier?", fragte Rory und strich dem Jungen über das Haar, während er sich aufsetzte.

„Ich bin Shane. Hast du gehört, Mom? Ich bin ein nettes Kerlchen."

Er wandte sich wieder Rory zu. „Tante Vickie sagt, dass du dich wie ein verrückter Höhlenmensch benimmst, aber sie hat versprochen, dass du nicht beißt."

„Hat sie das?" Rory sah Victoria an. „Dann kennt sie mich wohl doch nicht so gut, wie sie sollte."

„Das ist viel zu anstößig für eine Mutter mit einem Sechsjährigen im Schlepptau." Melody warf Victoria einen vielsagenden Blick zu. „Darüber reden wir später." Sie sah auf die Uhr. „In einer Stunde habe ich einen Dreh für ein Muschelessen am Strand von Maine, aber die ganze Welt hat sich gegen mich verschworen. Logan sitzt in Chicago am Flughafen fest, und die

Großeltern sind auf einer Kreuzfahrt, deshalb ist mein Timing echt beschissen. Kannst du heute Nachmittag auf die Kinder aufpassen, Vic?"

„Mom hat *beschissen* gesagt."

„Sei still, mein Schatz. Ich muss los." Melody drückte Victoria einen Kuss auf die Wange. „Du hast doch nichts dagegen, oder?"

„Natürlich nicht. Warte, ich bring dich runter." Victoria legte das Baby – es war kaum mehr als eine Handvoll – in Rorys Arme, schlüpfte in ihre Schuhe und ging.

„Donnerwetter!" Rory sah Shane an. „Wen haben wir denn da?"

„Meine Schwester Jessica. Wir nennen sie Jess oder Stinker. Sie hat ihren Namen von der Richterin, die meine Eltern zusammengebracht hat. Sie macht Friedhofsführungen. Sie war unsere Nachbarin, aber dann hat sie geheiratet, und wir haben ihr Haus gekauft."

Rorys Gesichtsmuskeln zuckten. „Ich nehme an, die Richterin heißt Jess und nicht Stinker, und ich wette, du weißt einen Haufen von Antworten, solange ich nur die richtigen Fragen stelle."

Shane nickte. „Frag mich doch mal was über Tante Vickie. Sie hat immer auf mich aufgepasst, als ich noch klein war."

Victoria kam herein und nahm wieder das Baby. „Ihr zwei könnt euch später noch beschnuppern. Rory, wenn du geduscht und dich angezogen hast, kannst du uns ein nettes Sonntagsfrühstück machen."

„Mit Vergnügen." Er stand auf, fuhr mit dem Finger über Victorias Hals und tippte ihr auf die Nase.

Shane folgte ihm ins Badezimmer. „Warum haben Katzen keine Lippen?"

Rory schaute zu ihm hinunter. „Haben sie keine?"

„Wenn sie welche haben, dann sind sie direkt in ihrem Mund."

„Im Ernst? Geh Tigerstar suchen, dann kannst du es mir zeigen."

„Gleich", erwiderte Shane, also putzte sich Rory nach der detaillierten Anleitung des Jungen die Zähne zu Ende. Victoria kam mit dem Baby auf dem einen und einem Stapel Kleidung auf dem anderen Arm herein. Auf seinen schwarzen Unterhosen haftete ein Klebezettel mit einem Smiley.

Rory legte die Sachen auf ein Regalbrett im Kleiderschrank. „Warum ist denn ein Smiley drauf?"

„Sie sind mir die Zweitliebsten."

„Und die Liebsten?"

„Ein Kilt im Wind." Sie nahm Shanes Hand. „Komm, Kleiner, Mr MacKenzie braucht ein wenig seine Ruhe."

„Was ist ein Kilt im Wind", fragte der Junge, während sie hinausgingen.

Als Rory aus dem Badezimmer kam, saß Shane auf den Stufen vor Victorias Zimmer und wartete auf ihn.

„Bist du jemals da oben gewesen?", fragte Rory und warf einen Blick die Treppe hinauf.

„Ja. Da ist alles fürchterlich mädchenhaft, aber das Bett steht unter einer Dachschräge neben einem Fenster mit buntem Glas. Für mich und Tante Vickie ist das eine Höhle zum Kuscheln und Geheimnisseerzählen."

„Sind da oben Spiegel?"

„Tante Vickie mag keine Spiegel."

„Ich verstehe gar nicht, warum", meinte Rory. „Sie ist doch von außen genauso schön wie von innen."

Shane drehte sich um und schaute die Treppe hinauf. „Hey, Tante Vickie, hast du das gehört?"

Das Erste, was Rory sah, waren Victorias bunte Schuhe, ihre wohlgeformten Knöchel, ein himbeerfarbener Rock, um den sie ein zitronengelbes Tuch gebunden hatte, das ihre Hüften betonte, und dann ein zufriedenes Baby, das an dem tiefen Ausschnitt ihres lindgrünen Tops herumlutschte. Sie sah zum Anbeißen aus.

Wenn die Kinder nicht wären, würde er sie aufhalten, seine Hände unter ihren Rock schieben und das Festmahl beginnen.

Auf halbem Wege hinunter in die Küche fing das Baby an zu schreien. Genau zur selben Zeit meldete sich die Ladenklingel.

„Hab schon verstanden“, sagte Rory. „Ich nehme sie.“

„Sie hat Hunger“, stellte Shane fest.

„Geh“, sagte Rory zu Victoria.

Als Victoria zurückkam, war Jessicas Fläschchen fast leer.

„Hast du sie schon ein Bäuerchen machen lassen?“, fragte Victoria.

Rory zog Jessica das leere Fläschchen aus dem Mund, was keine leichte Aufgabe war und wofür er einen ohrenbetäubenden Heulton erntete. „Sollte ich das?“

„Oh nein“, sagte Shane und trat einen Schritt zurück.

„Schnell, setz sie aufrecht hin“, sagte Vickie. „Die Kleine kann ganz schön spucken.“

Und da passierte es auch schon … in hohem Bogen kam eine Ladung Milch aus ihrem Mündchen geschossen und ergoss sich über ihn … Sie hinterließ ein kühles Gefühl, als sie ihm übers Gesicht und den Hals hinunterlief.

Victoria wischte sein Gesicht mit einem Handtuch ab. „Jess hält den Rekord im Spucken über große Distanzen.“

„Ja, Dad sagt, sie könnte das grüne Monster von Fenway treffen.“

Die beiden lachten sich halb tot, was Rory unglaublich wütend machte, bis die kleine Übeltäterin wie ein Seemann auf Landgang rülpste und ihm ein Hundertwattlächeln schenkte.

Victoria versuchte, seine Haare, sein Hemd und seine Jeans sauber zu wischen. Er genoss ihre Aufmerksamkeit, hatte aber gleichzeitig das Gefühl, zum Narren gehalten worden zu sein, weil sie so schuldbewusst aussah. „Du hast mich da hineingereimt, nicht wahr?"

„Natürlich nicht!"

„Und warum siehst du dann so verdammt schuldbewusst aus?"

„Ich … habe eine Kundin im Laden, die sich für alte Kleider interessiert. Ich hatte ganz vergessen, dass ich vor Monaten diese Verabredung getroffen habe. Sie ist eine große Sammlerin, deshalb kann ich es mir nicht erlauben …"

„Geh schon", meinte Rory, legte das Baby in seine Karre und nahm es mit zur Spüle, damit er sich die Hände waschen konnte. „Kurzer, du kannst mir helfen, die kleine Stinkerin hier sauber zu machen."

Eine halbe Stunde später kam Victoria wieder zurück. „Meine Kundin probiert gerade jede Menge Kleider an, da dachte ich, ich schaue mal, wie es euch geht."

Rory gab ihr den in ein Handtuch eingehüllten Winzling. „Bitte schön, sauber und frisch gebadet."

„Magst du meinen liebenswerten Bären?", fragte Victoria die Kleine. „Du siehst so winzig aus in seinen mächtigen schottischen Armen."

Victoria zog dem Baby einen frischen Strampler an und schaute auf die Uhr. „MacKenzie, du fängst an, säuerlich zu riechen. Du hast genau drei Minuten, um unter die Dusche zu kriechen."

„Hör auf zu reimen", sagte er, während er die Treppe hinaufrannte. „Jetzt werde ich wahrscheinlich unter der Dusche ausrutschen und mir den Hals brechen!"

Er war in Rekordzeit fertig, und als er die Badezimmertür öffnete, gab Victoria ihm das Baby zurück. „Mel verspätet sich, und ich muss den Laden aufschließen."

„Kein Problem", erklärte Shane. „Wir Männer kriegen so ein kleines Mädchen schon in den Griff, oder, MacKenzie?"

„Mac, Kleiner. Du kannst mich Mac nennen. Ich bin nicht mein mürrischer Vater."

„Dein Vater ist noch mürrischer als du?", fragte Victoria.

„Mach nur so weiter, und ich zeige es dir."

Als die beiden Kinder eingeschlafen waren – Jessica in ihrem Wagen und Shane auf dem Sofa –, war Rory selbst auch völlig fertig. Er sollte nach dem Schlüssel für die Einhorn-Vitrine suchen, aber er schloss die Augen und dachte an Victoria.

Er wusste nie, was sie tragen, machen oder sagen würde, und abgesehen von ihrem honigsüßen Zauber und ihren Reimen, interessierte ihn das auch nicht. Ihr Haar lag niemals ordentlich, war aber immer eine Inspiration. *Sie* war inspirierend und das genaue Gegenteil von langweilig. Und, ja, er schätzte, dass sie ihm guttat, denn er hatte sich noch niemals so lebendig gefühlt.

Er mochte Victoria wirklich und aufrichtig, genauso wie er den Gedanken mochte, mit ihr ins Bett zu gehen … um eine ganze Menge mehr mit ihr zu machen, als nur zu schlafen.

Vickie und Mel fanden Rory und die Kinder schlafend auf dem Sofa in der Bibliothek, Jess in ihrem Wagen neben dem Sofa, die Decke bis unter das Kinn gezogen und ihr Köpfchen in Rorys Handfläche. Rory schnarchte leise und hatte den verliebten Tigerstar im Arm. Shane lag unter Omas Decke in der anderen Ecke des Sofas.

„Du hast gesagt, er ist kalt und kratzbürstig", flüsterte Mel.

„Nur wenn er wach ist."

Mel zog Vickie in den Flur. „Du hast mit ihm geschlafen, weil du ihn schlafend magst?"

„Mit ihm zu schlafen ist mehr aus Versehen passiert."

„Was dich betrifft, gibt es keine Zufälle. Sei ehrlich. Tief in dir drin möchtest du doch in seinen Armen liegen, oder nicht?"

„Okay, es kann ja sein, dass ich mir, wenn er Tigerstar streichelt, wünsche …“

„Ja!“ Mel umarmte sie. „Du und Rory habt so eine Art Waffenstillstand geschlossen, oder? Ich meine, ich habe gedacht, ihr würdet euch prügeln, wenn ihr euch begegnet. Aber was ich heute Morgen gesehen habe, zeigt doch, dass du ganz offensichtlich verknallt bist, sonst hätte er dich doch nicht auf dieses Sofa bekommen. Das ist wie Magie.“

„Rory steht nicht auf Magie.“

„Das könnte ein Problem sein.“

„Wenn ich magische Kräfte hätte.“

„Okay, vergiss es, aber beantworte mir eine Frage. Wenn Rory etwas versuchen würde, würdest du ihn lassen?“

„Sie hat mich gelassen.“

Vickie drehte sich um und legte eine Hand aufs Herz. „Hab ich nicht.“

Plötzlich stand er in der Bibliothek, Jessicas verschlafenes Köpfchen auf der Schulter. „Tattoo“, sagte Rory.

Mels Radar sprang an. „Welches?“

„Die Sterne“, antwortete Rory zögernd. „Wie viele Tattoos hat sie denn noch?“

„Hallo, ich bin auch noch hier!“

Mel wandte sich Vickie zu. „Er hat deine Sterne gesehen? Du kennst ihn doch erst seit drei Tagen.“

„Hey“, meinte Vickie, „er bekommt mildernde Umstände. Den Drachen hat er schließlich noch nicht gesehen.“

„Den Drachen?“

„Du Luder.“ Mel umarmte sie. „Ich bin ja so stolz auf dich.“

„Wo ist der Drache? Verdammt! So ein Mist! Ach, vergiss es.“ Rory trat zur Seite, um Shane rauszulassen.

„Ist Dad schon zu Hause?“

„Ach, du Schande“, antwortete Mel. „Wir müssen gehen. Wir

hätten deinen Dad schon vor zwanzig Minuten vom Flughafen abholen sollen."

In der Auffahrt winkten Vickie und Rory Mel zum Abschied nach, so als wären sie ein altes Ehepaar, und unglücklicherweise gefiel Vickie dieser Gedanke. Nach der letzten Nacht war sie Mel und den Kids dankbar, dass sie vorbeigekommen waren.

Ihre Träume waren reine Fantasie, aber in seinen Armen geschlafen zu haben, war real und schön und erschreckend, und sie wollte es wieder tun. Niemals! Eines Tages … vielleicht. „Hast du Lust, spazieren zu gehen?", fragte sie.

„Ich wiederhole mich … du kannst Gedanken lesen." Er nahm ihre Hand, und als sie gingen, knirschte das Herbstlaub unter ihren Füßen, eine Hexe fegte den Bürgersteig, ein Vampir hängte ein Schild auf, Kürbisse standen in den Fenstern, und Heuhaufen lagen auf den Terrassen.

„Hast du Hunger?", fragte Vickie. „Du hast heute ziemlich hart gearbeitet."

„Ja, und es hat mir Spaß gemacht, auch wenn ich gestern noch gesagt hätte, dass ich Kinder nicht ausstehen kann."

„Du, ein sturer Schotte, hast deine Meinung geändert?"

„Ein kleiner Kerl, der dich für einen ‚supercoolen Typen' hält und das zahnlose Grinsen eines Babys können das durchaus bei einem Mann erreichen."

Vickie legte ihren Arm um seine Schulter. „So schnell geht das also bei dir."

„Das dürfen die Lästermäuler zu Hause in der Hütte aber nie erfahren. Sie halten mich für die Geißel von Caperglen."

„Eine Geißel. Ich wusste es!"

„Ach, Süße, man muss schon selber eine sein, um das zu erkennen."

„Du kannst mich nicht ärgern", erwiderte Vickie. „Deine Rüstung glänzt heute Nacht einfach zu strahlend."

Rory schaute auf die Uhr. „Du wirst deine Scheuklappen jeden Augenblick verlieren. Ich habe noch nie erlebt, dass deine Anerkennung besonders lange anhält."

„Du willst Anerkennung? Was hältst du davon, Freitag und Samstag den Laden zu übernehmen? Ich muss auf eine Auktion in Rhode Island, und wenn du das tust, muss ich nicht zumachen."

„Es wäre mir eine Ehre."

„Und noch mehr Glanz für dich. Was hältst du davon, wenn ich dich zum Essen einlade? Salem-Style? Keine Pizza."

Rory zog sie an sich. „Was ich will", flüsterte er, wobei sie seinen warmen Atem an ihrem Ohr spürte, „ist, am Kamin mit dir zu knutschen."

„Wird das so pervers, wie es sich anhört?"

„Betrachte es als … Lippenübung für zwei. Und es kommt darauf an, wie weit wir uns treiben lassen."

Victoria bekam weiche Knie. Rorys Arm um ihre Taille hielt sie aufrecht, als er sie zu sich umdrehte. „Lass uns nach Hause gehen", sagte er, „und ich werde dich streicheln, wie ich Tigerstar gestreichelt habe."

Vickie hielt inne. „Du hast das gehört?"

Rorys Anflug eines eingerosteten Lächelns berührte sie geradezu körperlich, und kaum hatten sie die Küche betreten, hob er sie auf seine Arme.

„Du hast wohl gerade einen Testosteronschub, was?"

„Einen Hurrikan."

„Oh, toll!", seufzte Vickie, als er sie zur Treppe trug. „Halt, wir brauchen noch ein kleines Festessen. Kühlschrank!", befahl sie, und er ließ sie herunter, damit sie den Champagner herausnehmen konnte.

„Er liegt da seit Weihnachten drin."

„Dann ist er genauso bereit, wie ich es bin."

Sie schnappte sich eine Tüte mit Käsebällchen von der Arbeitsplatte.

„Nennst du das ein Festessen?“

„Darauf kannst du wetten!“

„Ach, Süße, ein Festessen ist das, was ich aus dir machen werde.“

Einundzwanzig

VICKIE SEUFZTE UND legte den Kopf gerade auf Rorys Schulter, als jemand an die Küchentür klopfte. Er trug sie hinüber, damit sie öffnen konnte.

Die Blonde auf der Treppe ließ Vickies Erregung zerplatzen wie eine Seifenblase an einer Nadelspitze, aber sie wurde auch von einem Gefühl tiefen Friedens erfasst. „Kann ich Ihnen helfen? Rory, lass mich runter." Sie gab ihm die Käsebällchen und den Champagner und strich ihre Klamotten glatt.

„Kenne ich Sie?"

Die Blonde zuckte mit den Schultern. „Ich suche meine Großmutter."

Das Mädchen trug ein T-Shirt, auf dem stand: *Tausche Arbeit gegen Schuhe*. Dazu eine klassische Jeans und hellbraune Pumps mit Pfennigabsätzen.

„Es tut mir leid", sagte Vickie. „Aber das ist das falsche Haus."

„Nein, es ist das richtige."

„Hier lebe ich", erklärte Vickie. „Aber mit den Straßennamen ist es manchmal nicht ganz einfach hier. Kommen Sie rein, und wir schauen im Telefonbuch nach."

„Haben Sie das Haus von Oma gekauft? Können Sie mir sagen, wo sie hingegangen ist?"

„Ich nehme an, ihr hattet keinen Kontakt mehr?"

Das Schuh-Girl sah sich um und schüttelte den Kopf. Und Vickie hatte das seltsame Gefühl, dass alles wieder gut werden würde, was sonderbar war, denn es war ja alles in Ordnung – bis zu dem Moment, in dem eine zweite junge Frau auftauchte.

„Ich kann nicht mehr länger warten. Ich muss pinkeln." Das Grufti-Mädchen sah dem Schuh-Girl ziemlich ähnlich, abgesehen von ihrem Haar, das schwarz gefärbt war und zu ihrem Nagellack und Lippenstift passte. Sie schaute Vickie an, als wäre sie von einem anderen Stern. „Sie sind nicht Oma." Sie musterte Rory kurz. „Und Sie auch nicht, das ist ja scharf." Sie ging quer durch Vickies Küche. „Badezimmer", sagte sie und winkte mit einer Hand. „Keine Sorge, ich weiß den Weg."

„Das war Storm", sagte das Schuh-Girl. „Sie ist meine Schwester."

„Ist das ihr Name", fragte Rory, „oder ihre Bestimmung?"

„Das ist Rory. Nehmen Sie ihm das nicht übel. Er ist erst kürzlich aus seiner Höhle ausgebrochen. Ich bin Vickie."

„Harmony", sagte das Schuh-Girl.

„Harmony und Storm?", stellte Rory fest. „Eure Mutter muss eine Menge Humor haben."

„Ja, sie war umwerfend komisch. An dem Tag, an dem wir zur Welt gekommen sind, hat sie mit uns Verstecken gespielt, und wir haben sie bis heute nicht gefunden."

Zwillinge, die nach der Geburt ausgesetzt worden waren, fielen in ihre Küche ein, dachte Vickie und fühlte sich, als habe jemand einen Witz erzählt, und sie hätte als Einzige die Pointe nicht verstanden.

„Ist Oma Bingo spielen gegangen?", fragte Storm, als sie wieder zurückkam.

„Eure Großmutter lebt hier nicht", sagte Vickie und fuhr jedes Mal zusammen, wenn eine von den beiden „Oma" sagte, was völlig albern war, weil ja schließlich jeder eine Oma hatte.

„Sie lebt hier", widersprach Storm. Ihre Jeans saß tief, und auf dem ebenso tief dekolletierten T-Shirt, das ihre Brüste kaum zu bändigen vermochte, stand: *Schläft gut mit anderen*. Sie war eine Rebellin und stolz darauf. Sie hob ihr Kinn und produzierte eine Kaugummiblase so groß wie Texas. Als die Blase platzte, schaute Rory das Mädchen an, während es mit seiner gold-gepiercten Zunge alles wieder einsammelte. Der Lippenstift bildete einen starken Kontrast zu dem pinkfarbenen Kaugummi.

Victoria stieß Rory mit dem Ellenbogen an. „Du sabberst."

Er kam wieder zu sich. „Was?"

„Du bist so durch und durch Mann." Vickie wandte sich an die Zwillinge. „Falsche Adresse." Sie öffnete die Tür.

Harmony berührte Storms Arm. „Sei freundlich."

„Sicher, Schwesterherz." Das Grufti-Mädchen schlug mit der Hand leicht gegen die Tür, hinter der sich Omas eingebautes Bügelbrett befand. „Bügelbrett", sagte Storm. „Total hässliches Korallenrot, falls niemand da drin neu gestrichen hat."

Rory öffnete die Tür, und es zeigte sich, dass Storm recht hatte.

Das Grufti-Mädchen zwinkerte ihm zu.

Ihre Großmutter war möglicherweise eine Nachbarin gewesen, aber … „Woher wussten Sie das?"

„Hattet ihr vor, mich bis morgen früh im Van warten zu lassen?", sagte plötzlich ein drittes Mädchen, das einen Cowboyhut trug

Drei? Gab es drei von ihnen?

Die Kleine trug einen kurzen Lederrock und abgewetzte Alligatorstiefel, und auf ihrem T-Shirt stand: *Rette ein Pferd, reite einen Cowboy*. „Ist Oma da?"

„Das ist Destiny", stellte Harmony vor. „Wir sind eineiige Drillinge, aber das sieht man ja. Storm verwirrt gern."

„Ich kann einfach nicht glauben, dass sie Storm heißt", meinte Vickie.

„Sie auch nicht. Sie macht sich schon ihr ganzes Leben lang darüber lustig."

„Hör auf, über mich zu reden, als ob ich gar nicht da wäre. Nur weil ich einen bescheuerten Namen habe, bin ich ja noch lange nicht taub."

„Das stimmt", erwiderte Vickie. „Aber vielleicht weißt du nicht, wer du bist, also experimentierst du so lange, bis du es herausgefunden hast."

„Klugschwätzerin."

„Zicke."

„Du musst es ja wissen."

Rory räusperte sich. Was er sah, amüsierte ihn offenbar.

„Für den Fall, dass mein seltsamer Name mich nicht verrät …", sagte Storm. „Ich bin der unerwartete ‚Zwilling', der Tropfen, der das Fass zum Überlaufen gebracht hat."

Destiny schüttelte den Kopf. „Bringen wir es hinter uns. Die Frau, die uns ihre Gebärmutter geliehen hatte, hat die Stadt wahrscheinlich ohnehin schon fluchtartig verlassen. Und sei nett. Vickie ist nicht sie."

„Nett sein zu dem Unschuldslamm?"

„Sie ist kein Unschuldslamm", entgegnete Rory. „Glaub mir."

„Du musst es ja wissen." Storm zwinkerte ihm zu.

„Ich meine, Victoria kann mindestens genauso eine Zicke sein wie du."

Storm ärgerte sich. „Und was bin ich dann, die Durchschnitts-Zicke?"

Vickie zog leicht an Rorys Bart.

„Autsch!"

„Storm", sagte Harmony, „alle halten dich für eine Zicke."

Storm zuckte mit den Schultern. „Na und?"

„Oma ist nicht hier", sagte Harmony zu Destiny. „Das ist Vickies Haus, aber Storm hat hier gerade Unfrieden gestiftet, und deshalb haben wir die ganze Verwirrung noch nicht aufgelöst."

„Verzauber mich doch!", sagte Storm in einem Ton, der wie „Leck-mich" klang.

„Führ mich nicht in Versuchung", sagte Harmony. „Ich mache dich sonst ganz süß."

Destiny sah Victoria an. „Wir suchen Brigit Cartwright, hast du irgendeine Ahnung, wo sie hin ist?"

Rory führte Vickie zu einem Stuhl. „Wollt ihr euch setzen?", fragte er die drei Mädchen.

„Nein danke", sagte Harmony. „Wir müssen noch heute Nacht unsere Großmutter finden."

„Ich muss mich erst mal setzen", sagte Vickie. „Ich bin nämlich total erschrocken. Unsere Großmütter haben denselben Namen und … Tut mir leid, aber meine Brigit Cartwright ist vor ein paar Monaten gestorben."

Storm stemmte ihre Arme in die Seite. „Wir sind also beschissen worden."

„Das klingt aber nicht gerade nach Trauer!" Vickie sprang von ihrem Stuhl auf. „Ich denke, das reicht jetzt." Sie wies empört auf die Tür.

„Storm ist eigentlich keine herzlose Zicke", meinte Destiny. „Wir haben unsere Oma nur einmal getroffen."

„Na ja, mich hat sie praktisch großgezogen, und ich vermisse sie wie verrückt, also entschuldigt bitte, wenn ich die Zicke vor die Tür werfe."

„Als wenn mir das heute nicht schon mal passiert wäre", murmelte Storm.

„Warte", bremste Destiny ihre Schwester. „Das ist unmöglich. Wir können nicht dieselbe Großmutter haben. Mein Vater ist ein Einzelkind."

„Mein Vater auch", erklärte Vickie, in der sich ein Gefühl

des Unbehagens breitmachte. „Auch wenn es nicht sein kann, verdammt, frage ich jetzt trotzdem mal. Wie heißt euer Vater?"

„Patrick Cartwright", sagte Harmony.

Vickie versetzte der Tür einen solchen Stoß, dass sie zuknallte. „Warum habe ich das *nicht* kommen sehen?"

Zweiundzwanzig

„IST DAS HIER so eine Art Schwesternzusammenführung?“, fragte Rory.

„Freu dich nicht zu früh, Casanova“, meinte Storm.

Vickie setzte sich wieder, sie war sauer, und ihr war zum Heulen zumute.

Harmony nahm Vickies Hand. „Oma wollte dir nicht wehtun. Es hätte dich doch bestimmt verletzt, wenn du gewusst hättest, dass Dad eine neue Familie hat?“

„Eine Familie, mit der er zusammenlebte? Ja.“ Vickie versuchte, ihre Hand zu befreien, aber Harmony hatte irgendwie eine beruhigende Wirkung auf sie. „Er hat sich meiner Mutter gegenüber eine ganz schöne Nummer geleistet, der Mistkerl.“

„Ganz zu schweigen von dem, was er dir angetan hat“, fügte Rory hinzu. „Ich hätte große Lust, ihn nach Strich und Faden zu verprügeln.“

„Da musst du dich hinten anstellen“, meinte Storm. „Bist du ihr Wachhund oder einfach nur ein Fehltritt?“

„Ich bin Victorias Untermieter.“

„Ihr Lustknabe meinst du wohl?“

„Natürlich ni… vergiss es. Sieh mich einfach als unbeteiligten Beobachter.“

„Du hast auch total unbeteiligt ausgesehen, als du vorhin die

Tür aufgemacht hast und Vickie auf dem Arm hattest", bemerkte Harmony, ließ Vickies Hand los und nahm dafür Rorys. Sie starrten einander an.

„Im Grunde genommen bist du harmlos", sagte Harmony und ließ seine Hand wieder los. „Aber pass auf deine Hintergedanken auf."

„Ich bin nicht harmlos!" Rory öffnete den Kühlschrank und knallte Pizza, Sandwich, Wurst und Käse auf den Tisch.

„Harmony kann deine Energie spüren. Und Des ist hellsichtig", fügte Storm hinzu. „Also gewöhn dich besser daran, dass sie immer alles weiß."

„Wenn sie hellsichtig ist", wandte Rory ein, „warum wusste sie dann nichts über ihre Großmutter?"

„Oma hatte sich nicht dafür geöffnet, gelesen zu werden", meinte Destiny mit einem Schulterzucken. „Sie war wahrscheinlich stärker als wir."

Rory sah irritiert aus, schien das aber abzuschütteln. „Warum braucht ihr sie gerade heute Abend?"

„Wir sind heute Morgen von der Schule geflogen", sagte Destiny. „Dad hat das Schulgeld nicht mehr bezahlt."

„Kein Wunder." Vickie öffnete die Schachtel mit der kalten Pizza und bot sie ihnen an. „Seid ihr nicht auch ein bisschen zu alt fürs College?"

Destiny nickte. „Wir haben ein paar Jahre gearbeitet, bis Dad zu ein wenig Geld kam."

„Geld?" Vickie blickte auf. „Vor ungefähr vier Jahren?"

„Ja, genau, es war vor vier Jahren." Destiny nahm sich ein Stück Pizza.

Vickie lehnte sich auf ihrem Stuhl zurück. „Ich wusste, dass Oma einen guten Grund gehabt hat, das Haus zu verpfänden. Ich wette, Dad hat euer Schulgeld versoffen."

„Wer weiß?" Destiny zuckte mit den Schultern. „Er hat unser

Haus verkauft und keinen Nachsendeantrag hinterlassen. Oma war unsere letzte Hoffnung."

„Und jetzt wisst ihr nicht, wo ihr hinsollt?" Vickie legte ihr Stück Pizza wieder weg.

Storm tönte: „Wir sind heimatlos, und du bist ahnungslos."

Vickie rieb sich die Hände. „*Du* bist heimatlos, Storm, deine Schwestern sind es nicht. Sie bleiben hier."

„Hey", protestierte Storm. „Das kannst du doch nicht machen."

„Storm!", tadelte Harmony. „Ein wenig Dankbarkeit wäre ganz nett. Victoria ist schließlich bereit, uns ihr Haus zu öffnen."

Storm zerrte an der Snacktüte, bis die Käsebällchen herausflogen. „Wieso ist es eigentlich ihr Haus, möchte ich mal gern wissen? Wir haben genauso ein Recht auf dieses Haus wie sie."

„Moment mal", mischte Rory sich ein und pflückte ein Käsebällchen aus Vickies Haar. „Wenn ihr eure sterbende Großmutter gepflegt, euch mit den Krankenhaus- und Beerdigungsrechnungen und mit der Hypothek, um euer Schulgeld zu bezahlen, rumgeschlagen hättet, dann stünde euch vielleicht ein Recht auf dieses Haus zu. Vielleicht!"

Storm schenkte sich Cola ein. „Wir wissen nicht mit Sicherheit, ob Oma Dad das Geld gegeben hat."

„Keine Sorge", erwiderte Rory. „Das kriege ich schon raus."

„Wie passt du denn überhaupt in all das hier rein?", blaffte Storm ihn an.

„Er ist gekommen, um mich zu befreien … wie ein Ritter auf einem weißen Pferd."

Destiny schüttelte den Kopf. „Setz lieber nicht auf ihn, Schwesterherz."

Rory wurde blass. „Ich zahle einen Tausender im Monat, um hier wohnen zu können. Na, wie hört sich das für euch an?"

Vickie zog an seinem Ärmel. „Hör auf, Rory."

Er entspannte sich etwas. „Ich wollte nur mal auf einen anderen Aspekt hinweisen."

„Vergiss es. Sie bleiben." Ihre Großmutter hatte gesagt, dass sie Harmonie und Schicksal willkommen heißen solle, und jetzt verstand Vickie, was genau sie damit gemeint hatte. Harmony und Destiny. *Für dich, Oma, werde ich sogar mein Herz und mein Haus für Storm öffnen.*

„Ich gehe mal und schaue, wie wir das mit den freien Schlafzimmern machen."

Der besorgte Rory folgte ihr. „Victoria", sagte er, als sie in einem pink-weiß gestreiften Zimmer standen, das mit Möbeln vollgestopft war. „Deine Schwestern können doch heute Nacht auf den Sofas in der Bibliothek schlafen. Die Zimmer können wir morgen ausräumen."

„Rory … ich habe eine Familie … Schwestern." Victoria hielt drei Finger in die Höhe. „Drei."

„Ja, und das ist ein ganzes Haus voll."

„Ich habe mir immer gewünscht, Teil einer großen Familie zu sein, nur … ich habe gedacht, es würde ein bisschen langsamer gehen."

„Wie willst du ihnen denn helfen?"

„Hör auf, mich zu verunsichern. Ich werde sie nicht wegschicken. Ich werde dafür sorgen, dass der Laden mehr abwirft … ich lasse die Wohnzimmerwand herausreißen, kaufe mehr Ware." Ihre Gedanken überschlugen sich.

„Du stehst unter Schock."

„Natürlich." Sie zeigte auf einen Raum, der einem Möbellager glich. „Wo soll ich denn das alles unterbringen?"

„Mach doch einen Räumungsverkauf. Es ist Oktober. Ich habe gehört, dass im Oktober die Touristen in Scharen kommen."

„Es ist alles kaputt."

Rory hielt ein Stück Zierleiste aus Eiche an einen antiken

Küchenschrank. „Das kann alles repariert werden. Dafür hast du *mich* doch eingestellt."

„Meinst du, das klappt?"

„Vertrau mir. Mit Holz kenne ich mich aus."

„Das habe ich nicht gemeint. Meine Schwestern … glaubst du, sie mögen mich?"

„Magst du sie?" Rory wischte sich die staubigen Hände an dem Tuch um ihre Hüften ab, um sie zu berühren.

Sie kam einen Schritt näher. „Ich *kenne* sie nicht."

„Da hast du's. Ihr müsst euch erst einmal beschnuppern. Die Früchtchen sind so verrückt wie eine Kiste Frösche, aber ich bin ganz sicher, dass auch sie mindestens eine gute Eigenschaft haben."

Dreiundzwanzig

VICKIE BARG IHR Gesicht in seinem Shirt. „Ich weiß nicht, wie es ist, eine Schwester zu sein."

„Aber für Kira und Melody bist du doch auch so was wie eine Schwester."

Sie hob den Kopf. „Ich rufe sie an."

„Morgen", bremste Rory und legte seine Hände auf ihre Schultern. „Jetzt brauchst du erst mal Decken und Kopfkissen für die Bibliothek."

Sie schaute die Treppe hinauf. „Sie behaupten, sie seien meine Schwestern, aber sie sind Fremde, oder?" Rory hatte Victoria noch nie so ernst gesehen. Sie biss sich auf die Unterlippe. „Soll ich sie nach ihren Ausweisen fragen?"

„Na ja, sie sehen dir schon ein bisschen ähnlich, und außerdem hast du meinen Ausweis ja auch nicht verlangt."

„Logan and Mel sind mit einer pensionierten Richterin befreundet, die mit einem pensionierten Staatsanwalt verheiratet ist, und die beiden haben ein paar Nachforschungen über dich angestellt. Du bist nicht vorbestraft, und die Referenzen auf deiner Website sprechen für sich."

„Okay, so viel zu meiner Situation." Er würde sie nicht noch einmal unterschätzen. „Ich sag dir was, ich hole jetzt ihre Ausweise."

Victoria zwinkerte ihm zu, was ihn direkt in seine armen Lenden traf, die durch die plötzlich aufgetauchten Schwestern völlig vernachlässigt worden waren. Die Anwesenheit der drei würde die Suche nach dem Schlüssel für die Einhorn-Vitrine ganz schön erschweren. Und er musste wahrscheinlich auch damit aufhören, Victoria zu umgarnen. Ihre Schwestern konnten seine verdammten Gedanken lesen.

Als er nach unten ging, gab Destiny ihm wortlos die Geburtsurkunden der Mädchen, noch bevor er darum gebeten hatte. Er fragte sich, ob er es wohl schaffen würde, seine Gedanken unter Kontrolle zu bringen.

Himmel, er wollte Victoria nicht wehtun. Er wollte, dass sie während seines Aufenthalts glücklich war. Und das wäre sie auch, falls ihre Schwestern sich nicht einmischten.

„Ziemlich lustig, Hellseher in der Familie zu haben, was?", sagte Storm.

„Du kannst also tatsächlich Gedanken lesen?"

„Du hast es erfasst, Casanova, und Destiny und Harmony haben ihr Radar auch auf dich gerichtet, auf deine Vergangenheit und deine Zukunft. Also wage es nicht, unsere Schwester zu hintergehen."

Victoria erschien, den Arm voller Decken, früh genug auf der Treppe, um Storms Warnung noch zu hören. „Storm!", tadelte sie. „Danke, dass du mich beschützen willst. Das ist das Netteste, was du bisher getan hast."

Storm schlug die Kühlschranktür zu. „Na ja, ich mag es nicht, dabei erwischt zu werden. Wenn du also das nächste Mal *glaubst*, ich sei *nett*, dann erwähn es nicht. Kapiert?"

Destiny kicherte. „Behalte diese Flut von verbalen Streicheleinheiten gut im Gedächtnis, Schwesterherz, denn in Storms Welt kommt so was nicht allzu oft vor."

„Ja, mach ich."

Storm runzelte die Stirn. „Hoffentlich."

Rory schob die Geburtsurkunden über den Tisch.

„Ja", sagte Victoria mit einem Seufzer. „Gezeugt von demselben Loser."

„Es gibt eine Menge Fragen, die er uns beantworten muss", sagte Harmony. „Aber es tut uns leid, dass wir hier so eingefallen sind."

„Gut, dass ihr es getan habt. Ein ganz klarer Fall von Rettung in letzter Minute."

„Oh, das finden wir auch …" … *nicht*.

„Hah", sagte Harmony zu ihm. „Ich bin deinen eigentlichen Absichten auf der Spur."

Storm schaute ihn an. „Das wird nicht passieren, Romeo." Sie sah Victoria ernst an. „Apropos Miete. Wenn wir drei nach der Arbeit im Haus helfen, können wir dann ein Zimmer für einen Tausender im Monat teilen?"

Victoria schüttelte den Kopf. „Ihr zahlt erst Miete, wenn ihr Jobs habt, und dann kriegt ihr Familienrabatt. Wir reden morgen darüber. Jetzt muss ich mich erst mal an den Gedanken gewöhnen, dass ich Schwestern habe."

Destiny umarmte sie. „Ich wusste, dass du einfach süß bist."

„Klar, du kannst doch hellsehen", sagte Storm. „Aber *zu* süß turnt mich ab."

„Ich mag dich, Storm", sagte Victoria. „Aber zu viel Mist turnt mich ab."

„Braves Mädchen." Jede Minute in Victorias Gesellschaft zog ihn tiefer in ihren Bann. Rory wünschte sich fast, er hätte die Kraft, sich dagegen zu wehren.

„Ihr könnt in der Bibliothek schlafen", sagte Victoria, „bis eure Zimmer fertig sind, dann ist sie wieder Rorys Arbeitszimmer."

Er blickte auf. Die Bibliothek war ihr Treffpunkt, und Victoria gefiel das. Es mochte ja sein, dass er äußerlich nicht lächelte, aber innerlich ganz bestimmt. Er beobachtete, wie sie die Decken in die Waschküche brachte.

„Rory", rief sie. „Kannst du mal für eine Minute zu mir kommen?"

Er ging zu ihr in die Waschküche, und sie starrte auf die weibliche Figur an der Wand, die er aus einem Metallbügel gebogen hatte und die ihren roten Slip trug. „Oh, das hatte ich ganz vergessen."

Sie nahm ihn herunter. „Was genau hattest du dabei im Sinn?"

Allein bei der Frage stieg seine Temperatur. Er drängte Vickie an die Wand und hielt sie dort fest. „Ich möchte zu Ende bringen, was wir angefangen hatten, bevor deine Schwestern hier aufgetaucht sind."

Sie seufzte und ließ sich in seine Arme sinken. Er fuhr ihr mit der Hand den Rücken hinunter bis zu ihrem Po und zog sie an sich.

„Und da hast du meinen Slip auf einen wohlproportionierten Bügel gezogen, um ihn in der Waschküche zu begrapschen?"

„Oh nein, das war nur ein Bonus. Das war zur … Inspiration."

Victoria verdrehte die Augen, trat einen Schritt zur Seite und legte Slip und Bügel auf einen Wäschehaufen, den sie mitnahm, als sie hinausging.

Nachdem die Drillinge sich für die Nacht zurückgezogen hatten, führte Rory Victoria ins Wohnzimmer. Weil er noch nicht ins Bett gehen wollte, bat er sie, sich aufs Sofa zu setzen, und fragte, ob sie nicht ein wenig besinnliche Musik hören wollten.

Victoria stand auf und legte eine CD auf. „Ich habe sie selbst zusammengestellt."

Sie küssten sich zu den entspannenden Klängen von „When a Man Loves a Woman" und „Unforgettable", und ihm lief ein Schauer nach dem anderen über den Rücken.

Victoria zog eine Decke über sie. „Es war ein langer Tag", sagte sie, „aber ich wollte noch nicht ins Bett."

War das Magie, die sie seine Gedanken lesen, seine Bedürfnisse vorausahnen ließ?

Hatte ihre Fähigkeit, in seine Seele sehen zu können, zugenommen ... möglicherweise mit der Ankunft ihrer äußerst begabten Schwestern? Oder hatte deren Auftauchen bei *ihm* zu ein wenig mehr magischem Wunschdenken geführt? Wenn es so war, dann wollte er mit Victoria ins Bett. Jetzt! Nein, halt. Wurde er zu einer Hexe, wenn er so starke Wünsche äußerte? Oder eher zu einem Zauberer? Diese ganze Sache machte ihn absolut nervös, aber Victoria in seinen Armen zu halten beruhigte ihn wieder. Zu Hause in Schottland wäre er um diese Zeit froh, allein zu sein und seine Ruhe zu haben, aber hier war alles ganz anders. Er war immer eine ruhelose Seele gewesen, aber Victoria schien den Einsiedler in ihm zu zähmen.

Sie erhob sich, um seine Schulter zu massieren, bevor er überhaupt gemerkt hatte, dass sie schmerzte. Er liebte es, ihre Hände auf seinem Körper zu spüren, und stellte sich vor, was sie wohl mit sensibleren Teilen tun würde. Er massierte ihren Nacken, um ihr ebenfalls etwas Gutes zu tun, und ihrem Seufzen nach zu urteilen, gelang ihm das auch.

Als die Musik zu Ende war, sang er ihr die erste Zeile von „Unforgettable" ins Ohr.

„Die Astrologen haben recht", sagte sie, als sie sich wieder zurücklehnte. „Stiere haben wunderschöne Stimmen. Sing weiter."

„Ich kenne nur diese eine Zeile."

„Versuch's einfach", drängte sie ihn mit einem erregten Flüstern.

Er zog sie an sich, damit er ihr ins Gesicht sehen konnte, während er sang:

„Unforgettable ... you shine like a ... star.

Unforgettable … my bed's not far.
Thoughts of you in that teddy … cling to me.
You do … *big* … things to me."

Sie fing an zu kichern, und er zog sie an seine Brust.

„Applaus für deinen Versuch", sagte sie und wischte sich die Augen.

„Meinen Versuch zu singen?", fragte er. „Den Versuch zu dichten? Oder den Versuch, dich ins Bett zu kriegen?"

Sie stand auf und nahm seine Hand. „Alle drei."

„Und, war ich erfolgreich?"

„Keine Chance."

„Aber ich möchte deine Sterne noch einmal sehen. Und was ist mit dem Drachen, von dem Melody gesprochen hat?"

„Wage es, und ich schlage dich."

„Oh ja, schlag mich."

Sie sagten sich vor seiner Tür gute Nacht, durch ihre unerwartete Umarmung kamen sich ihre empfindsamsten Stellen herrlich nah, um dann wieder schrecklich weit auseinanderzudriften. Ihr leicht hingehauchter Kuss erfüllte ihn mit Verlangen, und trotzdem war er auf eine seltsame Art zufrieden. Aber nachdem er die Schlafzimmertür geschlossen hatte und ihr roter Slip auf dem kurvenreichen Bügel von jedem Spiegel reflektiert wurde, wollte er sie mehr als jemals zuvor.

„Zur Inspiration" stand auf dem Zettel, der auf seinem Kopfkissen lag.

Vierundzwanzig

„ACH, SÜSSE, WILLST du unsere Träume inspirieren?" Rory legte sich ins Bett und schloss die Augen. In seiner Fantasie sah er Victoria vor sich – in nichts als dem roten Höschen, das sie ihm dagelassen hatte, um ihn zu inspirieren.

Rory tanzte mit Victoria zu der immer lauter werdenden Musik zwischen den Karussellfiguren hindurch, bis sie das Einhorn erreicht hatten.

Dann hob er sie in den Sattel.

Als sie ritt, stand Rory daneben – als ihr Diener, ihr Sklave, ihr Liebhaber.

Er ließ seine Finger durch ihr honigfarbenes Haar gleiten, durch die kleinen Löckchen in ihrem Nacken, an ihrem elfenbeinfarbenen Hals entlang und durch die Locken, die wie Seide über ihre Schultern fielen.

Im Gegensatz zu den Abwärtsbewegungen des Einhorns ließ er seine Hand in aufsteigenden Kreisen über ihren Rücken wandern, und als ihr gehörntes Reittier wieder aufstieg, streichelte Rory Victorias Brüste.

Er öffnete die Knöpfe ihrer Bluse und rieb mit den Knöcheln über ihre Sterne, eher zufällig berührte er dabei ihre Brustwarzen, und sie biss sich auf die Lippen, um ein Seufzen zu unterdrücken.

Es war ein wunderbares Vorspiel. Ein stöhnendes Mädchen. Ein erregter Kerl, bereit für den nächsten Walzer, ein Paarungsritual, wie er es noch nie erlebt hatte.

Victorias Ritt ließ den Funken zwischen ihnen überspringen und führte zu einem schönen, vergnüglich schmerzhaften Spiel. Sie verzehrte sich nach seinem erregenden Streicheln, wölbte den Rücken und wimmerte, als er sie tief unten an ihrer Mitte berührte und sie beide dem Abgrund näher brachte … und dem magischen Zeitpunkt, an dem er sie zu seiner Frau machte.

Rory hielt die Qual nicht länger aus. Sein Körper schrie förmlich danach, in Victorias Wärme einzutauchen, also hob er sie von dem gehörnten Biest herunter und brachte sie zu dem Triumphwagen mit dem Drachen, um dort mit ihr zu schlafen.

Victoria zu lieben würde einem Flug in das Auge des Sturms gleichkommen. Sie war wie eine Meerjungfrau, die darauf wartete, aus der See aufzusteigen, und der Gedanke an den Moment, an dem sie zeigen würde, was in ihr steckte, ließ ihn hart werden.

Als sie den Drachen ritten, saß sie in seiner Lieblingsposition, die Beine um ihn geschlungen, ihre Kleidung in Fetzen, die im Fahrtwind wehten und ihre entblößte Haut streichelten.

Nichts als eine letzte Schicht blieb zwischen ihnen beiden, feine Seide für die Augen, aber Stahl für die Hände, wie Keuschheitsgürtel, eine wahre Herausforderung für ihre Begierde, eine Vorsichtsmaßnahme für das bisschen gesunden Menschenverstand, der ihnen noch geblieben war.

Bahnen von hauchzartem Stoff fielen um sie herum und bildeten ein Zelt, in dem es nach Lilien duftete, die Flammen der Kerzen tanzten, und das Fleisch erbebte. Ein Paradies, von dem aus sie einen Blick auf die bunte Welt um sie herum hatten. Gefangen, ohne wirklich fliehen zu wollen.

Er blickte auf ihre nackten Schenkel, berührte und küsste sie, und es lag nichts zwischen ihm und ihrer Mitte als ein Hauch aus kirschroten Träumen.

Sie streichelte seine Brust und liebkoste seine Brustwarzen mit zärtlichen Küssen, aber seine schwarze Unterhose erlaubte keinen Zutritt. Ach, aber sie würde seinen Pfahl verwöhnen, wenn sie ihn nur frei bekäme.

Victoria löste ihre Träger, streifte ihr Oberteil nach unten und präsentierte ihm ihre erregten Brüste, ein sinnliches Festmahl für die Augen. Ein Angebot, das er nicht ablehnen würde.

Während der Drache schaukelte und das Karussell sich drehte, kochte Rorys Blut, und Victorias hungrige Augen glühten vor Verlangen.

Er saugte an ihr, die Spitze ihres Slips rieb an seiner Männlichkeit und steigerte seine Begierde ins Unermessliche. Aber wie sollte er in sie eindringen?

Barrieren so fein, dass sie fast nicht existierten – seine und ihre –, standen ihm im Weg.

Während Rory Victoria trotz aller Hindernisse streichelte, um das Zentrum ihrer Lust zu finden, entdeckte er einen Schlitz in dem Stoff, der ihre Mitte bedeckte – eine Überraschung, aber nein. Flüssiges Feuer schien in ihm aufzusteigen, und auch in diesem Inferno bereitete er ihr Vergnügen, begeistert davon, ihre Flammen überlebt zu haben.

„Such mich", sagte er. „Führ mich nach Hause."

Als Victoria den Schlitz in seiner Unterhose fand und ihre Hand um seine harte Rute legte, übertraf das Gefühl all seine Erwartungen. Himmel und Hölle zugleich, besser als ein Traum, realer als die Realität, primitiver und quälender als alles, was er kannte.

Victoria legte ihre Hand auf seinen Po, während sie ihn erregte, und auch wenn Rory noch nicht in sie eingedrungen war, erreichte er einen Höhepunkt, den er kaum überstand.

Sie beobachtete ihn, wie er die Kontrolle verlor, sie war fast stolz auf ihre Macht. Und obwohl Rory versuchte, sie mitzureißen, sprang er ohne sie in den Abgrund und fiel in einen süßen Tod der Glückseligkeit.

Rory kam, während er aufwachte. Er hatte einen so langen Orgasmus, wie er ihn noch niemals erlebt hatte. „Victoria", flüsterte er, eine Hand auf der Stirn. *Victoria!* Er hatte ihre Hände im Traum genossen und war gekommen wie ein junger Kerl. Und was war mit ihr?

Tag und Nacht war er mehr mit dem Gedanken beschäftigt, in sie einzutauchen, als einen Weg zu finden, wie er an das Einhorn herankommen konnte.

War Victoria seine Rettung oder sein Untergang?

Beim Frühstück blickte er die Cartwright-Frauen, die ihn beobachteten, finster an. „Ist was?", fragte er.

„Noch vor sehr kurzen Zeit bist du *wesentlich* glücklicher gewesen", stellte Victoria fest.

Die Schwestern warfen sich vielsagende Blicke zu.

Storm stellte ihre Tasse ab. „Habt ihr beiden …"

„Geknuffelt? Ja", erklärte Victoria stolz.

„Aber nicht geschubst", fügte Rory hinzu.

Storm schaute ihre Schwestern an. „Wisst ihr, wovon sie reden?"

„Nein", sagte Harmony, „aber offensichtlich wissen *sie* es."

„Wir waren noch nicht zusammen in der Kiste", sagte Rory. „Falls ihr das meint."

„Habe ich das gemeint, Des?"

Die zuckte mit den Schultern. „Ich hab keine Ahnung!"

Storm schüttelte den Kopf. „Und so was nennt sich Hellseherin. Kann ich mal die Marmelade haben?"

Als sie das Gerümpel aus den leer stehenden Zimmern

räumten, musste Rory permanent an das Gefühl von Victorias Händen auf seinem Körper denken, an die Lust, die er bei ihren Berührungen empfunden hatte, und diesen Ausdruck von Macht und Befriedigung auf ihrem Gesicht, als er die Kontrolle verloren hatte.

„Rory!“, fuhr Storm ihn an. „Hör auf, Vickie mit den Augen auszuziehen. Wenn du den Waschtisch loslässt, dann ziehst du sie mit dir die Treppe hinunter.“

„Storm hat recht“, sagte Harmony. „Du schaust sie an, als sei sie ein Schweinerippchen und du kurz vor dem Verhungern.“

Rorys und Victorias Blicke trafen sich über den Küchenschrank hinweg, und beide wussten, was er gedacht hatte. Ihre Augen verfinsterten sich, und Rory knurrte.

„Seht zu, dass ihr in irgendein Zimmer kommt“, meinte Harmony. „Ich habe noch nie zwei Menschen gesehen, die so scharf aufeinander waren.“

„Danke, Harmony.“ Victoria hob eine Augenbraue. „Meinetwegen musst du dich nicht zurückhalten. Weißt du, so langsam erkenne ich die Ähnlichkeit zwischen dir und Storm.“

Harmony schnappte nach Luft. „Jetzt wirst du aber gemein.“

„Hey!“ Storm stieß sie mit dem Ellbogen an. „Auf wessen Seite stehst du eigentlich?“

„Auf der meiner Schwester.“ Harmony lächelte. „Ich versuche, einen Waschtisch wieder sicher auf den Boden zu bekommen, aber meine Packesel machen nicht mit, außer vielleicht in Gedanken.“

„Jetzt macht es endlich miteinander und bringt es hinter euch“, schnauzte Storm. „Ich gehe in den Laden und helfe Destiny.“

„Harmony“, sagte Rory. „Vielleicht solltest du auch in den Laden gehen und Destiny zu uns schicken, damit sie hier helfen kann.“

„Entschuldigung", sagte Harmony. „Ich weiß, ich mache dich nervös, Rory, aber ich halte es in dem Laden nicht aus."

„Hey, das ist mein Laden, von dem du da sprichst, und du hast ihn noch nie gesehen."

„Das geht mir bei allen Antikläden so, Vickie. Das, was da drin ist, quält mich."

„Und das wäre zum Beispiel?", fragte Victoria, als sie den Waschtisch in der Küche absetzte und eine Pause machte.

„Alles", sagte Harmony. „Ein Affenzirkus spielt sich dann in meinem Kopf ab – Generationen von Geräuschen, Eindrücken, Gefühlen springen darin herum. Negative und positive Energie kämpfen miteinander, und das überwiegend in Antikläden, aber auch in alten Häusern, wenn auch nicht in diesem. Hier hat es Trauer und Liebe gegeben, aber nichts Beängstigendes."

„Ich bin froh, das zu hören", meinte Victoria, „aber lass mich eins wissen. Du kommst in die Nähe von irgendwelchem alten Zeug und empfindest … was genau?"

„Was ihre Besitzer empfunden haben. Ich spüre die Energie von Dingen, wenn ich sie anfasse. Ich kann eine Menge erzählen, wenn ich Dinge berühre … und Menschen."

„Der Pfeil sollte mich treffen", sagte Rory.

„Wenn deine Hintergedanken stimmen …" Harmony wandte sich wieder an Vickie. „Du solltest darüber nachdenken, die negative Energie in deinen Beständen loszuwerden. Dann würden deine Kunden sich auch öfter blicken lassen."

„Wirklich? Du meinst, ich sollte so was wie einen Ausverkauf der negativen Energien veranstalten?"

„Welche Energie hat der hier denn?", fragte Rory, während er Victoria signalisierte, dass sie ihr Ende des Waschtischs anheben sollte, um ihn in den Laden zu tragen.

Harmony legte eine Hand darauf, als sie an ihr vorbeikamen. „Jemand Nettes hat ihn gebaut", sagte sie und ging bis zum

Laden neben ihnen her. „Für jemanden, den er geliebt hat. Halt, da ist etwas drin, das wir vermutlich finden sollen."

„Der ist leer", sagte Victoria.

„Nein." Harmonie schüttelte den Kopf.

„Dann lasst ihn uns auf die Veranda bringen, ihn durchsuchen, einen Preis draufkleben, ihn in den Laden bringen und schauen, was passiert", entschied Vickie.

„Was glaubst du", fragte Rory Harmony. „Wird er verkauft oder nicht?"

„Verdammt", sagte Harmony. „Ich bin doch keine Hellseherin. Da musst du Destiny fragen."

„Was bist du denn, wenn du keine Hellseherin bist? Du und die anderen Besenreiterinnen erinnert mich verdammt an Victoria und ihre gereimten Wünsche. Liegt Magie bei euch in der Familie?"

„Nein", sagte Victoria.

„Doch, tut sie", widersprach Harmony.

Fünfundzwanzig

HARMONY WAR VON der Küche aus um das Haus herumgegangen, daher wartete sie schon, als Rory und Victoria mit dem Waschtisch auf die Veranda kamen.

„Magie in der Familie heißt nicht, dass jeder darüber verfügt", sagte Victoria entschlossen, ihren Standpunkt deutlich zu machen.

Vielleicht zu entschlossen, dachte Rory.

„Na ja, die Männer besitzen keine magischen Kräfte", gab Harmony zu. „Aber Dad hat gesagt, dass alle Frauen welche haben."

Victoria lachte. „Was weiß der denn schon?"

„Dass die Hexe, die dieses Haus gebaut hat, aus Schottland kam und einer von uns einen besonderen Schlüssel und eine große Portion Magie vererbt hat."

„Aus Schottland?", fragte Rory und setzte sein Ende des Waschtischs ab. „Was für einen Schlüssel?"

„Wir sind piktische Hexen aufgrund geschlechtlich gebundener Vererbung", erklärte Harmony. „Oma hat es mir erzählt, als ich sie das letzte Mal besucht hatte."

„Ich dachte, ihr hättet euch nur einmal gesehen."

„Ich war ein paarmal ohne Destiny und Storm hier."

Victoria seufzte. „Okay, ich geb's auf. Was heißt piktisch?"

„Das ist eine vorkeltische schottische Hexentradition. Die Pikten kamen vor den Schotten und lebten rund um den Loch Ness, wo die Familie unserer Vorfahren herkommt. Frei übersetzt bedeutet Pikte Bild oder Tattoo."

Victoria ließ das eine Ende des Waschtischs fallen. Gut, dass er seins schon abgesetzt hatte, dachte Rory, denn er war genauso schockiert wie sie. War sie durch ihre genetische Veranlagung gezwungen, sich tätowieren zu lassen? Und wo auf ihrem Körper befand sich der Rest? Nun, das würde er bald herausfinden, schwor er sich. Sehr bald.

„Warum hat sie dir das erzählt?", fragte Victoria.

„Sie hat gesagt, dass es zumindest einer in der Familie wissen sollte."

„Ich meine, warum hat sie es nicht mir gesagt?"

Storm lachte verächtlich. „Glaubst du wirklich, dass eine Frau aus unserer Familie deine Aversion gegen dein Familienerbe nicht spüren würde?"

„Oma war keine ... Ich glaube nicht an vererbbare Magie. Das ist doch Unsinn."

„Weil deine gereimten Wünsche *nicht* in Erfüllung gehen?", fragte Harmony.

Destiny kam auf die Veranda. „Gib Vickie ein bisschen Zeit. Sie muss ihren eigenen Weg finden, so wie wir."

„Apropos finden ..." Victoria öffnete die Türen des Waschtischs und steckte den Kopf hinein. „Nichts drin", sagte sie.

„Ich schätze, ein Waschtisch tut es auch, wenn man seinen Kopf nicht in den Sand stecken kann", meinte Storm, und Victoria zog sich fast eine Gehirnerschütterung zu, als sie den Kopf wieder herauszog und drauf und dran war, sich mit ihr zu streiten. Aber Harmony hielt die Leiste in der Hand, die Rory am Vorabend angebracht hatte, und zog einen Pergamentumschlag darunter hervor.

„Verdammt", sagte Victoria. „Wie bist du denn drauf gekommen, gerade da nachzusehen?"

„Wie ich schon sagte, so was springt mich förmlich an. Je länger ich den Tisch berührt habe, desto klarer wurde mir, wo ich suchen musste."

„Was für eine Karte ist es denn dieses Mal?", fragte Rory.

„Es ist der *Stern*, der mir sagt, dass ich mein Herz öffnen soll", erwiderte Vickie – und mein Haus, dachte sie, was ihre Schwestern mit einschloss und vielleicht auch Rory. Allerdings müsste sie ihren Weg noch ein wenig klarer sehen, bevor sie nur anfangen würde, auch Letzteres zu glauben.

„Das ist eine mögliche Interpretation", erklärte Harmony. „Ich denke, der *Stern* steht für Vorankommen und dafür, der Liebe freien Lauf zu lassen." Sie warf Rory einen Blick zu. „Liebe in der Familie." Sie gingen um das Haus herum zurück in die Küche, wobei Rory die Nachhut bildete und sich ziemlich ausgeschlossen fühlte.

Destiny saß am Tisch und untersuchte die Karte. „Hoffnung", sagte sie. „Licht am Ende des Tunnels. Aber ich sehe immer in die Zukunft, und vielleicht lese ich die Karte für uns drei und nicht für Vickie."

Storm gab einen höhnischen Laut von sich, öffnete den Kuriositätenschrank, nahm eine teuer aussehende pinkfarbene Glasschüssel heraus und fuhr mit der Hand darüber. „Man könnte den Stern auch als Auftrag interpretieren, den Wohlstand zu teilen."

Vickie nahm ihr die Schüssel weg, stellte sie in den vergoldeten Halter und schloss die Glastür wieder. „So viel zum Thema Liebe in der Familie", sagte sie. „Das ist Omas preisgekrönte viktorianische Hochzeitsschale. Es gibt einige Dinge, die auf jeden Fall in Familienbesitz bleiben sollten."

Rory verschluckte sich an einer Weintraube. „Entschuldigung. Ich habe sie in den falschen Hals bekommen." Er stand auf, um sich ein Glas Wasser zu holen. „Wir haben den Waschtisch auf der Veranda stehen lassen“, sagte er, nachdem er etwas getrunken hatte. „Victoria, du musst ihn auszeichnen. Destiny, du kannst ihn verkaufen. Storm, du machst ihn sauber, und pass auf, dass du niemanden vergraulst.“

„Leck mich, du Blödmann.“

„Der erste Bus müsste jeden Moment kommen“, sagte Destiny, also gingen sie und Storm zurück in den Laden.

Eine alte Hexe aus Schottland, dachte Rory. Wenn Harmony Lili erwähnt hätte, hätte er einen Schottentanz aufgeführt. Nur dass Victorias Tattoos ihn jetzt im selben Maße beunruhigten, wie sie ihn erregten.

Vickie ließ sich auf einen Stuhl ihm gegenüber fallen, ihr Haar war zerzauster als sonst, und sie sah sanfter aus, was alles nur noch komplizierter machte. Jetzt, wo er ihr Erbe kannte, sollte er möglichst schnell das Fach finden, die Besitzverhältnisse klären und das Einhorn mit nach Hause nehmen. Sie sah zu unschuldig aus, um eine Hexe zu sein, leugnete es aber so sehr, dass es gar nicht anders sein konnte. „Verdammt noch mal, ihr seid alle Hexen.“

„Hellsehen zu können heißt noch lange nicht, dass man eine Hexe ist“, entgegnete Harmony. „Destiny, Storm und ich haben uns dafür entschieden, Hexen zu sein.“

Rory brummte. „Storm merkt man das ja auch an.“

„Verwechsle nicht Hexe mit Zicke“, meinte Harmony. „Das ist verletzend.“

Rory hob eine Augenbraue, und Harmony grinste. „Okay, dann ist Storm eben beides.“ Sie berührte Victorias Arm. „Entschuldige, dass ich deine Seifenblase platzen lasse, dass du keine Hexe bist, aber ich denke, die Tatsache, dass du die Gabe hast, Wünsche wahr werden zu lassen, beweist deine magischen Fähigkeiten.“

Victoria hob den Kopf. „Meine Seifenblase ist noch völlig intakt."

„Schön", meinte Harmony. „Willst du dann jetzt die Zimmer weiter leer räumen oder lieber hier sitzen bleiben und dich den ganzen Tag von Rory mit den Augen ausziehen lassen?"

„Er versucht nur herauszufinden, ob ich eine Hexe bin oder nicht."

„Hey", sagte Destiny, die aus dem Laden zu ihnen hereinkam. „Storm und ich haben das Hinterzimmer geputzt und diesen Ring mit einer Unmenge von Schlüsseln gefunden." Sie ließ den Bund vor ihren Augen baumeln, und Rory nahm an, dass es wohl Tage dauern würde, daran den Schlüssel zu dem Kasten zu finden.

„Sollen wir sie im Hinterzimmer aufhängen?"

„Nein, lasst sie hier", erwiderte Victoria. „Ich nehme sie mit in mein Zimmer."

Mist, dachte Rory. Dahin war sie, seine Chance. Warum hatte er die Schlüssel nicht gefunden, als er ... „Wie meint ihr das, das Hinterzimmer geputzt? Es war doch total sauber. Ich habe es selbst geputzt."

„Sauber ist nicht dasselbe wie rein", entgegnete Destiny und nahm sich einen Apfel. „Übrigens habe ich den Küchenschrank verkauft, ohne mich runterhandeln zu lassen."

„Ist Storm jetzt mit den Kunden allein?", fragte Rory, und Destiny und Victoria rannten los. Er ging zurück und begann, Möbel in den schon ausgeräumten Zimmern zu reparieren.

Am Nachmittag sah Victoria sich ihre vollgestellte Veranda an. „Was sollen wir denn nachts mit all den Sachen machen, die sich nicht verkaufen?"

„Heute Nacht können wir eine Plane drüberlegen, aber wir sollten lieber schon mal die Garage ausräumen." Er hatte sowieso Lust, sie in eine Werkstatt umzuwandeln. Am besten konnte er nachdenken, wenn er mit Holz arbeitete. Und er brauchte im Moment ganz sicher Zeit, um nachzudenken.

„Okay, dann nehmen wir uns morgen die Garage vor“, beschloss Victoria. „Wenn wir genug freien Platz schaffen, dann kannst du ja eine kleine Holzwerkstatt haben.“

Später, als die Mädchen sich ihre Zimmer aussuchten, fragte Harmony nach den anderen Räumen auf der Etage. „Ich nehme mal an, es sind dein Zimmer und Rorys.“

„Nein, ich schlafe oben“, sagte Victoria. „Aber das ist Rorys Zimmer, und das möchte ich nicht ausräumen.“ Victoria öffnete die Tür, und ihre Schwester schrie auf. Das größte Zimmer im Haus war ein Kleiderschrank – Regalbretter voller Schuhe an der einen Wand, ein halbes Dutzend vollgehängter Kleiderständer an der gegenüberliegenden.

„Mensch“, sagte Harmony. „Der Schuhhimmel!“ Sie umarmte Victoria. „Ich liebe meine große Schwester.“

„Endlich!“, seufzte Storm. „Das heilige Unschuldslamm hat eine Schwäche, einen *Fehler*. Nein, zwei. Sie hat einen Schuhtick und einen Klamottenfimmel.“

Victoria lachte, als die Drillinge den Raum betraten.

„Wo bewahrst du denn deine Unterwäsche auf?“, flüsterte Rory ihr ins Ohr. „Die möchte *ich* gern sehen.“

„Ich bin mir noch nicht ganz sicher, was uns mehr in Schwierigkeiten bringt, MacKenzie, dein erstes Lächeln oder das Durchwühlen meiner Unterwäsche.“

„Deine Unterwäsche. Bis zu den Ellenbogen bitte.“

„Ein schönes Lächeln, du sturer Schotte, und ich lasse dich in meine Unterwäsche … Schublade.“

„Erinnerst du dich an unseren Traum von letzter Nacht?“, flüsterte er.

Victoria nickte unschuldig und doch verführerisch, und Rory war verdammt nah dran, sie in den Arm zu nehmen.

Harmony kniete vor den Schuhen und presste mit ausgestreckten Armen die Stirn auf den Boden. „Ich bete vor dem Altar der Schuhgöttin." Sie richtete sich wieder auf. „Stiefel, Plateauschuhe und Pumps, oh mein Gott." Immer noch auf Knien wanderte sie an den Regalen entlang, stieß einen Schrei aus, setzte sich, probierte ein Paar Riemchensandalen an und hielt einen Fuß in die Luft. „Ja! Wir haben die gleiche Größe!"

Victoria hockte sich zu ihr auf den Boden – was ganz gut war, dachte Rory. Ein bisschen Abstand zwischen ihnen beiden konnte nicht schaden.

Destiny war mit den Kleidungsstücken beschäftigt. „Das kann doch kein Versace sein", rief sie und hielt einen Kleiderbügel hoch.

„Hmm, doch", erwiderte Victoria. „Kann es."

Storm hielt einen Bügel mit einem Minikleid hoch. „Hey, sieh dir das an. Vickie hat ein kleines Schwarzes. Das gefällt mir."

„Hat irgendjemand eine Verschiebung im Raum-Zeit-Kontinuum bemerkt?", fragte Harmony.

„Heb es auf", sagte Storm. „Ich könnte das eines Tages tragen."

„Gut", sagte Victoria. „Jemand sollte es tragen."

Dann wühlten sie alle vier in den Kleidern und fanden Outfits, die „perfekt" oder „saukomisch" an ihnen aussehen würden.

Die Schwestern hatten zueinandergefunden, und es hatte nichts mit Magie zu tun gehabt, nur mit dem großen, dunklen Geheimnis der Weiblichkeit. Und als sie anfingen, in fremden Sprachen zu reden, ließ Rory sie allein.

Sechsundzwanzig

VICKIE WAR GANZ warm ums Herz, als sie die Treppe hinaufstieg, um ins Bett zu gehen, aber sie ließ keine Sentimentalität aufkommen. Sie würde ihre Geschwister aufnehmen, sie anstellen und dafür sorgen, dass sie die Schule beendeten. Sie gehörten zur Familie, aber sie selbst würde nie so richtig zu ihnen gehören.

Heute Abend war sogar Rory verschwunden. Und wer konnte ihm schon einen Vorwurf daraus machen, dass er sie nicht mehr wollte, wo drei schöne Frauen im Haus waren? Trotzdem hatte er ein gewisses Interesse an ihrer Unterwäsche gezeigt, schoss es ihr hoffnungsvoll durch den Kopf.

Na gut, sie war viel zu müde, um sich über das männliche Gemüt Gedanken zu machen und wie es von dem einen auf das andere Gehirn umschaltete.

Sie war zu dem Karussell gekommen, um mit Rory allein zu sein, aber noch bevor sie ihn am Einhorn getroffen hatte, sah sie, dass da Menschen waren, die auf den anderen Figuren saßen. Genau genommen Mädchen. Nein, es waren Frauen, sie sahen alle gleich aus und waren wesentlich schöner als sie selbst und jünger und schlanker. Warum also sollte Rory sie wollen, wo diese Göttinnen da waren? Sie kam auf ihn zu und sah, dass er sie beobachtete.

Also drehte sie sich um und wollte wieder gehen, bevor er sie gesehen hatte, aber er ergriff ihre Hand.

„Wie kann es sein, dass du mich willst, wo sie hier sind?", fragte sie.

„Wer?" Als er sie anlächelte, bekam sie weiche Knie. „Außer dir sehe ich hier niemanden", sagte er, womit er ihr Herz und ihre Seele gewann.

Sie gehörte zu ihm und ließ es zu, dass er sie auf das Karussell hob, was normalerweise zu weiteren Intimitäten führte, aber dieses Mal waren sie nicht allein.

Rory nahm sie an die Hand, während sie an den anderen Frauen vorbeigingen, die auf verschiedenen Sternzeichenfiguren saßen, auf Pferden. Das Einhorn war leer.

Rory hatte Augen nur für sie. Das musste man sich mal vorstellen.

Der Triumphwagen mit dem Drachen war leer, aber bei diesem Publikum würde er das wohl auch bleiben. Als Vickie das Herz schwer wurde, umfasste Rory ihre Taille, hob sie hoch und sprang mit ihr von der Plattform in die grasbedeckte Mitte des bunten Karussells.

Sie spazierten ein kurzes Stück, bis Rory eine unsichtbare Tür im verspiegelten achteckigen Mittelpfeiler des Karussells öffnete. In seinem Innern befand sich eine private Oase.

Dort tanzte Rory mit ihr zur Musik der Dampforgel Walzer, ihr Rock schwang gegen seinen MacKenzie-Kilt, ihre Wange war an sein Piraten-T-Shirt gepresst, und sie hatte große Lust, sein mahagonifarbenes Brusthaar zu berühren, das es verhüllte.

Irgendwann einmal hatte Rory unter seinem Kilt nichts angehabt, und heute Nacht war sie seinem Beispiel gefolgt, sodass ihnen nichts im Weg war. „Ich bin dran", flüsterte sie ihm ins Ohr, und er verstand. Er hatte bei ihrem letzten Besuch einen Höhepunkt erreicht, sie aber nicht.

Er drehte sie um, und sie war überrascht, ein Messinghimmelbett mit scharlachrotem Bezug und einem Himmel aus weißer Spitze zu sehen. Das Bett und die goldenen Leuchter, die um das Bett herum auf dem Boden standen, spiegelten sich in allen acht Wänden. An diesem wunderbaren Ort reflektierten die Spiegel alles, außer sie selbst.

Als Rory sie zu dem Himmelbett führte, wurde die Musik langsamer und leiser. „Schläfst du gut mit anderen, Mädel?", fragte Rory, und als sie nickte, legte er sie in die Mitte des Bettes.

Er knabberte an ihrem Ohrläppchen, an der Schläfe, der Augenbraue und der Wange, die vor Verlegenheit, mit ihm im Bett zu liegen, glühte, und schließlich verschlang er ihren Mund.

Vickie war genauso hungrig.

Als er ihre Lippen verließ, wimmerte sie, doch dann küsste er ihren Hals, das Tal zwischen ihren Brüsten und entblätterte sie, damit er die Sterne liebkosen konnte. Schließlich kehrte er zu ihrem Mund zurück, während sie erblühte.

Er streichelte ihre Mitte durch ihr Kleid und setzte dann seine Reise hinunter zu ihren Knöcheln fort.

Sie seufzte vor Enttäuschung, und er lachte und tauchte unter ihr Kleid. „Rory", lachte sie. „Rory?"

Er kam wieder unter dem Kleid hervor und schob es zur Seite. „Ich habe einen Drachen gefunden!"

„Ohne Witz? Wo?"

„Hier!" Er tauchte wieder ab und zollte dem Drachen gebührende Aufmerksamkeit. So nah, dachte sie, doch nicht nah genug. Dann berührte er sie dort, wo sie es am liebsten hatte, und als er sie öffnete wie die Blätter einer Blume, seufzte sie.

Vickie vergaß alles um sich herum und genoss seine zärtlichen Hände, seine sanften Berührungen, die einen Schauer durch ihren ganzen Körper jagten.

Er berührte sie an ganz neuen, pulsierenden Stellen, und sie fiel von einer Ekstase in die andere, sie spürte ... seinen Bart, kitzelnd und erregend ... „Ah!“ Und dann spürte sie seine Zunge.

Unter seinem Zauber ritt sie auf einer Welle im Sturm, wild und windumtost, so hoch, dass sie Angst hatte hinunterzufallen, aber er bewahrte sie davor. Stattdessen trieb er sie immer höher, bis sie den Gipfel erreichte und taumelnd in die Tiefe stürzte. Dann verwandelte sich die Musik in ein schreckliches Dröhnen, das sie in die Wirklichkeit zurückholte.

Vickie warf ihren Wecker quer durchs Zimmer, und er knallte an die Wand. Sie war noch nicht bereit gewesen aufzuwachen. Ihre Träume gefielen ihr besser als die Realität. Rory hatte aus ihr endlich eine Frau gemacht ... aber nur in ihren Träumen.

Nach einer ernüchternden Dusche traf Vickie ihre Schwestern im Ankleidezimmer, wo geschwätzige Fremde und gestörte Familienbande lauerten und ihr zögerndes Herz berührten.

Es machte ihr Spaß, Zeit mit ihren Schwestern zu verbringen, aber nach der letzten Nacht wollte sie ein wenig mit Rory allein sein.

Als sie alle am Frühstückstisch saßen, besprach sie mit ihnen den Tag. „Rory wird die Garage leer räumen und die Möbel und den ganzen Kram rausholen. Harmony kann die Energie der reparierten Stücke überprüfen, und ich werde sie auszeichnen. Gute Sachen auf die Veranda, die anderen auf den Bürgersteig, zu Schleuderpreisen. Destiny, kannst du in den Laden gehen?“

„Ich arbeite total gern im Laden, aber da stimmt etwas nicht mit dem Einhorn. Ich denke, auf ihm liegt ein Zauber. Ich spüre es ganz stark, wenn ich in seiner Nähe bin.“

„Ich auch“, meinte Storm. „Aber was ich empfinde, ist jede Menge Leidenschaft. Du solltest mal die Hände drauflegen, Harmony.“

Rory fing an zu schwitzen.

„Kann ich nicht", antwortete Harmony. „Es sei denn, wir schaffen es nach draußen. Ansonsten kann ich es nicht richtig lesen."

„Vergesst es", sagte Vickie. „Das Ding wiegt eine Tonne."

Rory atmete auf.

„Storm, putzt und polierst du die guten Stücke?", fragte Victoria.

„Klar, aber warum neutralisieren wir die schlechten nicht und heben damit ihren Preis?"

Rory blickte auf.

Vickie beugte sich vor. „Könnt ihr das?"

„Ich tue Salbei und Rosmarin in den Zitronenreiniger, und danach besprühe ich die Schubladen damit und streue Salz auf den Bürgersteig um sie herum."

„Wie diskret", bemerkte Rory.

„Penner." Storm schmunzelte. „Ich wollte das Salz verstreuen, während ich auf meinem Besen um die Sachen herumfliege."

Vickie verschluckte sich an ihrem Chai.

Im Küchenschrank fand Storm eine halbvolle Flasche Zitronenreiniger, aber zu wenig Rosmarin. „Harmony und ich springen mal eben zum Supermarkt", bemerkte Storm.

„Mit ‚springen' meinst du wohl ‚gehen'?"

„Sei still, Casanova."

Rory schüttelte den Kopf. „Hier sind Geld und eine Einkaufsliste."

„Wir sollen also die Einkäufe machen?" Storm griff nach dem Geld.

Rory zog es zurück. „Ihr wollt doch was essen, oder?"

„Auch wieder wahr. Schlag ein." Sie hielt ihm ihre geöffnete Handfläche hin. „Ich meine einschlagen, nicht mir eine knallen."

Sie nähern sich an, dachte Victoria. Rory und Storm verstanden sich. Keiner von beiden mochte Menschen, große Gefühle oder gestelzte Worte.

In der Garage war Victoria noch nicht bereit, über den Traum zu reden, und Rory akzeptierte das, auch wenn seine Augen mehr als sonst funkelten.

Destiny stellte Ausverkaufsschilder auf den Bürgersteig, und als die Mädchen mit den Ingredienzien für die Neutralisierung zurückkamen, brachte Rory gerade eine Werkzeugkiste nach draußen.

Als er an der Garage vorbeikam, zog Victoria ihr Sweatshirt aus. „Da", sagte sie. „Das ist besser."

Er drehte sich um, sah das T-Shirt mit der Aufschrift *Schläft gut mit anderen* und stolperte über die Werkzeugkiste, die er gerade abgestellt hatte.

Vickie trat mit den Händen auf den Hüften über ihn. „Hey, das ist die gerechte Strafe für eine überaktive Libido."

„Du hast mich verführt."

„Wie bitte?"

„Du hast vielleicht Nerven." Er starrte auf ihren Ausschnitt. „Vielleicht solltest du mich lieber fragen, ob ich mich verletzt habe."

„Ich sehe doch, dass alles in Ordnung ist."

„Ich kann nichts dafür, dass ich eine Riesen…"

„Mach die Augen zu", sagte sie.

„Dich nicht anzuschauen, heißt nicht, dass mein Körper anders auf dich reagiert", doch er verschränkte die Arme hinter dem Kopf, schloss die Augen und war wegen seiner Erektion nicht im Geringsten verlegen.

„Okay", sagte Vickie. „Was hast du eben gesehen?"

„Ein Neonschild auf deiner Brust, auf dem steht, dass du genauso scharf auf mich bist wie ich auf dich."

„Storm sieht in dem T-Shirt besser aus als ich."

„Storm ist ein Kind. Du bist die Frau, mit der ich ins Bett will."

Vickie kniete sich neben ihn. „Bist du okay?"

Rory setzte sich auf, hakte einen Finger in ihren V-Auschnitt und zog sie zu sich heran, seine Fingerknöchel berührten ihre Brust.

„Schläft gut mit anderen, wie?"

„Das musst du selbst herausfinden."

„Mach nur so weiter, und ich werde hier ganz bestimmt nicht fertig."

„Wir sind doch schon beim Kleinkram."

„Das sehe ich anders." Er betrachtete ihre Brüste.

„Sie sind zu groß."

Er formte mit seiner kräftigen Hand eine Schale. „Schau mal, was sie ausfüllen müssen, Süße. Können sich meine Hände glücklich schätzen oder nicht?"

Siebenundzwanzig

„HEY, IHR ZWEI. Macht weiter“, rief Harmony. „In der Auffahrt rumzumachen ist gut fürs Geschäft.“

Vickie schob Rorys über ihren Brüsten schwebende Hand auf ihren Schoß.

„Noch besser“, meinte Rory.

„Geh und stell die Werkzeugkiste auf den Bürgersteig“, sagte Vickie wegen der Kunden, die sich dafür interessierten, und während er das tat, sortierte sie die Kleinteile. Nachdem er die Kunden mit seinem Akzent aus den Socken gehauen hatte, kam er zurück.

„Verkauft sich da draußen irgendwas?“

„Ich habe die Werkzeugkiste verkauft, und Storm hat zwei schöne Schaukästen aufgebaut, auch wenn sie mir vorher versprechen musste, dass sie keinen der Kunden mit dem bösen Blick verhext.“

„Und das hast du unbeschadet überstanden?“

„Lass uns einfach hoffen, dass mein bestes Stück funktioniert, wenn wir es brauchen.“

Victoria klopfte auf den Platz auf dem kleinen Teppich neben ihr. „Setz dich.“

„Damit du meine Rute überprüfen kannst?“

„Damit wir zu Ende sortieren können.“

„Ach, richtig. Und wenn wir mit dem Aussortieren fertig sind, machst du es dann mit mir?"

„Fang jetzt an."

Rory nahm das Bild mit dem Karussell aus der Kiste, in die er es gesteckt hatte, und zeigte es ihr.

„Ich war sechzehn, als ich es gemalt habe. Ungefähr zu der Zeit, als der Traum begann, schlüpfrig zu werden", sagte Vickie. „Ich hab also meine neue verwirrende Energie in das Gemälde gesteckt."

„Das können dann ja nicht wir beide sein."

„Schau dir die Haarfarbe des Mannes an. Ich musste damals nach Boston fahren, um sie zu bekommen, weil es sie hier in der Gegend nicht gab. Die Bezeichnung auf der Farbtube war *Mahagoni*."

„Und das, wo ich erst vor ungefähr vier Monaten angefangen habe, von dir zu träumen, und wir uns erst vor fünf Tagen begegnet sind?"

Vickie mochte das Funkeln in seinem Blick.

„Wenn ich die Augen schließe, spüre ich deine Lippen auf meinen", sagte sie. „Das war schon vor fünfzehn Jahren so und ist es auch heute noch."

„Dann lass es uns jetzt wahr werden lassen." Er beugte sich nach vorn, gab ihr aber die Möglichkeit, Nein zu sagen.

Aus Angst, den Zauber zu brechen, nickte Vickie.

Rory nahm sie in den Arm und näherte seine Lippen ihrem Mund, diesmal im wirklichen Leben und nicht im Traum. Er roch würzig.

Sie verschlangen sich gegenseitig. Seine Hand glitt ihren Rücken hinunter, er drückte sie gegen sich.

Vickie hatte das Gefühl, als würde sie auf einem nicht existierenden Karussell stehen, das sich andersherum drehte und so schnell war, dass sie nicht mehr zurückkonnten. Der Boden unter ihren Füßen wurde immer schneller, machte sie benommen, und alles um sie herum löste sich auf.

Sie schnappte nach Luft, während Rory weiter ihren Mund, ihren Hals und ihr Dekolleté liebkoste.

„Ich muss dir etwas über unsere Träume gestehen", keuchte sie atemlos.

Rory schaute sie durch einen Schleier des Verlangens an.

„Unser Vorspiel hat dazu geführt, dass ich beim Aufwachen gekommen bin."

Rory grub seine Finger in ihre Taille. „Du auch? Da bin ich froh."

„Wie hätte ich nicht, wo du doch …"

„So gierig und außer Kontrolle warst wie ein junger Kerl?"

Bei dem Gedanken daran, wie er gekommen war, fuhr ein Schauer durch ihren Körper.

„Die letzte Nacht war zauberhaft", sagte sie.

„Ja, aber ich möchte das alles im wirklichen Leben erleben, verstehst du?"

„Weißt du was, dein Akzent wird breiter, wenn dein bestes Stück sich erhebt."

Er küsste sie wieder, und sie kletterte auf seinen Schoß, oder er zog sie dahin, und er drückte ihre Brüste an seinen Körper. Sie wollte jetzt mehr … bis sie ein leises Husten hörte.

Rory fluchte, und Vickie blickte auf.

Ihre Schwestern standen in der Garage.

„Der Laden ist geschlossen", verkündete Destiny.

Harmony machte einen Knicks wie ein Dienstmädchen. „Die Schlafzimmer sind sauber und gemacht. Und das war gestern. Heute haben wir …"

„Ja", fiel Storm ihr ins Wort. „Frühstück ist fertig."

„Hört auf, Mädels. Wir haben verstanden." Vickie befreite sich, stand auf und strich ihre Sachen glatt.

„Mein Schock-Shirt!“, sagte Storm anklagend, konnte sich aber ein Grinsen nicht verkneifen. „Auch eine Möglichkeit, deinen erotischen Schotten ins Bett zu kriegen, Schwesterherz!“

„Ich dachte, ich sei ein Fehltritt.“

„Fehler können doch auch sexy sein.“

Das Abendessen, nicht das Frühstück war fertig.

Den Drillingen schmeckte es, aber Vickie rührte nichts an, und auch Rory stocherte nur auf seinem Teller herum.

Ihre Schwestern zogen die beiden auf, bis sie endlich ins Bett gingen.

In der Bibliothek küssten Vickie und Rory sich in jeder Position, nur nicht in der, nach der sie sich wirklich sehnten. Man hätte sie hören können. Sie mussten weg. Vickie setzte sich auf und fuhr sich durchs Haar. „Rory, erinnerst du dich an die Auktion, zu der ich dieses Wochenende muss?“

„Ja, du wolltest doch, dass ich dann den Laden schmeiße.“

„Komm einfach mit. Die Mädchen können sich um den Laden kümmern.“

Rory nahm ihr Gesicht in seine Hände. „Gern. Schön, dass du fragst. Hast du keine Angst mehr?“

„Dass du mitkommst? Wie kommst du darauf?“

„Ach, Süße, du hast vor dir selbst Angst, nicht vor mir, und ich meine das sowohl im wörtlichen als auch im erotischen Sinn.“

„Das ist eine seltsame Ansicht …“

„Meine Ansicht, wie du es nennst, ist, dass du dich in deinen Träumen sicher fühlst, deine erotischen Wünsche auszuleben. Wenn du aber wach bist und wir uns näherkommen, bist du so scheu wie ein Reh. Ein Mann spürt so was.“

„Das ist ja bescheuert. Weiter im Programm, MacKenzie. Ich will … was du willst. Und wenn es nicht genau jetzt passiert, dann fange ich an zu glauben, dass meine Wünscherei nicht mehr funktioniert. Ich habe an einen Reim gedacht, wie … ‚schieb deinen Phallus in meine Venus'."

„Genug gereimt", bremste Rory und küsste ihre Finger. „Zum Teufel. Was sagt es denn über mich aus, dass ich mir wünsche, dass es wahr wird?"

Vickie bezweifelte, dass ihre Zeit schon gekommen war. War es auch das, was Rory empfand?

Sie machte sich außerdem Gedanken darüber, was sie mit der Bitte, sie zu dieser Auktion zu begleiten, in Gang gesetzt hatte, aber sie wollte, dass ihre Träume wahr wurden.

Beim Frühstück am nächsten Morgen verkündete sie ihren Schwestern die Neuigkeit. „Rory und ich fahren übers Wochenende nach Rhode Island. Zum Arbeiten", fügte sie hinzu, als die Mädchen anfingen zu grinsen. „Meint ihr, ihr könntet den Laden auch ohne uns schmeißen?"

„Na klar", erwiderte Storm. „Machen wir."

„Stell dir vor, wie viel Geld wir verdienen könnten, wenn wir unsere Schuhe verkaufen würden", sagte Harmony und bog sich vor Lachen. „Als ob ich sie hergeben würde."

Vickie sah sich ihren bevölkerten Küchentisch an und stellte fest, dass sich ihr Leben durch Rory und ihre Schwestern radikal verändert hatte. Sie hatte jetzt eine Familie, und ihr gefiel jede verrückte Minute.

„Was ist das denn für eine Art von Arbeit?", fragte Harmony.

„Eine Auktion für Retro-Klamotten als Benefizveranstaltung für die Pickering-Stiftung. Meine Freundin Kira ist die Koordinatorin bei diesem Event. Ich habe mich vor Monaten freiwillig gemeldet."

„Hast du Abendgarderobe dabei?", fragte Vickie Rory.

„Ja, hab ich, weil ich dachte, ich würde vielleicht einen oder zwei meiner Kunden zum Abendessen treffen, wenn ich in den Staaten bin."

„Großartig. Nimm sie mit nach Newport."

„Noch wichtiger", meldete sich Storm zu Wort, „wenn du einen Pyjama mit hast, nimm ihn *nicht* mit."

Rory blieb ernst, bekam aber rote Ohren.

„Ach, nehmt euch ein Zimmer und bringt es hinter euch!", schnaubte Storm.

„Das werden sie", erklärte Destiny, „in Rhode Island."

Achtundzwanzig

BEVOR RORY UND sie nach Newport aufbrachen, hielt Vickie, sehr zu Rorys Missbilligung, ihre erste Mitarbeiterbesprechung ab.

„Wenn ihr offiziell meine Angestellten werden wollt", sagte sie zu ihren Schwestern, „verlange ich von euch, dass ihr die Schule zu Ende macht. *Salem State* ist hier die Straße runter, also könnt ihr bei mir wohnen und hier arbeiten, wenn ihr gerade keinen Unterricht habt oder lernt."

„Du zahlst aber nicht für die Schule", sagte Storm.

„Das hat sie schon getan", bemerkte Rory.

„Wer hat dich denn gefragt?"

„Also gut. Ich halte mich einfach raus, okay?"

„Gut so. Das ist eine Sache zwischen mir und meinen Schwestern."

Storm verschränkte die Arme. „Ich weigere mich, wieder zur Schule zu gehen."

„Natürlich wirst du das tun", entgegnete Rory, bekam einen Blick ab, und sein Stuhl knackte und schwankte. Doch er sprang rechtzeitig auf, bevor er zusammenbrach.

„Entschuldige", meinte Vickie. „Ich hätte dich vor dem Stuhl warnen sollen."

„Ich bin mir nicht ganz sicher, ob das der Stuhl war."

„Keine Schule“, wiederholte Storm.

„Victoria“, sagte Rory. „Wenn die Mädchen ihren Abschluss gemacht haben, kannst du ja einen Schulgeld-Rückzahlungsplan aufstellen, dann ist niemand überlastet – womit ich dich meine – und niemand hat das Gefühl, übervorteilt worden zu sein – womit ich Storm meine.“

Storm knurrte missbilligend, nickte einmal, schlug ihre Beine in die andere Richtung übereinander und schaute aus dem Fenster.

Dieses Mädchen möchte einfach nicht verstanden werden, dachte Victoria.

„Lass uns die Miete festlegen“, schlug Harmony vor.

Victoria faltete die Hände. „Jeder, der zur Schule geht, muss keine Miete zahlen.“

Storm fluchte. „Verdammter Mist.“

„Also abgemacht“, verkündete Vickie. „Destiny, du bist übers Wochenende der Shopmanager, und Storm, dir lasse ich freie Hand, wie du unsere Ware präsentierst, während ich weg bin.

Harmony, was hältst du davon, meine Einkäuferin zu sein? Auf diese Weise kannst du für mich arbeiten, ohne einen Fuß in den Laden zu setzen.“

„Find ich gut.“

Vickie schob einen Umschlag über den Tisch. „Hier, benimm dich wie eine Einkäuferin.“

Harmony pfiff, als sie einen Blick in den Umschlag warf und sah, wie viel Bargeld darin war.

„Hier ist eine Liste der Klamotten, die ich letztes Jahr gekauft habe, wo ich sie gekauft, wann ich sie bezahlt und was ich davon wieder verkauft habe. Orientier dich daran und dann viel Spaß.“

„Kann ich auch auf private Flohmärkte gehen?“

„Ja!“ Vickie warf Rory einen vielsagenden Blick zu. „Ich habe schon tolle Sachen in älteren Häusern gefunden. Und jetzt ist die beste Zeit des Jahres. In der Zeitung steht eine Liste mit Terminen."

„Aber sollte ich nicht mit nach Rhode Island kommen, wenn ich deine Einkäuferin bin? Das ist doch eine Klamottenauktion, oder?"

„Ich habe aus ihren Beständen schon gekauft, was ich wollte, als ich die Auktion vorbereitet habe. Also dieses Mal nicht."

Harmony lachte. „Ob das jetzt stimmt oder nicht, du bekommst auf jeden Fall eine Eins plus im Schnelldenken, Schwesterherz."

„Rory", sagte Vickie. „Du stehst als Nächster auf meiner Liste."

„Danke, Boss." Rory zog eine Mappe hervor. „Hier sind eure Gehaltsschecks." Er gab jeder der drei Schwestern einen.

„Ihr arbeitet nur eine halbe Woche, und dafür bezahlt Victoria euch, denn sie will euch nicht ganz ohne Geld dastehen lassen oder euch mit Almosen beleidigen." Er wandte sich an Storm. „Keine schmutzigen T-Shirts bei der Arbeit." Er blieb stehen. „So, und jetzt lass uns zusehen, dass wir hier wegkommen, solange ich noch gute Laune habe."

„Es scheint, als könntest du dich auf eine Standpauke gefasst machen, Schwesterherz", meinte Destiny.

„Was euch betrifft, denkt eure Schwester mit dem Herzen, aber nicht in geschäftlichen Angelegenheiten", sagte Rory.

„Ja?", konterte Destiny. „Und womit denkst du, wenn sie durch deine Gedanken geistert?"

Fünfzehn Minuten später, als sie ihren in die Jahre gekommenen Civic durch Salems belebte Straßen manövrierte, warf sie Rory aus dem Augenwinkel einen Blick zu. „Du glaubst, dass sie mit dem Geld abhauen und mit allem, was sonst noch in ihren Van passt, nicht wahr?"

„Ich kenne sie nicht gut genug, um das zu beurteilen, und du auch nicht. Aber selbst wenn sie bleiben, könnten sie deinen Laden in ein einziges Chaos verwandeln."

Vickie grinste. „Sie werden mich schon nicht enttäuschen."

„Ich hoffe, du hast recht."

„Storm könnte jemanden beißen."

Rorys Gesichtsausdruck entspannte sich, als er mit den Fingerknöcheln über ihre Wange strich. „Ich könnte dich beißen."

„Ich werde schneller fahren."

Er berührte ihr Knie. „Lass es uns langsam angehen. Lass es uns ein wenig genießen. Wie lange brauchen wir bis nach Newport?"

„Nicht viel länger als eineinviertel Stunden, wenn die Verkehrsgöttin uns wohlgesinnt ist. Warum?"

„Ich möchte gern Zeit mit dir allein verbringen, weißt du?"

„Wer ist jetzt hier der Hellseher? Was stellst du dir vor?"

„Ruf Kira an, und sag ihr, dass wir uns möglicherweise ein bisschen verspäten."

„Nicht nötig."

„Oh, sieht so aus, als würden wir gegenseitig unsere Gedanken lesen." Rory nahm ihre Hand, drückte sie und legte sie auf sein Knie.

Vickie ließ ihre Hand seinen Oberschenkel hinaufgleiten, und während er eine Augenbraue hob, genoss sie seine kühle Hand auf ihrer.

„Kira und Jason erwarten uns so gegen vier", sagte sie.

„Gut, lass mich mal dein Handy benutzen, und merk dir, wo wir sind." Er zog ein winziges Adressbuch aus der Tasche, wählte eine Nummer, redete mit jemandem, der Charlie hieß, der ihnen einen Blick auf ein „antikes Looff" ermöglichen sollte, was auch immer das war.

„Von der Route 95 South hat er mir den Weg erklärt", sagte er.

Nach kürzester Zeit hielten sie vor einem Pförtnerhäuschen

an. Rory nannte seinen Namen, und der Pförtner ging hinein, um einen Umschlag mit Rorys Namen darauf zu holen.

„Fahr", sagte Rory zu ihr.

Das Anwesen am Seeufer war zu dieser Jahreszeit geschlossen. Es gab ein Karussell, das auch geschlossen war. „Hier ist es", sagte Rory.

Vickie hielt an, Rory stieg aus und kam um das Auto herum, um ihr die Tür zu öffnen. Er nahm einen Schlüssel aus dem Umschlag. „Einige von den schönsten Karussellfiguren, die ich restauriert habe, befinden sich hier", sagte er und führte sie zum Hintereingang des verschlossenen Karussells.

Sie ging zuerst hinein.

„Warte hier", sagte Rory.

„Ja klar, bis mir jemand einen Sack über den Kopf wirft und mich wegschafft."

Rory lachte, und dann ging das Licht an.

„Du hast recht", rief sie, „das ist ein wunderschönes Karussell." Es setzte sich in Bewegung, während bunte Lichter blinkten und aus einer fantastischen Orgel laute, fröhliche Musik ertönte.

„Das ist ein *Looff* aus der Zeit um 1895", erklärte Rory und hob sie auf die sich drehende Fläche. Nachdem er zu ihr hinaufgestiegen war, führte er sie zu einer springenden Giraffe und hob sie in den hohen Sattel. „Dieses schöne Stück habe ich restauriert", sagte er. „Sie sieht fast so aus, als würde sie lächeln, oder?"

Vickie fühlte sich wie eine Prinzessin mit ihrem Prinzen an ihrer Seite. Rory strich mit seiner Hand über ihren Schenkel. Noch nie hatte sie einen geschlitzten Rock lieber getragen. Mit ihrer viktorianischen Bluse und ihren hochhackigen Schuhen fühlte sie sich weiblich, anziehend und … klein. Sie lachte.

Rorys streichelnder Daumen trieb ihren Puls in die Höhe und nahm ihr die Angst. Sie wollte alles, was auch immer sie an diesem Wochenende haben konnte, und das hatte sie so noch nie empfunden.

Er zeigte ihr ein verspieltes, augenzwinkerndes Seepferdchen, das sie wunderschön fand. Neben einer korallenrot schimmernden Meerjungfrau nahm er Vickies Hand und fuhr damit durch das lange wallende Haar der Meerjungfrau, und Vickie wusste, dass sie ein Kunstwerk durch die Augen des Künstlers sah und berührte.

„Spürst du das Leben in ihren Haaren, das die Wellen ihnen eingehaucht haben? Dein Haar ist auch so wild und so natürlich“, flüsterte Rory, wobei seine Lippen ihr Ohrläppchen berührten. „Aber es lebt und strotzt vor Energie.“

Er nahm eine ihrer Locken an seine Lippen. „Eines Tages werde ich eine Meerjungfrau mit genau diesen Haaren schnitzen.“ Er fuhr mit der Hand durch ihr Haar, und sie begann zu zittern. Er war ein Bildhauer, der ein schönes Kunstwerk bewunderte, und sie kam sich klein vor und auf seltsame Weise … schön. „Dein Haar wird mich ewig inspirieren“, sagte er. „*Du* wirst mich ewig inspirieren.“

Mit seiner Hand über ihrer strichen sie gemeinsam über die Figur der Meerjungfrau, über ihre Flosse bis zu ihren Hüften, fuhren über ihre Taille, um dann eine Brust zu umfassen und über eine kaum vorhandene Brustwarze zu gleiten.

„Das und noch viel mehr werde ich heute Nacht mit dir tun“, versprach er.

Als Antwort drehte Vickie ihren Kopf, um Rorys Atem auf ihren Lippen zu spüren.

Sie küssten sich leidenschaftlich mit hungrigen Zungen und willigen Körpern.

Dann standen sie zusammen auf, und er nahm sie mit zu einem wunderschönen einsitzigen Drachen-Triumphwagen, der aber lange nicht so groß und verlockend war wie der in ihren

Träumen. Sie berührte seine Brust und spürte seinen Herzschlag. Er legte einen Arm um sie, bedeckte ihre Hand und legte seinen Kopf an ihren.

„Kirschroter Slip", flüsterte er.

„Schwarze Seide", erwiderte sie und beobachtete, wie er reagierte. Sie wünschte, sie hätte den Mut, ihn anzufassen. „Es ist schon spät", sagte sie, aber nicht weil sie gehen wollte. Sie würde diesen Ort niemals verlassen wollen.

Er sprang zuerst vom Karussell, nahm sie bei der Hüfte und hob sie herunter, als würde sie nicht mehr wiegen als eine Feder.

Sie hörten, wie jemand von draußen rief.

Rory raubte sich einen letzten Kuss neben dem Karussell mit der zu lauten Musik und den zu hellen Lichtern … ähnlich, aber nicht ganz so wie in ihrem Traum.

„Ist es das?", fragte Vickie, als sie einen Schlüssel in der Tür hörte. „Haben wir mit dem Kuss neben dem Karussell irgendeine Prophezeiung erfüllt?"

„Nicht, was mich betrifft", sagte Rory. „Charlie", fuhr er fort, während er sich umdrehte. „Ich möchte dir Miss Victoria Cartwright vorstellen."

„Miss Cartwright. Jetzt sehe ich, was unseren Schotten nach all den Jahren endlich nach Amerika geführt hat." Charlie gab Rory einen spielerischen Klaps auf den Arm. „Und du hast gesagt, du würdest Schottland niemals verlassen."

Als sie wieder im Auto saßen, hielten Rory und sie Händchen.

„In Schottland gibt es ältere Karussells", sagte Rory. „Ich würde sie dir gern zeigen."

Auf den Straßen nach Newport sahen sie Kinder, die auf grünen Dorfwiesen Drachen steigen ließen, die von Pfefferkuchenhäusern, weißen Kirchen und Rathäusern aus Backstein umgeben waren.

Vickie ließ ihr Seitenfenster herunter. Die Aussicht, die Geräusche und der Duft von Apfelplantagen würden sie immer an Rory erinnern.

Viel zu schnell kamen sie nach Newport, einem Seehafen, wo dreimastige Schoner neben Katamaranen, Schnellbooten, Jachten und Fischerbooten lagen. Teure Eigentumswohnungen mit Blick auf Goat Island und die Brücke davor erhoben sich über dem Hafen.

Als sie über den Berg von Thames in Richtung Bellevue fuhren, biss Victoria sich auf die Lippe. „Es gibt etwas, das du über Kira wissen solltest."

„Kira, die vorgeschlagen hatte, dass du mein Bild in Honig kochst?"

„Ach ja. Das macht es ein wenig einfacher. Sie ist eine Hexe."

„Und du?", fragte Rory.

„Bis vor Kurzem war ich ziemlich sicher, dass ich keine bin."

„Bis vor Kurzem?"

„Meine Schwestern, meine piktische Abstammung und meine gereimten Wünsche sind gute Gründe, daran zu zweifeln, ganz abgesehen von unseren Träumen."

Rory kratze sich den Bart, ein sicheres Zeichen, dass er sich Sorgen machte. „Klar, solange du deine Fähigkeiten ignorierst und versuchst, deine gereimten Wünsche nicht einzusetzen, gibt es keinen Grund, an deine magischen Fähigkeiten zu glauben … wenn du überhaupt welche hast."

Vickie zuckte mit den Schultern. „Ich bin mir nicht sicher, ob das so einfach ist. Das hier ist die Bellevue Avenue", sagte sie und nutzte die Chance, das Thema zu wechseln. „Man kann die Häuser zwischen den Bäumen sehen. Nicht alle sind im Besitz der Pickering Stiftung. Die wirklich berühmten gehören der Historischen Gesellschaft, und einige sind in Privatbesitz. Das da drüben ist Kiras und Jasons *Cloud Kiss*."

„Beeindruckend“, stellte Rory fest.

Eine Minute später bog Vickie in eine Einfahrt ein. „Das ist *Kingston by the Sea*.“ Die gepflegte Rasenfläche machte auf den ersten Blick einen großartigen Eindruck, dachte sie, mit ihren terassenförmigen Gärten und den alten Bäumen voller Herbstlaub.

„Kingston macht seinem Namen alle Ehre“, meinte Rory. „Ein Blick übers Meer bis zum Horizont.“

Vickie nickte und fuhr zur Seite des Hauses. „Hier hat Mel ihre Kochshow mit den Bienen gedreht.“

„Ah“, sagte Rory, „ich erkenne den Innenhof, in dem ich dich nach der Sendung noch im Kostüm gesehen habe.“

„Das Kleid ist heute Abend in der Auktion. Ich kann gar nicht glauben, dass du dich noch von der Sendung an mich erinnerst.“

„Vergiss die Träume nicht, Süße.“ Rory strich ihr über die Wange und über den Hals, und sie erschauerte. Da traten Kira und Jason aus dem Haus, um sie zu begrüßen.

Rory zog seine Hand zurück und stieg aus dem Wagen.

„Vickie! Wir haben uns schon gefragt, was los ist“, rief Kira und umarmte sie. „Das muss dein schöner Schotte sein.“ Sie küsste Rory auf die Wange. „Willkommen in Newport.“

Victoria stellte Rory Kiras Mann Jason vor. „Es haben sich im Zusammenhang mit dieser Auktion ziemlich witzige Dinge zugetragen“, erzählte Vickie. „Meine Schwestern haben sich als großartige Ladenmanager herausgestellt.“

„Ich kann immer noch nicht glauben, dass du Schwestern hast“, sagte Kira.

„Sehr wandlungsfähige und absolut identische Schwestern.“

„Und ein kleines bisschen beängstigend“, fügte Rory hinzu und konnte seine schottische Herkunft nicht verleugnen.

„Oh, red weiter“, bat Kira.

Jason nahm den Arm seiner Frau. „Vergiss den Akzent. Kümmer dich lieber um die Verteilung der Zimmer.“

„Ach, richtig. Ich habe im *Cloud Kiss* ein Zimmer für euch reserviert, Vic. Nur eins. Ich wusste ja nicht, dass Rory mitkommt, und das Haus ist ausgebucht, aber ich werde schauen, ob ich ein Sofa finde oder …“

„Wir teilen uns das Zimmer“, sagte Rory.

„Entschuldigt uns.“ Vickie stolperte fast über ihre eigenen Füße, als sie ihn zur Seite zog.

„Wir werden uns das Zimmer teilen“, wiederholte er.

„Teilen?“

„Ja, und wenn es nach mir geht, auch das Bett und die Dusche.“

„Das Bett?“

Rory zuckte die Schultern. „Ich weiß nicht, ob dich diese Möglichkeit begeistert oder verärgert.“

„Ich auch nicht.“

„Verständlich.“

„Warum fragen wir Kira nicht einfach, ob es ein oder zwei Betten sind?“

„Hey, Süße, jetzt verdirb uns doch nicht den Spaß, wo wir schon mal ein Wochenende ganz für uns haben.“

„Tue ich das?“

„Ja. Lass ein bisschen Abenteuer und Spontanität in dein Leben. Ich hoffe, es ist ein winziges Bett, wo wir aufeinanderliegend schlafen müssen, dann kann ich meine Prinzessin in den Schlaf küssen.“

„Du machst das Märchen kaputt.“

„Ich mache es besser. Wir Frösche haben so unsere Möglichkeiten, Prinzessinnen in den Schlaf zu bringen, wie du weißt.“

„Ach?“

„Mädel, es ist doch nicht so, als hätten wir noch nicht zusammen in einem Bett gelegen.“ Rory fuhr mit den Fingern durch ihr Haar und strich eine Strähne hinter ihr Ohr.

„Aber es ist auch nicht so, dass wir schon ein Zimmer geteilt hätten."

„Träume sind viel intimer", erwiderte er. „Ich habe dich schon an so vielen Stellen berührt, mit meinen Händen, mit meinen Lippen und sogar mit meiner Zungenspitze. Was meinst du, habe ich eine talentierte Zunge? Ach, wie schön du rot wirst. Gib's zu, oder mein männlicher Stolz ist tief getroffen."

„Es wird ganz schön warm hier draußen, findest du nicht?"

„Doch, das finde ich auch, und tief in meinem Innern weiß ich, dass du all das, was wir in unseren Träumen tun, machen willst."

Vickie seufzte. Sie konnte sich vor der Wahrheit nicht verstecken, nicht wenn Rory ihr so nah war. „Gott steh uns bei", sagte sie. „Also ein Zimmer."

„Wir teilen das Zimmer", wiederholte Vickie, als sie zu ihren Gastgebern zurückkehrten.

Kira strahlte, Jason blickte finster drein, und Vickie küsste ihn auf die Wange. „Ich kann auf mich selber aufpassen, Jay. Er ist doch nicht der böse Eiswolf oder der beste Küsser von Amerika oder etwas in der Art. Er ist nur ein zahmer, alter Schotte."

Jetzt zogen sowohl Rory als auch Jason finstere Mienen, aber glücklicherweise gingen sie nicht aufeinander los.

Neunundzwanzig

„WIR HABEN EINEN Auktionator angeheuert“, sagte Kira und führte sie durch ein elegantes Treppenhaus hinunter zu ihren Ankleidezimmern. „Aber Vic, ich möchte, dass du die Outfits beschreibst, damit du Fragen beantworten kannst, bevor das Bieten losgeht. Keiner kennt sich mit den Sachen besser aus als du.“

Vickie zog sich ihr Kleid an und überflog das Programm, während sie gespannt darauf wartete, Rory in seinem Smoking zu sehen. Als er schließlich auftauchte, war sie ernüchtert, aber wen kümmerte das schon?

In einem Kilt mit Schwert und allem Drum und Dran sorgte Rory für Aufsehen.

Blitzlichter flammten auf.

Die Männer verstummten.

Die Frauen drehten sich um, starrten ihn an und lechzten.

In seinem MacKenzie-Schottenrock, einer schwarzen Trachtenjacke mit Schulterstücken, Anstecknadeln, Schwert und Orden und einer mehr oder weniger gezähmten mahagonifarbenen Mähne berührte er ihr Herz und noch viel mehr.

Als sie sich vor den Stufen zur Bühne trafen, fragte sie sich, was er wohl drunter trug, aber er nahm ihre Hand, küsste die Innenseite ihrer Handfläche mit einer herzergreifenden Intimität aus der alten Welt.

Dann trat er einen Schritt zurück, um sie anzusehen. „Ich wusste nicht, dass du das Kleid aus Melodys Show tragen würdest“, sagte er. „Du siehst heute Abend noch viel schöner aus als damals und sogar schöner als in meinen Träumen.“

„Als ich formelle Kleidung gesagt habe, habe ich nicht damit gerechnet, dass du formelle schottische Kleidung tragen würdest.“

„Ist dir das peinlich? Soll ich lieber gehen?“

„Nein, nein. Du siehst zum Anbeißen aus. Ich meine, zumindest finden das alle anderen.“

Aus sämtlichen Richtungen kamen Frauen auf ihn zu, lauter schlanke Schönheiten, aber Rory schüttelte den Kopf, konzentrierte sich auf Victoria und hielt ihr einen zusammengefalteten Schal im Schottenmuster hin. „Ich wäre sehr stolz, wenn du meine Farben tragen würdest.“

Rory ignorierte die unterernährten Models und wartete auf Vickies Antwort, als würde sie ihm wirklich etwas bedeuten.

„Es ist mir eine große Ehre“, sagte sie leise.

Vor Hunderten von reichen, schicken, attraktiven Gästen drapierte Rory eine Schärpe im MacKenzie-Schottenmuster über Victorias rechte Schulter und steckte sie mit einer Nadel an ihrer linken Hüfte fest.

„Die Nadel ist wunderschön, Rory. Ein Silberschwert mit einer Diestel.“

„Ach, das ist die MacKenzie-Krone. Es ist die Kiltnadel der Familie, aber ich habe immer eine in Reserve.“

Sein marineblauer und smaragdgrüner Schal passte hervorragend zu ihrem blassblauen Kleid und gab ihr ein Gefühl der Zugehörigkeit … zu ihm und zu dieser erlauchten Gesellschaft, wenn auch nur für einen Abend.

Irgendwie magisch, dass Rory sie ausgewählt hatte, wo er jede Frau hier hätte haben können. Warum nur?

Als sie während der Auktion auf der Bühne die Kleider beschrieb und die Fragen des Publikums beantwortete, wich ihre Angst, während Rory sie mit seinen Blicken streichelte wie warme Finger, die über ihre Haut glitten. Erst hier, dann da und … ooh! … auch dort.

„Das letzte ist mein eigenes Kleid", erklärte Vickie und nahm Rorys Schal ab, um es zu zeigen. „Ein Redingote-Kleid von Felix von Frankreich aus dem Jahr 1898, in Blassblau mit breiten marineblauen Nadelstreifen. Um es ganz klar zu sagen, der Schal gehört nicht dazu und der Schotte auch nicht."

Darüber lachten nur die Männer, während Vickie sich zu dem Auktionator umdrehte, der die Versteigerung leitete.

Rory versuchte, ein mit Diamanten behängtes, chirurgisch perfekt verschönertes Weibchen zu überbieten, das offensichtlich gewöhnt war zu bekommen, was es wollte, aber niemand war sturer als der Schotte.

Der Preis stieg so hoch, dass Vickie ihm am liebsten gesagt hätte, er solle aufhören, wenn er nicht jemanden in Schottland habe, dem er es schenken könne. Andererseits freute sie sich über die Wahnsinnssumme, die den Jungen im Waisenhaus St. Anthony, das die Pickering Stiftung unterstützte, zugutekommen würde.

Bei fast fünfzehn verdammten Riesen schlug die Silikonschönheit mit der flachen Hand auf den Tisch und stieg aus. Rory hatte das Kleid gewonnen – oder den Verstand verloren. Vickie war sich nicht ganz sicher.

Die Eintrittserlöse, die Werbeeinnahmen und Spenden und die Einnahmen aus der Auktion zusammengenommen, hatte das Event über eine halbe Million Dollar eingespielt und alle Erwartungen bei Weitem übertroffen, und das für Kleider, die jahrelang in irgendwelchen Kellergewölben eingemottet gewesen waren. Die meisten würden wohl so schnell nicht verkauft werden, ganz egal, wie viele Events die Stiftung noch organisierte, und deshalb hatten sie immer noch ein großes Sortiment.

Das Bühnenlicht wurde gedimmt, das Orchester fing an, Dinnermusik zu spielen, und Rory schloss Vickie am Fuß der kleinen Bühnentreppe in die Arme und wirbelte sie herum, bis ihr schwindelig wurde. „Ach, du hast es hinter dir, Süße. Was für ein Abend. Jetzt genießen wir das Essen, nicht wahr?"

„Sobald ich mich umgezogen habe", erwiderte sie.

„Aber, Süße, behalt das Kleid an, es gehört dir." Er reichte ihr seinen Arm.

„Oh nein! Rory, sag nicht, dass du dieses teure Kleid für mich gekauft hast."

„Für wen hätte ich es denn sonst kaufen sollen?" Rory beugte sich zu ihr hinüber. „Ich habe es dir ausgezogen, verstehst du? Wie könnte ich zulassen, dass es irgendjemand anders trägt?"

„Das war in deinen Träumen, nicht im wirklichen Leben."

„Richtig, aber genau darauf arbeite ich hin."

Als sie zum Abendessen kamen, fühlte Vickie sich wie Cinderella.

Wer hätte gedacht, dass sie den attraktivsten Schotten aus der Kristallkugel bekommen würde?

Sie saßen zu zweit an einem kleinen runden Tisch, der schwarzweiß eingedeckt war, aßen Jakobsmuscheln und Crème Caramel, schlürften Champagner und erzählten sich unter einem Dach aus goldenen Sternen immer wieder ihre aufregenden Träume.

Aber sie waren wach, rief Vickie sich in Erinnerung, und sie würden sich später ein Zimmer teilen.

Als eine aufgetuschte Barbie im Grundschulalter Rory mit einem Augenaufschlag fragte, ob er tanzen wolle, platzte Vickies Seifenblase, doch Rory wies das Mädchen freundlich ab.

„Himmel", sagte er, als sie weg war. „Arme Bohnenstange. Hoffentlich bekommt sie bald eine anständige Figur."

Vickie kicherte. „Noch ganz grün hinter den Ohren."

Rory zog ihre Hand unter den Tisch und legte sie auf seinen Oberschenkel. „Dich eifersüchtig zu sehen erfüllt mich mit …"

„Testosteron?"

Später, als sie bei ihrem ersten Walzer Arm in Arm über die Tanzfläche wirbelten – er in seinem Kilt, stark und besitzergreifend, und sie in ihrem schönen alten Kleid –, wusste sie, dass sie das schon einmal getan hatten.

Ein Déjà-vu? Oder Schicksal?

„Ich habe das Gefühl, als hätten wir das schon einmal erlebt", sagte Rory, „aber nicht in unseren Träumen."

„Du auch?"

„Es ist wie Schicksal", meinte Rory, und Vickie überlief ein Schauder.

Er blies ihr ins Ohr, und ihr wurde warm. „Mmmmh."

„Soll ich dich lieber warm küssen? Du musst nur was sagen."

„Jetzt?"

„Ja klar. Warum nicht? Ich könnte in deinem Land ja genauso ein Außenseiter sein wie in meinem eigenen."

„Du bist ein Außenseiter?"

„Die meisten Einsiedler mögen das."

„Ach", sagte Vickie, immer noch beeindruckt von seinem Angebot. Gott sei Dank hielt er sie fest im Arm, als sie tanzten, denn sie stellte sich gerade vor, er würde wie im Traum unter ihrem Rock stecken, und bekam weiche Knie. „Ich warte lieber noch ein bisschen auf das Küssen … und alles andere … wenn du nichts dagegen hast."

„Bis wann?", fragte er.

„Weiß nicht", sagte sie. „Später? Vielleicht."

„Später ganz sicher." Rory wirbelte sie herum, bis ihr ganz schwindlig wurde. Sie klammerte sich an ihn, und ihre Herzen schlugen im Gleichklang.

Aber die Kristallkugel verschwand viel zu schnell für eine ängstliche Prinzessin, die nicht wollte, dass ihr Prinz sah, wie gut sie unter der sorgfältig ausgewählten Tarnkleidung tatsächlich im Futter stand.

Dreißig

„ES IST ZU klein“, sagte Vickie, obwohl das exquisite gotische Himmelbett, das in Türkis leuchtete wie das Meer, das sie von ihrem Fenster aus sehen konnten, prächtig und dekadent aussah. Man hätte sich nicht gewundert, wenn das Wort „Sex“ in Neonschrift darüber aufgeleuchtet wäre.

„Himmel, nein. Hier ist genug Platz für die sieben Zwerge, die drei Bären und auch für uns.“

Vickie schüttelte den Kopf. „Nein, das ist das Bett eines Babybären, und du bist der große, böse Wolf.“

Rory umarmte sie, legte das Kinn auf ihren Scheitel und seufzte. „Ich werde dich schon nicht fressen, Süße. Aber wenn ich es tue, wirst du mir dankbar sein.“

Ein Schauer überlief ihren Körper, sie seufzte und legte ihrem Wolf in Gedanken eine glänzende Rüstung an. „Okay, also sagen wir, dass das Bett genau richtig ist.“

„Es ist zu groß. Dieser Wolf hat davon geträumt, dich als seine Matratze zu benutzen, verstehst du?“

„Das ist *nicht* das, wovon du geträumt hast.“ Ach, warum hatte sie nur wieder ihre ganz und gar nicht jugendfreien Träume erwähnt?

Rory trat einen Schritt zurück und schmunzelte. Ein richtiges Lächeln. Sein erstes. Die Art von Lächeln, bei dem eine Frau ihren Namen vergisst, über ihre Füße stolpert, stöhnt und sich den lebhaftesten Fantasien hingibt.

„Ich … muss mal ins Ankleidezimmer." Vickie flitzte hinein – in ein richtiges Ankleidezimmer, wie sich herausstellte, mit einer Chaiselongue.

Eine Minute später und noch bevor sie sich etwas gesammelt hatte, klopfte Rory an die Tür und kam herein.

„Was glaubst du eigentlich, wer du bist …"

„Sch." Er legte seinen Finger auf ihre Lippen, löste ihre verschränkten Arme und knöpfte ihr Kleid erst an der linken Schulter, dann an der rechten Hüfte auf. „Ich wollte nur sichergehen, dass ich es dir ausziehen kann, ohne die Stimmung zu verderben."

„Welche Stimmung?" Tausendfüßler tanzten wie wild in ihrem Bauch herum.

Er drehte sie um, damit sie in den hohen Spiegel schauen konnte. „Sieh nur, wie wunderschön du bist."

„Hör auf mit deinem Geschwafel", erwiderte sie und suchte seinen Blick.

„Ich dachte, du hasst Spiegel", bemerkte er.

„Ich sehe ja nicht mich an, sondern dich."

„Ist das nicht genau wie bei deiner Mutter, du siehst dich nicht … so wie sie dich nicht wahrgenommen hat?"

„Im Gegenteil. Indem ich mich nicht anschaue, versuche ich, eben *nicht* so zu sein wie sie. Sie hat sich viel zu oft angeschaut und hasste, was sie gesehen hat. Ich akzeptiere mich so, wie ich bin."

„Aber so kannst du nicht sehen, wie schön du bist."

Vickie lachte. „Ich sehe mich in diesem Kleid jede Nacht in unseren Träumen." Sie wandte sich ihm zu. „Ich weiß, wie ich aussehe."

„Das glaube ich nicht", widersprach Rory, „aber diese Diskussion heben wir uns für einen anderen Zeitpunkt auf, oder?"

„Nein. Küss mich.“ Um Rory auf andere Gedanken zu bringen, beugte Vickie sich vor, hob die Arme und spielte mit den Haaren in seinem Nacken, wobei sie ihn drängte, seine Lippen zu öffnen … doch ihr den Atem und ein weiteres Stück ihres Herzens zu nehmen, musste wohl seine Idee gewesen sein.

Er legte eine Hand auf ihren Po, um sie näher zu sich heranzuziehen, und streichelte ihre Brust durch den Stoff ihres Kleides. Die Wärme seiner Hand versprach mehr, während in ihrer Mitte ein Feuer brannte und Träume wahr wurden.

Als Rory sie losließ, verlor sie das Gleichgewicht, aber er stützte sie und lächelte, so wie sie es mochte. In seinen Augen lag aber auch ein Funkeln, das sie am liebsten in ein Satinsäckchen eingenäht und unter ihr Kopfkissen gelegt hätte.

Rory wollte Vickie vorsichtig an die Schönheit ihres Körpers heranführen und die Freuden gemeinsamen Vergnügens. Doch sie hatte ihm erst mal das Herz gebrochen. Sie hatte neben der Schlafzimmertür gestanden wie eine ihrer antiken Anziehpuppen auf ihrem Ständer. Dann war sie in das Ankleidezimmer gestürmt wie ein mechanisches Aufziehspielzeug.

„Mädel“, sagte er und drehte sie um, damit sie durch die offene Tür das Bett sehen konnte. „Du kannst eine Seite für dich allein haben. Oder du kannst in der Mitte in meinen Armen schlafen.“

Victoria sagte kein Wort, also nahm er ihre Hand und führte sie zurück ins Schlafzimmer. „Du kannst dich auch auf dem Dachboden verstecken, hörst du? Ich bin sicher, hier im *Cloud Kiss* gibt es einen.“

Victoria schob seinen Arm weg. „Du bist noch böser als ein Wolf – du bist eine Ratte!“ Sie ging weg.

„Der Schlimmste überhaupt“, sagte er und machte sie damit so richtig wütend.

Vielleicht wütend genug, dass sie endlich aufhörte, vor Spiegeln, der Familie und den eigenen erotischen Wünschen davonzulaufen, und wer weiß, wovor noch? Es kam ihm in den Sinn, dass sie möglicherweise vor ihrer genetischen Veranlagung davonlief, aber diesen Gedanken tat Rory als ziemlich verrückt ab.

Victoria hob das Kinn und schaute ihm direkt in die Augen, wobei ihre Angst schwand … oder eher Entschlossenheit das Kommando übernahm. „Können wir es nicht langsam angehen lassen?"

„Ach, Süße, nichts würde mich glücklicher machen."

Sie lachte, und er wusste nicht warum. „Was?"

„Dein Lächeln. Es ist wie …"

„Mein was?"

Rory berührte seinen Mund und prüfte die Form. „Ja, ich denke, das ist ein Lächeln." Er ging zum Spiegel, um nachzusehen. Als sein Spiegelbild ihn anlächelte, schüttelte Rory den Kopf, spannte die Lippen an und bewegte seinen Unterkiefer. „Ich muss aufpassen", sagte er. „Ich möchte ihn nicht zu stark beanspruchen."

Aber er grinste wieder, hob Victoria hoch, trug sie zum Bett und ließ sie in die Mitte fallen. Dann versuchte er, sich auf sie zu legen.

„Badezimmer?", fragte sie.

„Im Moment nicht, danke", erklärte er.

„Das Schwert", beschwerte sie sich, „drückt an mein Bein."

„So lang ist es nicht." Er grinste schon wieder.

„Das echte Schwert, Sherlock. Von deiner Tracht. Nimm es ab."

Rory stand auf und löste den Gurt.

„Okay. Ich ziehe den Kilt auch aus, soll ich?"

„Und nimm vor allem die Tasche vom Kilt. Sie hat versucht, Sex mit mir zu machen."

„Das geile Biest." Rory fing an, die Tasche von der Kette zu lösen, doch Vickie setzte sich auf. „Nein, warte", sagte sie. „Ich möchte sie gern selbst abnehmen."

Was für ein verdammt glücklicher Tag! „Entweder bin ich gestorben und befinde mich im Himmel, oder ich träume", sagte er.

„Ich glaube, dass wir das wirklich tun." Sie rutschte vom Bett hinunter und kam auf ihn zu.

„Echt?" Rory räusperte sich in dem Versuch, seine Erregung zu dämpfen. „Aber Schritt für Schritt, denk dran, und in deinem Tempo."

„Mein Tempo. Okay, wenn du mich ausziehst, dann hör bitte bei der Unterwäsche auf."

„Du willst also in deiner Unterwäsche schlafen?"

„Nein, aber ich möchte sie erst unter der Decke ausziehen."

Und das war gar nicht so schlecht, sagte Rory sich. Es bedeutete, dass sie tatsächlich unter die Decke kamen … zusammen.

„Okay, mach ich, aber darf ich einen anderen Vorschlag machen?"

„Na los!"

„Ich ziehe zuerst dein Kleid aus, dann trägst du nur deine Unterwäsche, wenn du mich ausziehst."

Sie dachte ernsthaft darüber nach. Verdammt!

„Nur, wenn ich dich ganz nackt bekomme und meine bösen Spielchen mit dir treiben darf, so wie ich will und so lange ich will, nachdem ich dich ausgezogen habe."

Rory wäre beinahe gekommen. „Du feilscht ja ganz schön, Cartwright." Er würde heute Nacht wohl ein ziemlich starker Schotte sein müssen. „Ja, Mädel. Mach, was du willst, aber sei lieb." Victoria schubste ihn aufs Bett, setzte sich auf ihn und machte sich an den Knöpfen seines Wamses zu schaffen. Aber Rory schob ihre gierigen Finger zur Seite und zog ihr das Kleid zuerst aus. „Darin siehst du viel zu gut aus, Süße, als dass Typen wie ich es dir vom Körper reißen dürften. Außerdem, denk an unseren Deal. Zuerst du in Unterwäsche."

Als er ihr das Kleid von den Schultern zog, verschlug es ihm die Sprache. Sie trug die schönsten Dessous, die er in ihrem Buch gesehen hatte. Wie auch immer sie hieß, die Wäsche bedeckte ihre üppige Figur kaum, während sie ihre Brüste nach oben drückte, so als wolle sie sie ihm präsentieren.

Er schnürte ihre Unterröcke einen nach dem anderen auf und versuchte, sie über ihre kurvenreiche Hüfte zu ziehen, wobei Satin und Seide provozierend knisterten. Aber das war nicht einfach, während er auf dem Rücken lag und sie auf ihm saß, also versuchte er, seine Position zu wechseln, und sie rollten auf dem Bett herum und verhedderten sich in ihren Unterröcken.

Rory hörte auf zu lachen, als Victoria plötzlich über ihm schwebte – ohne Unterrock – und ihn ansah, als würde ein feuchter Traum wahr werden. Er fuhr mit seinen Händen an den Seiten ihres Korsetts entlang.

„Wie nennt man dieses Teil, das ich später noch entfernen werde?"

„Ein Swan-Bill-Korsett von 1876", erwiderte sie.

„Und die Rüsche darüber?"

„Lach nicht. Das ist ein Brustvergrößerer. Ja, ich weiß, ich bin die Letzte, die einen Brustvergrößerer braucht. Aber für die Kostüme ist so was super. Retro-Unterwäsche ist schwer zu kriegen."

„Du siehst wirklich zum Anbeißen aus, aber selbst ich vermute, dass der pinkfarbene rüschenbesetzte Slip unter meinen Händen aus einem anderen Jahrhundert stammt."

„Ende der Dreißiger-, Anfang der Vierzigerjahre, aus Frankreich", erklärte sie und versuchte, so zu tun, als sei sie gegen seine Berührungen immun, was ihr jedoch nicht gelang.

Sie schüttelte den Kopf und zog seinen Arm weg, während sie versuchte, ihn von seinen Sachen zu befreien. „Und wie nennt man dieses Jackett?", fragte sie.

„Ein Kilt-Wams, im Prinz-Charles-Stil."

„Hmm. Schön. Sehr elegant als Abendgarderobe."

„Wie du siehst." Er schnippte gegen seine schwarze Seidenfliege.

„Und ein Smokinghemd, kein Piraten-Shirt."

„Das ist ein Jakobinerhemd. Habe ich noch nie eins angehabt, seit ich hier bin?"

„Nur in unseren Träumen."

„Hart, oder?"

„Ja? Warte, lass mich unter deiner Kilttasche nachsehen."

„Ich meine nicht, dass *ich* hart bin, na ja, ich bin es, aber …"

„Ich werde es dir sagen." Sie schob die Tasche zur Seite, berührte seine Rute, und er schloss die Augen, während eine Welle der Lust durch seinen Körper schoss. Als sie dann eine Hand auf seine Brustmuskeln legte, fühlte Rory sich gleichzeitig gefangen, hingerissen und versklavt – was ihn eigentlich sofort in die Highlands hätte zurücktreiben müssen.

Er schloss die Augen. „Ich meine, es ist schwer, unsere Träume und unser wirkliches Leben nicht zu vermischen."

„Manchmal ziehe ich das eine dem anderen vor." Victoria lehnte sich zurück und streifte mit ihrem Po seine Männlichkeit. Sie neigte den Kopf. „Ich glaube, ich brauche eine Modenschau von einem sexy Schotten."

„Sofort. Nach dir", erwiderte Rory. Victoria musste von ihm heruntersteigen, damit er aufstehen konnte.

Sie hatte ihm sein Wams, seine Weste und sein Hemd ausgezogen, also trug er nur noch seine Fliege, seinen Kilt und die Tasche, eine Kilthose und Schuhe. Er posierte für sie, und Victoria applaudierte. Dann zog er seine Tasche zur Hüfte, legte einen erstklassigen Schottentanz hin und summte dabei eine Melodie.

„Halt“, rief Victoria. „Gib mir deine Unterhose. Das macht die ganze Sache noch unterhaltsamer.“

Rory grinste. Vickie sprang vom Bett, kniete sich vor ihn und zog ihm die Unterhose von den Hüften, ohne jenen Pfahl zu berühren, der sich am meisten danach sehnte. Dann kletterte sie wieder aufs Bett und sah ihm mit übereinandergeschlagenen Beinen zu. Rory war sich sehr wohl bewusst, dass seine Männlichkeit beim Tanzen auf und ab hüpfte, und mit einem Extraschwung wollte er Victorias Freude daran noch steigern.

Sie fiel aufs Bett und hielt sich den Bauch. Sie musste so lachen, dass sie keine Luft mehr bekam – was für ein Anblick, in blassblauen Pumps, Strapsen und einem Korsett, auf das eine viktorianische Hure stolz gewesen wäre.

Rory musste auch lachen, als er sie vom Bett hochzog, damit sie mit ihm tanzte. Als sie ihre Schuhe von den Füßen schleuderte, schienen ihre Hemmungen gleich mit wegzufliegen.

Eine Hure im Korsett und ein Schotte im Kilt tanzten und waren so fröhlich wie niemals zuvor in ihren wildesten Träumen. Außerdem kam ihnen diese Situation plötzlich auch wie eine Erinnerung vor.

Spaß, dachte Rory, nennt man das wohl. Unbeschwertes Lachen. Kein Sex oder Vorspiel … na ja, vielleicht ein bisschen Vorspiel. Sein bestes Stück war zu allem bereit. Aber zwei Menschen, die sich wirklich mochten, brauchten auch Spaß, von dieser ganz altmodischen Art, und viel mehr Geborgenheit, als er bereit war, sich einzugestehen.

Rory hielt inne und umarmte Victoria, wie er sie noch niemals zuvor umarmt hatte, in einer Art, die ihr zeigen sollte, dass er sie liebte. Und auch wenn er nicht das Recht dazu hatte, gab er ihr einen langen Kuss.

Sie verstand, und als sie wieder Luft holten voller Begierde, aber dennoch vorsichtig, verschlangen sie sich lange mit ihren Blicken, bis sie anfingen, sich langsam im Walzerschritt zu bewegen, während das Mondlicht durch die Fenster fiel.

Sie bewegten sich kaum, waren ganz mit sich selbst beschäftigt und wurden begleitet von dem heulenden Wind und der tosenden Brandung. In diesem Moment wusste Rory, dass er im Begriff war, sich zu verlieben.

„Ich mag dich, Victoria", sagte er, wobei seine Untertreibung ihr Tränen in die Augen trieb. Unter diesen Umständen wäre die Wahrheit brutaler gewesen.

„Ich mag dich auch. Verdammt!"

„Wieso verdammt?"

„Wir leben noch nicht einmal im selben Land."

„Nein, aber wir sind jetzt im selben Land."

„Ich weiß", sagte sie. „Ich weiß." Sie kniete sich hin und zog ihm, einen nach dem anderen, die Schuhe aus. Dann fuhr sie mit den Händen seine Beine hinauf, unter seinen Kilt … und streichelte seine Männlikeit.

„Allmächtiger!", rief er, so unerwartet kam das für ihn.

„Allmächtiger stimmt", sagte sie und schaute unter seinen Kilt.

„Ich hab nicht geglaubt, dass du es tust", sagte Rory, als er wieder Luft bekam. „Ich hätte nicht gedacht, dass du so mutig bist. Das ist schließlich kein Traum."

„Ich bin nicht feige, MacKenzie."

„Ja, das weiß ich jetzt, und es gibt noch eine Menge Möglichkeiten, das zu beweisen", erklärte er und unterdrückte ein erneutes Stöhnen.

„Geduld, mein Lieber. Ich warte den richtigen Augenblick ab und gehe es langsam an", sagte sie.

„Du bringst mich um, das tust du."

„In meinem Tempo, hast du gesagt."

Also seufzte Rory, brachte das größtmögliche Opfer und ließ Victoria Cartwright ihre bösen Spielchen mit ihm treiben.

Einunddreißig

VICTORIA KNIETE IMMER noch vor ihm und machte ihn so hart wie ein schottisches Zweihandschwert.

„Ich hatte gehofft, du würdest keine Unterwäsche tragen", sagte sie.

Er bedeckte ihre Hände mit dem Kilt, der sich zwischen ihnen befand, um sein Blut etwas abzukühlen. „Ich wollte auf der Auktion keinen Skandal provozieren", sagte er, „und außerdem hattest du ja auch ein bisschen Spaß mit der Unterhose."

„Jetzt und in den Träumen."

„Ja. Wir wissen eine ganze Menge übereinander, nicht wahr?"

„Wir wissen nicht, warum wir den gleichen Traum träumen."

„Ja, und das ist der Hammer."

„Bist du nach Salem gekommen, um das Einhorn zu sehen oder um die Quelle deiner Träume zu finden?"

Rory überlegte, wie er am geschicktesten auf ihre Frage antwortete, ohne einen Haufen Lügen zu erzählen. „Ich bin wegen beidem gekommen", sagte er, und das war die ungeschminkte, wenn auch etwas schmucklose Wahrheit.

Sie schob seine Hand zur Seite und quälte ihn weiter, testete seine Länge, seine Dicke, verteilte die Tröpfchen an der sensiblen Spitze wie Tau und lockte ihn an den Rand seiner Selbstbeherrschung.

Sie befühlte seine Kronjuwelen mit beiden Händen, bis er stöhnte und sie wieder aufhörte. „Du bringst mich noch um, Süße, wenn du so weitermachst."

Sie löste die Kette von seiner Kilttasche und legte die Tasche auf einen Stuhl. Dann knöpfte sie seinen Kilt auf, und er fiel, wurde von seiner Rute aufgefangen und hing daran wie eine Flagge.

Weil er es so sehr mochte, wenn Victoria lachte, stand Rory da wie ein Idiot mit seinem Kilt auf Halbmast, nur um sie zu unterhalten.

Nachdem sie sich beruhigt hatte, nahm sie die Flagge ab, faltete seinen Kilt zusammen und legte ihn zur Seite. Dann stand sie auf und ging um ihn herum, als stünde er bei der Auktion zum Verkauf.

„Was bietest du?", fragte er.

„Eine Nacht in deinen Armen", sagte sie und zog seinen Kilt vom Bett.

Er folgte ihr an die Fensterfront, die aufs Meer hinausging. Victoria saß mit übereinandergeschlagenen Beinen da und zog ihn zu sich herunter, also setzte Rory sich hinter sie und hängte seinen Kilt um sie beide. Ihr Rücken lehnte an seiner Brust, und er küsste sie auf den Nacken, hinter das Ohr und auf die Vertiefung zwischen den beiden Schulterblättern.

„Erzähl mir von deinem Zuhause", sagte sie, und als er die schottischen Heidekrautfelder und die Täler voller Wildblumen beschrieb, fing er an, die Innenseite ihrer Schenkel zu streicheln, von den Knien aufwärts bis zu ihrer weiblichen Mitte, der er mit jeder Bewegung näher kam, bis ihre stockende Atmung ihm zeigte, dass sie so weit war. Sie legte ihren Kopf auf seine Schulter, und als er das Zentrum ihrer Lust fand und sie dort so sanft wie ein Windhauch berührte, wölbte sie sich ihm entgegen und wollte mehr. Rory hatte noch niemals so langsam und zärtlich mit einer Frau geschlafen, und noch nie war ihm das Vergnügen seiner Partnerin wichtiger gewesen als sein eigenes.

Sie drehte sich um, sodass ihr sanfter Atem seinen Hals wärmte, und er beugte sich vor, um ihre Augenbrauen zu küssen.

Er beobachtete die wahnsinnige Leidenschaft in ihrem Gesichtsausdruck und geriet bei der Macht ihres Höhepunkts in eine ähnliche Wallung. Dann näherte sie sich seinem Mund, küsste ihn voller Begierde, und während sie ihn verschlang, sorgte er dafür, dass sie noch einmal kam.

Sie flüsterte seinen Namen und bat um mehr. Sie schrie seinen Namen und sank in seine Arme.

„Genug", sagte der Eroberer.

Nachdem sie wieder zu sich gekommen war, musste sie gemerkt haben, dass sein Pfahl sich gegen ihren Rücken drückte, denn sie fuhr mit den Händen an seinen Schenkeln entlang, bis sie ihn fand. Er stöhnte unter ihren Händen und dachte in einer neuen und erschreckenden Art und Weise über die Zukunft nach.

„Bring mich ins Bett", sagte sie. „Zieh mir die Unterwäsche aus, damit nichts mehr zwischen uns ist, und halt mich fest, während ich schlafe."

Nackt und wahnsinnig erregt nahm Rory Victorias Hand, als sie aufstanden.

„Macht dich das nicht nervös?" Sie zeigte auf seine harte Männlichkeit.

„Es macht mich nur nervös, wenn du das, was du angefangen hast, nicht zu Ende bringst. Dann ist da noch die Sache mit dem Preis, den du in Gedanken an dem Tag auf das Einhorn geklebt hast, an dem ich in deinen Laden gekommen bin. Du hast mir nie den geschätzten Wert verraten."

Victoria schnappte nach Luft. „Woher wusstest du …?"

„Das habe ich an deinem Blick gesehen."

„Er war peinlich hoch, also kannst du jetzt aufhören und mir noch einen kleinen Rest meiner Würde lassen."

Rory gefiel es, dass er in ihrem Gesicht lesen konnte und dass das von Anfang an der Fall gewesen war. Gruselig war das.

Er hängte ihr Kleid auf einen Bügel und kniete sich dann vor die Frau in ihrer erotischen Retro-Unterwäsche.

„Ein Festmahl", sagte er, „zum Anbeißen."

Sie hielt ihn auf halber Strecke auf. „Unter der Decke, wenn du nichts dagegen hast."

Rory folgte ihr und sah, wie sie versuchte, ihre Panik zu verbergen. „Was ist los, Süße? Bin ich zu schnell? Du zitterst ja, als hättest du Zahnschmerzen und Angst vor dem Bohrer. Du fürchtest dich doch nicht vor mir?"

„Können wir jetzt bitte unter die Decke kriechen?"

Er schlug die Laken zurück, und sie sprang in die Mitte des Bettes, wobei er den Anblick ihrer pinkfarbenen, gerüschten Rückseite sehr genoss.

Als er zu ihr kroch, achtete sie auf einen kleinen Abstand zwischen ihnen.

„Hab keine Angst, Liebling. Ich würde dir niemals wehtun."

Victoria seufzte und stützte sich auf ihren Ellenbogen. „Hör zu, Rory, du kannst es genauso gut gleich erfahren. Ich mag ja wie eine moderne Frau wirken, aber na ja ... ich bin es nicht."

Er stützte sich ebenfalls auf und sah ihr, Ellenbogen an Ellenbogen, ins Gesicht. „Verstehe ich nicht."

„Ich habe keine richtige Erfahrung. Irgendwas ist immer da zwischengekommen, wenn du verstehst, was ich meine."

Rory versuchte es, aber Victoria machte es ihm nicht gerade leicht. „So was wie Schuldgefühle oder Angst, meinst du?"

„Nein, wie zum Beispiel ein falscher Alarm in meinem Collegezimmer, der den Typen aus meinem Bett springen und die Feuerleiter hinunterklettern ließ, wobei er sich den Knöchel brach."

„Und deshalb hast du ihn nie wieder in dein Bett gelassen?"

„Er ist nicht wiedergekommen, und, na ja, es gab noch andere kleine Unfälle mit meinen Partnern. Ein Typ hat sich eine Gehirnerschütterung zugezogen, als mein Bett zusammengebrochen ist. Der nächste hatte Wadenkrämpfe. Wieder einer bekam jedes Mal Niesanfälle, wenn er mich anfassen wollte."

„Hast du das Gefühl, dass sie dich verlassen haben?"

„Wie meine Familie, meinst du? Nein, aber es ist doch offensichtlich: Verstehst du denn nicht?" Victoria ließ sich wieder auf ihr Kopfkissen fallen.

Victoria … neben ihm im Bett, kitzelte seine arme vernachlässigte Rute mit ihrer Unterwäsche, behielt aber ihre Hände bei sich.

„Ich verstehe nicht", sagte Rory und versuchte, seinen armen vernachlässigten Kumpel unter der Decke zu ignorieren, der sich danach sehnte, an einen warmen Ort zu kommen.

Victoria setzte sich aufrecht hin. „Du kriegst mich noch so weit, dass ich es ausspreche!"

„Ich fühle mich wie ein Idiot, aber tut mir leid, ich verstehe das nicht."

„Okay, ich sag's. Jeder Zwischenfall hat mich Gott sei Dank davon abgehalten, mein gut im Futter stehendes Selbst vor ihren enttäuschten Augen zu entblößen. So. Bist du jetzt zufrieden?"

„Du bist mit mir im Bett, und ich bin dabei, dich auszuziehen, also ja, ich bin zufrieden. Und was das betrifft, was du mir gerade erzählt hast, beantworte mir bitte eine Frage. Hast du dir … *gewünscht* … dass sie dich nicht nackt sehen?"

„Natürlich n…nicht. Nein, das glaube ich nicht. Ich habe mir nur gewünscht, dass ich einen schöneren Körper habe."

„Also *hast* du dir was gewünscht."

Sie schaute ihn an. „Ich habe nicht gereimt, wenn du darauf

hinauswillst. Glaubst du, ich habe vielleicht unterbewusst meine magischen Kräfte eingesetzt?"

„Die magischen Kräfte, von denen du behauptest, dass du sie nicht besitzt."

„Die magischen Kräfte, von denen ich langsam anfange zu glauben, dass ich sie besitze."

Das war ein Schlag. Magie hatte seine Familie zerstört, und jetzt war er verliebt in eine … Nein, war er nicht! Das war reine Begierde. Ja, das war es, reine Begierde. „Jetzt sag nicht, dass du dabei bist, mich aus dem Bett zu graulen", meinte er.

„Ich bin ehrlicher zu dir, als ich jemals zu einem Mann war, der es bis hinter meine Schlafzimmertür geschafft hat."

„Nur fürs Protokoll: Ich habe es noch nicht bis hinter deine Schlafzimmertür geschafft", stellte Rory fest. „Aber die Warnung ist angekommen."

Unter der Decke begann er, sie auszuziehen.

„Ich befreie dich von diesen Sachen, damit du bequem schlafen kannst."

Sie fing an zu protestieren, und er küsste sie, um sie zum Schweigen zu bringen.

„Ich habe nichts dagegen. Du bist es, die ihren Körper nicht mag, nicht ich. Ich werde ihn gar nicht sehen, auch jetzt nicht, nicht im wirklichen Leben, auch wenn ich am liebsten jeden Zentimeter davon untersuchen würde, und darauf kannst du dein Swan-Bill-Korsett verwetten. Ich würde auch dann nicht weglaufen, wenn das Dach einstürzt, also kannst du deine einschüchternden Spielchen lassen. Ich werde überleben und die Nacht genießen, weil *du*, Victoria Cartwright, in meinen Armen schlafen wirst."

„Ach, Rory", sagte sie und bedeckte ihre Augen. Mit flinken Händen löste er die Strumpfbänder von ihrem Korsett und zog ihr unter der Decke die Strümpfe aus. Aber sie hielt sich so lange die Augen zu, bis er das letzte ihrer Korsettbänder gelöst hatte. Seine Berührungen wärmten sie nicht, sein Streicheln ließ sie nicht seufzen. Es schien so, als sei die leidenschaftliche Göttin, die sich noch vor wenigen Minuten im Fenster gespiegelt hatte, zu Eis erstarrt.

Doch als er ihren Brustvergrößerer herauszog, um ihn im Mondschein zu untersuchen, öffnete sie die Augen und schnappte sich das Ding.

„Du bist schön", wisperte er ihr ins Ohr, während er jeden Zentimeter ihrer Haut mit seinen liebevollen Händen streichelte. „Du magst es so sehr, in meinen Armen zu schlafen, dass ich es wohl nicht schaffen werde, dich aus meinem Bett zu verbannen, wenn wir wieder zu Hause sind, so sehr ich es auch versuchen sollte."

Ein starkes Gefühl von *Déjà-vu* überkam ihn, als er sie so im Mondschein liegen sah. Ihr blondes Haar auf dem Kopfkissen ausgebreitet, beobachtete sie ihn mit sanftem Gesichtsausdruck.

„Würden deine Schwestern nicht spotten, wenn wir jede Nacht oder jeden Nachmittag im selben Bett schlafen würden?", fragte er, um die Situation ein wenig zu entspannen.

„Am helllichten Tag?"

Rory grinste und bettete ihren Kopf an seine Schulter. „Oh ja, nachmittags ist die beste Zeit für eine kleine Knuffelei und noch viel mehr, wenn die Sonne auf deine wunderbaren Löckchen scheint." Er streichelte den Ansatz ihrer Schenkel, und sie zitterte, hielt die Beine aber fest geschlossen.

„Keine Angst", sagte er. „Ich werde das nicht noch einmal machen, selbst wenn du mich drum bitten würdest." Ihr Kichern an seiner Brust erwärmte ihn und befreite ihn von allen Sorgen. „Auf der anderen Seite …", flüsterte er ihr ins Ohr. „Wenn du versuchen solltest, heute Nacht deine bösen Spielchen mit mir zu treiben, könnte ich gezwungen sein zu kooperieren."

Vickie erwachte mitten in der Nacht und hatte das Gefühl, sie würde in einem ihrer Träume dahintreiben. Rory hatte sie ausgezogen, und auch wenn er sie noch nie nackt gesehen hatte, wusste er von seinen Berührungen, dass sie alles andere als schlank war. Er wandte sich nicht ab, und es war weder das Bett zusammengebrochen noch das Dach eingestürzt, was sie als ein gutes Zeichen wertete. Er hatte seine kräftigen, sehnigen Arme fest um sie gelegt, seine Beine mit ihren verwoben, sodass ihr Bein sein Geschlecht berührte, und er streichelte ihre Hüfte, wobei er ihr ins Ohr flüsterte, welch ungeheuerlichen Dinge ihr perfekter Körper mit ihm anstellte.

Vickie war davon überzeugt, dass er glaubte, was er sagte, weil der Beweis dafür groß und hart zwischen ihnen lag.

Er fuhr mit seinem Fuß an ihrer Wade entlang. „Ich schaue mir diese Beine an, wann immer ich kann", sagte er. „Auch die Form deiner Knöchel und jeden anderen Teil von dir, der nicht in Schals, Capes oder Tücher gehüllt ist."

„Du bist ein Idiot", sagte sie.

„Ach, Süße, ich bin kein Idiot, ich bin ein Mann, der von deiner Perfektion verzaubert ist", antwortete er, so falsch seine Worte auch waren.

Sie lächelte über seine Version von „Idiot", und seine alberne Beruhigung erwärmte ihr das Herz. Sein ernster Blick schaffte es sogar im Mondschein irgendwie, sie zu beruhigen, deshalb küsste sie ihn.

Rory akzeptierte den Kuss und hob ihn auf eine höhere Ebene, an einen sicheren Ort, voller Verlangen und stillschweigendem Einverständnis, talentierten Lippen, streichelnden Händen und anderen Berührungen an warmen geheimen Stellen.

Der Brock würde danach völlig überflüssig für sie sein. Armer Brock.

Als Rory sie dieses Mal mit seinen Berührungen überraschte,

ließ Vickie ihn gewähren. Sie vergrub das Gesicht an seiner Schulter, während er ihr höchsten Genuss verschaffte, und zwar so oft, dass sie es nicht mehr zählen konnte. Und während er das tat, entdeckte Vickie, dass seine Brust muskulös und seine Bauchmuskeln fest waren, die Haare auf seiner Brust seidig glänzten und sich nicht wie Stahlwolle anfühlten.

Er hielt die Luft an, als sie an der Haarlinie seines Bauchnabels entlangfuhr, und als seine Rute sich in ihre Hand drängte wie ein Kätzchen, das um Streicheleinheiten bat, schloss sie ihre Hand darum.

Sie mochte sein tiefes, kehliges Stöhnen an ihrem Hals und fühlte sich plötzlich überlegen, denn sein „oh, Liebling“ und „ja, Süße“ und „oh mein Gott“ waren kein Zeichen für Kontrolle, sondern für deren Verlust. Dann nahm er ihre Hand von seiner Männlichkeit, ohne dass sie wusste, warum, küsste ihre Finger und drückte seinen Pfahl an ihre Hüfte.

„Willst du mich nicht mehr?“, fragte sie.

„Doch, und von jeder anderen Frau würde ich das Angebot annehmen, ohne darüber nachzudenken. Aber hier geht es um dich, Victoria, und ich weiß, dass du noch nicht bereit bist. Was auch okay ist, Liebling. Alles zu seiner Zeit“, sagte er. „Schlaf jetzt. Schlaf mit dem Gefühl, dass du in meinen Armen sicher bist.“

Wenn Rory nicht wegen des Einhorns gekommen wäre, würde Vickie glauben, sie habe sich ihren perfekten Lover „zusammengereimt“ denn er war der Mann, von dem sie sich wünschte, dass er ihren Körper anbetete, und dessen Rute sie verwöhnen wollte … nicht nur mit ihren Händen, wenn sie sich nur trauen würde.

Sie würde ihn so gern in ihrer warmen Mitte spüren, ihn streicheln und liebkosen, bis er tief in ihr kam. Wenn sie nur nicht so eine Angst davor hätte, wo das hinführen würde oder, besser gesagt, wo es niemals hinführen durfte.

Ja, sie könnte mit diesem Mann schlafen und sich vollkommen fühlen. Sie könnte in seinen Armen nach den Sternen greifen und für den Rest ihres Lebens neben ihm liegen …

Außer, dass sie einfach nicht konnte.

Niemand blieb so lange.

Zweiunddreißig

RORY WACHTE MIT einem Lächeln auf den Lippen auf. Victoria war mit den Händen um seine Kronjuwelen eingeschlafen. Seine Rute war wieder zum Leben erweckt worden, als er mit der Zunge ihre Brustwarzen berührte, die sie ihm in ihrer Ruhelosigkeit direkt vor der Nase platziert hatte, so als sei sein Mund das, was sie suchten.

Er sehnte den Tag herbei, an dem er ihren Körper nach Herzenslust erforschen konnte, den Tag, an dem er ihr mit einem besseren Verständnis für ihre Bedürfnisse das ultimative Vergnügen bereiten würde.

Als der Morgen graute, war Rory überrascht, dass er überhaupt geschlafen hatte, und er beobachtete Victoria fast eine Stunde lang, wobei er sich fragte, wie es sein konnte, dass er seine Seelenverwandte ausgerechnet am anderen Ende der Welt gefunden hatte.

Er dachte an Caperglen und daran, dass er, seit er das Einhorn entdeckt hatte, darauf vertraute, sich den Respekt der Dorfbewohner wieder verdienen zu können.

Er konnte nicht nur sein Dorf nicht im Stich lassen – er konnte die MacKenzies nicht im Stich lassen. Seine Söhne sollten in der Lage sein, hocherhobenen Hauptes durch Caperglen zu gehen, auch wenn sein Herz für immer in Salem bleiben würde.

Was spielte es schon für eine Rolle, dass er niemals Söhne haben würde, weil … Na ja, weil ihre potenzielle Mutter neben ihm schlief und sie in zwei verschiedenen Welten lebten und er irgendwann wieder zurückmusste.

Anders als Drummond konnte Rory den Gedanken, mit einer anderen ins Bett zu gehen, nicht ertragen, obwohl sein Vater vielleicht recht gehabt hatte und es Frauen wie Sand am Meer gab und es völlig egal war, mit welcher man schlief.

Aber das dort war Victoria, verdammt noch mal, und einer von ihnen oder beide wären enttäuscht, egal, welche Entscheidung er traf … als habe er überhaupt eine Wahl.

Sie erwachte mit einem katzenhaften Gähnen, ihre Hüfte an seinem harten Pfahl, und war sich seines Unbehagens nicht im Geringsten bewusst, schien aber erfreut zu sein, es hervorgerufen zu haben, wie man an ihrem Hüftwackeln und ihrem Augenzwinkern ablesen konnte.

Sie legte sich ihre Decke um die Schultern und kniete sich über ihn. Dann fing sie an, seine Bettdecke herunterzuziehen, so als wolle sie ihn entblößen, aber er hielt sie fest.

„Kann ich ihn nicht einfach mal sehen?", fragte sie.

Rory rieb sich mit einer Hand durchs Gesicht. „Du lässt deine Deckung fallen und ich meine. Und hier kommt er, voll stummem Verlangen."

„Wow, er bewegt sich."

„So funktioniert das normalerweise. Die Kerle sind morgens ziemlich munter, besonders wenn sie nacktes weibliches Publikum haben, das sie sehr lieben."

Victoria kam näher. „Deiner ist größer geworden."

Er zog an ihrer Bettdecke. „Du bekommst viel mehr zu sehen als ich. Gestatte mir wenigstens einen kurzen Blick."

Sie schmollte, ließ ihn die Decke herunterziehen, um ihm ihre wundervollen Brüste zu zeigen, und er streichelte ihre rosa

Knospen, bis ihre Brustwarzen ganz steif waren und er sich daran erinnerte, wie er in der Nacht an ihr gesaugt hatte.

Er versuchte, die Decke noch weiter herunterzuziehen, aber sie hielt sie fest. „Das ist genug für einen Tag."

„Ach, Liebling. Teilen wir es jetzt sparsam aus? Wie oft soll ich dir noch sagen, dass ich dich jeden Tag genießen könnte?"

„Das freut mich."

„Aber du glaubst mir nicht."

„Du bist ein Mann. Damit ist die Beweisführung abgeschlossen. Mensch, er wird kleiner."

„Auf diese Art schrumpft der Stolz eines Mannes, Victoria."

„Ist *das* dein Stolz? Und ist er jetzt beleidigt?"

„Ja und ja. Er ist das beste Stück eines Ritters, und er hat einen Ehrenkodex, verstehst du?"

„Was kann ich machen, um mich für meine Beleidigung zu entschuldigen?"

„Streichle ihn."

Victoria lachte, und Rory grinste, eine neu entdeckte Fähigkeit, die er ziemlich mochte, denn Victoria schien jedes Mal von innen heraus zu erstrahlen.

Sie nahm ihn. Er hielt die Luft an.

Seine Rute erhob sich ein wenig, um sie zu begrüßen, und sie fuhr mit einem Finger an ihrer ganzen Länge entlang. Ein Laken noch zwischen ihnen, und trotzdem war Rory bereit zu kommen.

Er griff nach ihrer Decke. „Wenn du jetzt einfach ..."

Das verdammt nahe Geräusch eines Gongs warf ihn buchstäblich aus dem Bett. „Was zum Teufel war das?"

„Aufstehen", sagte sie. „In einer halben Stunde gibt es Frühstück. Dann können wir uns noch einige der Herrenhäuser anschauen, bevor wir nach Hause fahren."

Nach Hause ... nach Salem in Massachusetts, USA. Ein erstaunlicher Gedanke.

Victoria stand auf und wickelte sich das Laken um wie eine Toga.

„Ich würde lieber im Bett bleiben“, sagte Rory.

„Ups“, sagte Victoria, als er von hinten auf die Decke trat. Sie drehte sich um und schaute auf ihn hinunter, er war schärfer als ein Hahn am Morgen im Hühnerstall.

„Du solltest dich geehrt fühlen, Liebling. Alles nur für dich.“

„Oh.“

„*Wegen dir*, sollte ich besser sagen. Weil er heute Nacht neben deinem perfekten Po schlafen durfte.“ Rory fand eine Öffnung im Laken und fuhr mit seiner Hand an der Außenseite ihres Oberschenkels entlang, bis er genau diesen Po erreichte. „Du hast ihn heute Nacht ziemlich angemacht, und als er aufgewacht ist, war er zu allem bereit, verstehst du?“

„Ach.“

Er ließ seine Hand um sie herum zu ihrer Mitte gleiten, um zu sehen, ob sie genauso bereit war wie er. Sie seufzte, ließ ihn gewähren, und er stellte fest, dass sie ziemlich feucht war.

„Oh“, sagte sie und beobachtete sein Gesicht.

„Ich könnte das den ganzen Tag machen, weißt du?“

Victoria fing an zu stöhnen, und ihre Augen wurden glasig. Sie würde jede egoistische Sekunde kommen und dachte nicht einen Moment an *sein* Vergnügen. Witzig, er hatte immer gedacht, das wäre typisch Mann.

Rory zog sie zurück, sodass sie gemeinsam aufs Bett fielen und sie auf ihm landete.

„Oh!“

„Habe ich dir schon mal gesagt, wie sehr ich es mag, wenn es dir die Sprache verschlägt?“

„Das hört sich wie eine Beleidigung an.“

„Ganz im Gegenteil, das beweist, dass du eine leidenschaftliche Frau bist. Das sind mir die liebsten.“

Während er sich an sie schmiegte, brachten ihre Bewegungen sein bestes Stück ins Spiel, natürlich ohne ihn in sich hineinzulassen. Und sie nahm sich, was sie brauchte von ihm, der immer noch heiß und bereit war.

„Ach, Liebling", bettelte Rory. „Warte einen Moment, und komm noch mal und hilf mir ein wenig. Schließ einfach die Beine und halt mich so, bis … ah ja … das ist es, meine Süße." Und Rory nahm ihren Po in seine Hände und rieb seine arme heimatlose Rute, die zu allem bereit war, zwischen ihren Schenkeln.

Er kam wie eine Rakete, während Victoria sich auf ihm aufrichtete und erneut kam. Dann sank sie auf ihm zusammen. Anschließend waren beide völlig außer Atem, verschwitzt und gesättigt … mehr oder weniger.

„Wow", sagte Victoria und hob den Kopf.

Rory strich ihr die feuchten Haare aus dem Gesicht, küsste sie und streichelte ihr Ohr. „Du weißt, dass ich bereit und entschlossen bin, dir zu zeigen, wie man das richtig macht, auch wenn es mich umbringt."

„Ich bin bereit, das Risiko einzugehen", sagte sie.

Dreiunddreißig

ALS SIE AM späten Nachmittag um den Kreisverkehr in Pickering Wharf fuhren, sah Vickie eine Menschenmenge vor ihrem Laden.

„Die Leute stehen Schlange", meinte Rory.

Sie parkte in der Auffahrt und rannte die Treppe zur Veranda hinauf, woraufhin mehrere Kunden sie aufforderten, sich hinten anzustellen, doch Rory, der direkt hinter ihr war, blieb draußen, um sie zu beruhigen.

Ihr Geschäft wirkte hell, aufgeräumt und sah sehr interessant aus. Storm hatte ihre Sache außergewöhnlich gut gemacht. Kleine Veränderungen mit großer Wirkung. Hier ein Klecks Blau, da ein bisschen Rot. Farben, die die Augen auf all die Schätze lenkten, deren Preise gestiegen waren. *Hmm.*

„Was ist hier los?", fragte sie Storm, die dabei war, Einkäufe in Tüten zu packen.

„Du kennst doch Des. Sie kann ihren Mund nicht halten, wenn sie die Zukunft eines Kunden sieht. Ich sage dir, sie kann die Hälfte der Kunden lesen, die hereinkommen."

„Du meinst, Destiny sagt ihnen die Zukunft voraus? Gegen Bezahlung?"

„Nein, Himmel, werd erwachsen!"

„Ich wollte keine Kritik üben, aber es sind so viele Kunden da."

„Sie kaufen ja auch was. Ich bin sicher, dass Harmonys positive Energie eine Menge damit zu tun hat. Wenn sie auf der Veranda sitzt, fühlen sich alle zu ihr hingezogen. Vielleicht spüren sie ihre Verbindung zur Vergangenheit, ich weiß nicht. Andere sind wegen Destinys spontaner Wahrsagerei hier."

„Na ja, unter uns, ihr habt meinen Laden in einen fröhlichen Ort verwandelt."

„Klar, wir sind ja auch Hexen."

„Seid ihr stolz darauf?" Bei Storm wusste man oft nicht so genau, woran man war.

„Es ist eine Gabe. Wir können uns glücklich schätzen."

„Habt ihr niemals versucht, euch gegen eure Kräfte zur Wehr zu setzen?"

„Soweit ich mich erinnern kann, haben wir mit ihnen gespielt."

„Ja klar, ihr seid ja Drillinge und habt euch gegenseitig gelesen, als ihr klein wart."

„Nein", sagte Storm. „Das ist anders. Wir können zwar ohne Worte kommunizieren, aber wir können uns nicht gegenseitig lesen."

„Aber woher wusstet ihr dann, dass ihr diese Gabe habt?"

„Wir sind immer von der Hexerei fasziniert gewesen, deshalb haben wir Bücher darüber gelesen."

Storm ging zurück, um Destiny zu helfen. „Wir fühlten uns berufen, Hexen zu sein, lange bevor wir von unserer piktischen Herkunft erfahren hatten."

„Das stimmt", bestätigte Destiny, während sie einen Preis in die Kasse eintippte.

Rory kam an die Theke. „Die Macht der drei, was?"

Destiny schaute Vickie an. „Es könnte schnell die Macht der vier daraus werden."

„Es könnte bald die Macht einer Strafanzeige werden", sagte

Rory, „wenn du Victorias Kunden bei deiner Wahrsagerei irgendwas Materielles versprochen hast."

„Nein, Des hat ein paarmal spontan die Leute gelesen, das hat sich rumgesprochen, und die Kunden mögen das." Storm schaute Rory an. „Manch einer ist von uns fasziniert."

„Und, bist du flachgelegt worden?", wechselte Destiny das Thema.

Rory hustete. „Das geht euch überhaupt nichts an", entgegnete er, warf aber Vickie einen so verlangenden Blick zu, dass sie das Gefühl hatte, sie würde dahinschmelzen.

Storm lachte sich tot. „Es ist passiert! Ich weiß es!"

Rory ignorierte sie. „Stört es dich eigentlich nicht, dass sie in der Öffentlichkeit zugeben, Hexen zu sein, Victoria?"

„Ich bin genauso überrascht von ihrer Begeisterung für das Thema wie du", sagte Vickie, „Aber wir sind in Salem, und ich habe auch langsam das Gefühl, dass ich mal eine Bestandsaufnahme meiner Fähigkeiten machen sollte."

„Weil sie Angst einflößend sind?", fragte Rory mit einem Hoffnungsschimmer.

„Nein, weil es vielleicht tatsächlich eine Gabe ist." Vickie ging hinter den Tresen, um ihren Schwestern zu helfen.

Rory zuckte mit den Schultern. „Ich werfe mal einen Blick in den Computer. Mal sehen, ob ich die Übersetzung von der Schnitzerei in deinem Kaminsims bekommen habe."

Nach dem Abendessen ging Rory nach oben, und Vickie versuchte, ihre Schwestern zu überreden, ins Kino zu gehen, aber das allwissende Dreigestirn tat so, als verstehe es nicht.

„Verdammt", fluchte Vickie. „Ich schaffe es noch nicht mal, euch hier rauszubekommen. Wie soll ich Rory dann erklären, was ich will?"

„Geh mit uns zum Wagen", sagte Destiny. „Wir fahren ins Kino."

„Na endlich", brummte Vickie.

„Hey, Schwesterherz", sagte Storm, als sie in den Wagen stieg, „sag ihm einfach, dass du flachgelegt werden willst. Bei Typen braucht man nicht zu taktieren, verstehst du?" Sie wackelte mit den Augenbrauen.

Harmony zog Storm in den Wagen. „Tu ein bisschen Badesalz in den Whirlpool, mach ein paar Kerzen an, steig rein, vergiss das Handtuch und ruf Rory."

„Ja", meinte auch Des. „Das wird er schon verstehen."

So viel zu ihrem sinnlichen Zwischenspiel, dachte Rory, während er in der Bibliothek auf und ab lief. In dem Moment, in dem sie zu Hause angekommen waren, hatte die Realität sie dreimal eingeholt, in Form von hochgesteckten Haaren, hexenhaftem Verhalten und wahrsagenden Verkäuferinnen. Verflucht!

Sie hatten es genossen, an den Herrenhäusern vorbeizufahren und sich wie ein … Pärchen zu benehmen. Er liebte Victoria in ihrer schwarzen Jeans und dem roten Cape, ganz zu schweigen von ihrer rot getupften Bluse und dem Stirnband. Den ganzen Tag hatte er sich vorgestellt, wie er sie Schicht für Schicht ausziehen würde, und jetzt stand er hier und verbrachte den Abend allein.

Als er zum wiederholten Mal am Kamin vorbeikam, blieb er stehen und fuhr mit seiner Hand über die Schnitzerei. „Willkommen zu Hause, Rory", stand da. Das musste man sich mal vorstellen!

Er nahm einen von Victorias Holzschnitten vom Regal und stellte fest, dass sich eine winzige Signatur in der Ecke befand, die er auch auf dem Gemälde von Paxton Wharf gesehen hatte, entweder ein „V" oder eine Lilie.

Victorias Vorfahren hatten also die Holzschnitte hergestellt und das Bild gemalt. Als er sich die Holzschnitte noch einmal ansah, fiel Rory etwas auf. Ein Holzschnitt, der genau zu diesem passte, stand auf einem Regalbrett in *seiner* Werkstatt, soweit er sich erinnern konnte. Lili! Lili war Victorias Vorfahrin. Das verdammte Einhorn war wahrscheinlich von Drummond. Rory wünschte sich beinah, dass es nicht so war, aber darüber würde er sich dann Gedanken machen, wenn er die Gelegenheit hatte, es zu beweisen.

Im Augenblick dachte er über das Geräusch nach, das das Bild machte, wenn man es bewegte, so als ob sich etwas Loses darin befände. Er bohrte mit einem scharfen alten Brieföffner ein kleines Loch in eine Ecke auf der Rückseite.

„Was machst du da?", fragte Victoria.

„Ich dachte, ich hätte dich an die Hexen verloren."

„Sie sind ins Kino gefahren."

„Das ist schön."

„Das ist Bestechung."

„Ich habe gerade eine Verbindung zwischen den Tarotkarten-Holzschnitten und deinen Vorfahren hergestellt, und ich möchte gern wissen, was hier drin rumrutscht."

„Ich weiß nicht, ob ich es wissen möchte."

Als sie genug von der Ecke hochgezogen hatten, sahen sie den alten Umschlag.

„Es ist deiner", sagte Victoria. „Ich habe dir das Bild geschenkt."

Doch er reichte ihr den Umschlag. „Dann sieh für mich nach."

„Es ist die *Kaiserin*." Sie lachte.

„Sagst du mir, warum du lachst?"

„Klar", sagte sie. „Die Karte bedeutet, dass ich flachgelegt werden möchte."

„Halleluja", erwiderte er und dachte nicht mehr an Lili oder das Einhorn. Er zog Victoria zur Treppe. „Ich wünschte, ich hätte die Karte am ersten Tag gefunden."

„Das war noch nicht der richtige Zeitpunkt."
„Was so viel heißt wie …?"
„Keine Ahnung."
„Du machst mir Angst."
„Du solltest auch Angst haben. Du bist der erste Mann, der einen Fuß in mein Schlafzimmer auf dem Dachboden setzt. Wenn das Dach jemals einstürzen sollte, dann wahrscheinlich heute Nacht. Bist du bereit für die nächste Gehirnerschütterung?"
„Ich werde der Gefahr trotzen", sagte Rory auf halbem Weg die Treppe hinauf. „Himmel." Er nahm ihre Hand und legte sie auf seinen Reißverschluss. „Ich bin ganz schön scharf. Möchtest du sehen, was wir daraus machen können?"
Victoria hob die Augenbrauen. „Ja."
Als sie gerade in ihrem Zimmer waren, drehte sie sich zu ihm um. „Erinnerst du dich, was heute Morgen in *Cloud Kiss* passiert ist?"
„An jede einzelne Minute."
„Ich weiß, wir haben es nicht richtig gemacht, genau genommen." Sie spielte mit den Knöpfen an seinem Hemd. „Aber meinst du, du könntest mir vorher zeigen, wie das alles geht, ich meine vor dem letzten Schritt?"
Letzter Schritt? Rory setzte sich neben sie auf das Bett. „Du bist doch keine Jungfrau mehr, Victoria, oder?"
„Nein …"
„Bist du?"
„Ich habe dir doch schon gesagt, dass kein Mann mich jemals …"
„Du hast gesagt, dass Männer, die mit dir im Bett waren, sich verletzt haben. Du hast gesagt, dass kein Mann dich jemals nackt gesehen hat. Aber das heißt doch nicht, dass du es noch nicht getan hast."

„Machst du dich über mich lustig?"

„Ich mache mich über jeden Mann lustig, der dir jemals nahestand und nicht auf seine Kosten gekommen ist. Außerdem versuche ich, das alles zu verstehen. Hast du jemals mit einem Mann geschlafen, Victoria?"

„Nein, noch nie. Traurig, das in meinem Alter zugeben zu müssen, ich weiß, aber …"

Rory stand wie angewurzelt da, um ihre irritierende Enthüllung zu verdauen, und als er sich zu ihr umdrehte, hob sie eine Ecke der Bettdecke an, obwohl sie komplett angezogen dasaß, wogegen er definitiv etwas unternehmen musste. Himmel, sie sah verängstigt aus.

Er fluchte, kniete sich neben das Bett und nahm ihre kleinen, kalten Hände in seine. „Den letzten Schritt, sagst du. Das ist dann auch der letzte, Liebling, verstehst du? Ein beängstigender Gedanke für eine Jungfrau. Ganz zu schweigen von dem Mann, der noch nie mit einer Jungfrau geschlafen hat."

„Na ja, im technischen Sinne bin ich vielleicht keine mehr", meinte sie zögernd

Rory setzte sich auf die Fersen. „Du hast gerade *gesagt* …"

Sie öffnete ihren Nachttisch und zeigte ihm einen weißen Vibrator in Form eines Hahns mit einem Schmetterling drauf. „Brock hat mich möglicherweise entjungfert", erklärte sie

„Himmel, wie hast du ihn genannt?"

„Na ja, findest du nicht, dass ‚Brock the cock' sich gut anhört? Abgesehen davon, wessen Namen soll ich sonst aufbieten?"

„Und, ist er gut? Natürlich ist er das, mit seinem gereimten Namen und allem."

„Ach, um Himmels willen, er ist kein Zauberer, nur mein täglicher, ganz durchschnittlicher BF."

„Ich dachte, er heißt Brock."

„BF wie in Batteriebetriebener Freund."

„Herrgott noch mal. Ihr Amis habt wirklich für alles einen Namen."

„Ich glaube nicht, dass Brock so gut ist wie du. Außerdem ist das Brock der Dritte, und es war Brock der Erste, der …" Sie verstummte.

Rory stand auf und ging zum Fenster. Er war nicht sehr glücklich bei dem Gedanken, mit einem hochmodernen Vibrator verglichen zu werden.

„Willst du mir jetzt einen Vorwurf daraus machen?", fragte Victoria. „Mensch, du hast einen Ständer, der größer ist als der Mount Everest, aber *du* willst mich nicht."

Rory grinste, als er sich zu ihr umdrehte. „Ach, Süße, das denkst du. Männer kriegen keinen Ständer bei Frauen, die sie *nicht* wollen."

Sie ließ das Laken fallen.

„Gut so", sagte er und ging zum Bett zurück. „Jetzt hast du's. Wir bekommen einen Ständer bei Frauen, mit denen wir schlafen wollen. Ach, und während ich dir das sage, wird er noch größer? Was ist größer als der Mount Everest? Er zog ihr das Stirnband aus dem Haar. „Es macht mich total nervös, dein erster Mann zu sein. Ich hoffe, dass ich mit meinen Vorgängern mithalten kann."

„Hey, dein bestes Stück braucht keine Batterien. Ich spare ein Vermögen!"

„Ja, denn ich bin aus Fleisch und Blut, doch ich fühle mich geehrt, dass du mich trotzdem willst."

„Du wirst mein kleines Geheimnis für dich behalten, ja?"

„Welches? Dass ich dein erster Mann bin oder dass du Vibratoren wie Socken verschleißt?"

„Beides", antwortete sie.

Rory legte eine Hand aufs Herz. „Dein Geheimnis ist in sicheren Händen. Bei meiner Ehre als Ritter des Heiligen Sterns, und das ist ein königliches Versprechen."

„Würdest du es mir stattdessen vielleicht lieber königlich besorgen? Ich brauche das jetzt, MacKenzie. Komm in mich, bitte, aber erst zeigst du mir, wie das funktioniert."

„Du verlangst aber eine ganze Menge von mir", seufzte Rory. „Mein bestes Stück schafft es nicht, so oft zu kommen wie du, Mädel, und ich möchte hinzufügen, dass du ein beachtliches Vermögen hast, wenn ich an gestern Abend und heute Morgen denke. Du möchtest also eine Demonstration *vor* dem eigentlichen Ereignis?"

„Brock konnte das."

„Lass uns den Fehdehandschuh begraben, ja?" Rory, der immer mehr in Victorias Bann geriet, knöpfte seine Jeans auf. Es war ihm egal, ob Magie im Spiel war oder nicht.

Er war bereit, es hinter sich zu bringen und unter, über sie, um sie herum und in sie hinein zu kommen, so oft, wie er konnte, bevor er unausweichlich dahinschied in einem tödlichen Fall von glückseliger Erschöpfung.

Vierunddreißig

„OH", SAGTE VICTORIA, als Rory die Hose um die Knöchel hing. „Er sieht so aus, als hätte er genug Kraft, um seiner Aufgabe gerecht zu werden."

„Das und mehr. Er steht jetzt schon seit über einer Woche stramm und wartet nur auf deinen Einsatzbefehl."

„Es scheint ihm egal zu sein, dass mein Körper gut im Futter steht, deshalb bekommt er ihn jetzt von mir."

„Du musst nicht nur lernen, wie mein bestes Stück funktioniert. Du musst auch lernen, wie stark deine weibliche Macht ist. Ich sag's dir. Du hast wahrscheinlich schon gemerkt, dass es mir manchmal die Sprache verschlägt und mein Gehirn aussetzt, wenn du in der Nähe bist. Genau das ist an dem Tag passiert, an dem ich dich zum ersten Mal gesehen habe."

Victoria lehnte sich zurück, stützte sich auf die Ellbogen und kreuzte die Beine. „Erzähl."

Rory stieg aus seiner Jeans und setzte sich neben sie. „Der Wind hat mit deinen blonden Haaren gespielt, weißt du?" Jetzt spielte er damit. „Er hat deinen dünnen Rock hochgeweht, sodass deine Beine zu sehen waren, während er deine wunderbare Figur umspielt und enthüllt hat. Du hast mir den Atem genommen, Victoria. Ich war so verdammt verzaubert, dass ich keinen klaren Gedanken mehr fassen konnte. Und ich kam mir vor wie ein Idiot, weil ich dich so angestarrt habe. Also habe ich etwas völlig Sinnloses gesagt, nur um das Schweigen zu brechen. Bitte vergib diesem dämlichen Schotten sein anfängliches dummes Geschwätz."

„Ich denke darüber nach, während du mir zeigst, was du zu bieten hast."

Rory grinste und öffnete ihre Bluse. „Ah, ich liebe dunkelrote BHs."

Sie stoppte ihn, als er den Verschluss vorn öffnen wollte. „Netter Versuch, MacKenzie, aber bring deinen großen Jungen erst mal hier rauf."

„Nicht so schnell, Süße. Er kommt als Letzter, und ich möchte das hier langsam angehen lassen." Rory kniete sich hin und knabberte an ihren Zehen, bis sie sich lachend in die Laken fallen ließ. Als er das erreicht hatte, stieg er ebenfalls aufs Bett und setzte sich breitbeinig über sie.

Er sah ihre Überraschung und ließ seine Hand zu dem Reißverschluss an ihrer Jeans gleiten. Doch er wurde von ihrem Schmollmund abgelenkt, und deswegen küsste er sie erst mal. Seine sämtlichen Körperteile waren in höchster Alarmbereitschaft, als er sich über ihre Brüste neigte.

„Ich möchte flachgelegt werden", wiederholte er ihre Worte. „Die vier schönsten Worte in jeder Sprache. Hilf mir, deine Jeans herunterzuziehen, ja, Liebling?"

„Willst du damit sagen, dass meine Hüften zu fett sind?"

Zack. Das war's.

Er setzte sich auf. „Victoria", sagte er mit einer Hand auf dem Herzen. „Ich liebe deine Hüften, ich liebe deine Lippen, ich liebe deine Schenkel, ich liebe deine Augen, ich liebe deine Zehen, ich liebe deine Nase. Ich liebe ..."

Victoria robbte unter ihm hervor und hielt erst an, als sie die Wand erreichte. „Sei still!"

„Okay." Rory verstand. Zu spät spürte er den Schauer, der ihm über den Rücken lief. „Liebe", ein erschreckendes Wort. Jetzt musste er sie dafür entschädigen, dass er sie fast zu Tode erschreckt hatte.

Er packte ihre Knöchel und zog sie wieder zurück aufs Bett, um jede einzelne saftige Kurve zu enthüllen und darin zu schwelgen und ihr zu erklären, wie großartig sie waren … aus der Sicht seines besten Stücks.

„Warte", sagte sie. „Wir müssen ihm einen Namen geben."

„Was für einen Namen?"

„Was hältst du von Lanze?"

„Was hältst du davon, wenn ich mich jetzt umbringe?"

„Das würde dich auf die gleiche Stufe mit meinen anderen erotischen Begegnungen stellen."

„Lanze, das ist es." Das Problem war nur, dass *die Lanze* keinerlei Reaktion zeigte. Und Victoria bestand darauf, ihren BH und ihr Höschen anzubehalten, egal, wie oft Rory beides zur Seite schob. Jedes Mal, wenn *die Lanze* ihr zu nah kam, rückte Victoria von ihm ab, was Rory als Hinweis wertete, langsamer zu machen.

Nachdem Victoria weitere dreizehn Mal gekommen war, setzte sie sich auf und drückte ihn sanft auf den Rücken. „Okay, bevor du mich jetzt zur Frau machst", sagte sie, „zeig mir genau, wie dein bestes Stück funktioniert."

„Hast du jemals einen erwachsenen Mann weinen sehen?", fragte Rory. „Es zerreißt mich nämlich gerade."

„Du Ratte! Ich wusste, dass du es mit mir nicht ertragen würdest!" Sie schubste ihn vom Bett.

„Wie?" Er kämpfte sich wieder hoch und landete erneut auf seinem Hintern.

„Du kannst mich mal, MacKenzie, wenn du es nicht über dich bringst, mit mir zu …"

„Oh Mann …" Rory zog sie einfach auf den Boden und legte

sich auf sie. „Jetzt habe ich ihn mir verstaucht, und trotzdem kann ich dir immer *noch* beweisen, wie sehr ich dich will.“

„Schieb dir deine Lanze sonst wohin.“

„Ich glaube, dass ist verboten.“

„Leck mich.“

„Das würde ich ja gern.“

„Vergiss es.“

„Das war's. Genug gekämpft, Mädel, bei dir herrscht wohl ein grundsätzlicher Mangel an Kooperation.“ Er veränderte ihre Positionen, und sie saß auf ihm. „Leg einfach deine Hand hierher.“ Er schloss ihre Finger um ihn und brachte ihr bei, wie sie sie bewegen musste. „Mach weiter so, und in zehn Sekunden wirst du sehen, wie er funktioniert.“

Rory versuchte trotz Victorias erregenden Berührungen, die Kontrolle zu behalten, und er schaffte es auch irgendwie, bis Tigerstar auf seiner Brust landete und er kurz und heftig kam.

„Ohhh“, sagte Victoria. „So funktioniert das also. Das macht mich ja an.“

„Na wunderbar“, meinte Rory mit einem schwachen Seufzer, während ihre Katze über sein Gesicht kletterte. „Die gute Nachricht ist, beim nächsten Mal wird es länger dauern. Die schlechte, beim nächsten Mal wird es immerhin einige Minuten dauern.“

Rory steckte Tigerstar mit einer gemurmelten Entschuldigung und mitsamt einer Decke in den Schrank. Er ließ die Tür einen Spalt breit offen und stellte einen Stuhl davor, damit sie sich nicht weiter öffnen konnte. Dann brachte er Victoria erneut zum Höhepunkt, dann brachte Victoria ihn wieder zum Höhepunkt. Danach brauchte er eine kurze Pause, um auszutreten. „Kennst du die Geschichte von dem Mädchen und dem Einhorn?“, fragte er.

Sie schüttelte ihren müden Kopf. Sie waren so ineinander verschlungen, dass er nicht sagen konnte, wo er eigentlich aufhörte und sie anfing.

„Zunächst einmal", sagte er, „ist das Einhorn ein außergewöhnliches Tier, denn es ist wild, aber gut, selbstlos und ein Einzelgänger, und es kann nur durch ziemlich unfaire Maßnahmen eingefangen werden. Das wäre der perfekte Job für dich."

Rory schaute Victoria an, um zu sehen, ob sie verstanden hatte.

Sie lächelte wie ein Honigkuchenpferd. „Du bist nicht das Einhorn. Du bist der Drache."

„Warum? Weil ich ein großes Horn habe?"

„Du spuckst Feuer. Das Einhorn ist der Kuppler. Es ist der Drache, den ich verbannen oder zähmen soll."

„Das Einhorn *kann nicht* gezähmt werden, außer von dem perfektesten aller Mädchen. Das bist du. Und wenn es ihm begegnet, ist das Einhorn am schwächsten, weil es augenblicklich mit dem aufhört, was es gerade macht, selbst wenn es vor Jägern davonläuft und seinen Kopf auf ihren Schoß legt."

Rory legte seinen Kopf auf Victorias Schoß, küsste sie, wo immer er hinkam, und Victoria seufzte zufrieden. Dann erinnerte er sich daran, dass das Mädchen der Untergang für das Einhorn sein könnte, und ließ es schlafen.

Rory konnte nicht schlafen. Je mehr er es versuchte, umso wacher wurde er. Ein Gefühl der Panik überkam ihn wegen seiner Empfindungen für Victoria und wegen dem, was er nicht erreicht hatte.

Sich in Lilis Urenkelin zu verlieben war nicht der Grund, aus dem er nach Amerika gekommen war. Er hatte eine Mission. Ein MacKenzie hatte Caperglens Ansehen zerstört, ein MacKenzie musste es wiederherstellen. Er hatte sich das all die Jahre immer wieder gesagt, es war ein Wunder, dass er es so schnell vergessen konnte.

Er gab Victoria die Schuld.

Vorsichtig rollte er sich zu ihr hinüber und nahm ihren Geruch in sich auf: Lilien, Lavendel, den Geruch nach Sex, und er spürte, wie sie atmete. Wann genau hatte er sich in sie verliebt? Im ersten Traum? Am ersten Tag auf der Veranda? Im *Cloud Kiss*? Heute Nacht, als sie ihn mit Brock bekannt gemacht hatte?

Das spielte keine Rolle. Victoria zu lieben war in der Tat verrückt. Er brauchte seinen Verstand für seine Mission. Er musste das Schlüsselbund finden, das sie hier oben verwahrte.

Rory nahm ihre Hand von seiner Brust, küsste ihre Finger und schlich sich aus dem Bett.

Tigerstar sprang ihn mit ausgefahrenen Krallen an, und Rory schrie auf, sowohl vor Schmerz als auch vor Überraschung. Dann jammerte die Katze so laut, dass sie das ganze Haus hätte wecken können. Wie sie aus dem Schrank herausgekommen war, würde er nie erfahren, aber das hier war ganz klar Rache.

Victoria murmelte im Schlaf seinen Namen, und Rory blieb das Herz stehen, aber dann hörte er sie gleichmäßig weiteratmen. Als er wieder Luft holen konnte, setzte er Tigerstar draußen auf die Treppenstufen und schloss Victorias Tür.

Sie schlief ganz ruhig. Sie lag auf dem Bauch, und das Mondlicht schien auf ihren Rücken, wo direkt über dem Saum ihres dunkelroten Höschens ein gelber Halbmond mit einer roten Orange Liebe machte.

Ein drittes Tattoo und ausgerechnet jetzt. Rory wäre am liebsten wieder ins Bett gestiegen, um sie dort zu küssen. Außerdem wollte er nach all den Tattoos suchen, die er womöglich noch nicht entdeckt hatte.

Doch er blieb vernünftig. Er tastete die Oberfläche ihres Schreibtisches ab, öffnete Schubladen, ihren Büroschrank, ihren Schreibtisch, ihren Nachttisch und fand die Schlüssel schließlich neben dem Vibrator. Weil er ihm gegenüber den Kürzeren gezogen hatte, nahm er ihn, steckte ihn in den Papierkorb und bedeckte ihn mit einer halben Packung Servietten. Dann nahm er seine Jeans, um das Geräusch der klappernden Schlüssel zu dämpfen, und ging hinaus.

Die Stufen im Dachgeschoss knarrten so laut, dass Rory stehen blieb und darauf wartete, dass Victoria seinen Namen rief. Er wäre gern zurückgegangen, aber sie rief ihn nicht, also ging er weiter. Am Fuß der Treppe zog er seine Jeans an. Den zweiten Stock zu passieren war schwierig. Jede Diele knarrte. Warum war ihm das vorher noch nie aufgefallen?

Eine Tür quietsche, Rory sprang nach links, rammte einen zwei Tonnen schweren Keramikfrosch und brach sich einen Zeh. Er versteckte sich hinter einem verschnörkelten Schirmständer und wartete mit Tränen in den Augen, bis Storm aus dem Badezimmer herauskam. *Schlechtes Karma*, dachte er, *ganz schlechtes Karma*. Danach ging er weiter. Es war schwierig, mit nur neun gesunden Zehen zu laufen, aber er schaffte es, ohne das Bewusstsein zu verlieren.

Er ging in die Küche, um sich ein Kühlpack zu holen, und band es mit Victorias Geschirrtuch, auf dem *Hexe, Hexe, Hexe* stand, um seinen Fuß. „Blöder Schwachkopf", schimpfte er mit sich. „Völlig verzaubert von der Hexe, die du flachlegst, und das nicht im positiven Sinne."

Eine Minute brauchte er, um zu dem mondbeschienenen Plexiglaskasten mit dem Einhorn zu humpeln. Trotz seines schmerzenden Fußes fing er an, die Schlüssel von dem Ring auszuprobieren, an dem so um die hundert Stück hingen.

Er wäre jetzt viel lieber oben und würde Victoria lieben … nein, keine Liebe. Andererseits, verdammt noch mal, was war es sonst? Seine Gefühle für Victoria waren mehr als Freundschaft und mehr als reines Verlangen, auch wenn Freundschaft ganz klar eine Rolle spielte. Wie zum Teufel sollte man das nennen?

Wahnsinn, dachte Rory.

Es hatte einmal eine Zeit gegeben, da hätte er sich über die Entdeckung des Einhorns wahnsinnig gefreut, aber jetzt nicht mehr. Er verdiente es nicht, und er wollte es nicht mehr. Er wollte zurück zu Victoria, neben ihr ins Bett kriechen, in sie eintauchen und vergessen, dass Caperglen überhaupt existierte.

Warum konnte er es nicht?

Er würde dem Heiligen Stern einen Brief schicken. Schreiben, dass er dort bleiben würde. Er musste ja nicht sagen, dass er etwas gefunden hatte – nein, er hatte *jemanden* gefunden, viel besser als ein Einhorn. Eine belanglose Kleinigkeit, nachdem Generationen von Außenseitern nach diesem Ding gesucht hatten und ein Vater deshalb mit dem Trinken angefangen hatte. Der Schlüssel, den er probiert hatte, drehte sich, bevor er es überhaupt bemerkte.

„Schicksal“, sagte er leise und steckte seine Hand in die Vitrine, um Drummonds Geheimfach zu finden. Er hätte seine Hände lieber dafür benutzt, Victorias Tattoos zu suchen.

Den Riegel zu finden, war gar nicht so einfach und machte ihn nervös. Er kickte das verflixte Kühlpack weg. Es tat eher weh, als dass es half.

Das Leben wäre einfacher gewesen, wenn es das falsche Einhorn gewesen wäre. „Aber wann ist das Leben jemals einfach gewesen?“ Er brauchte einen anderen verdammten Schlüssel, um das verdammte Fach zu öffnen. „Verdammter MacKenzie-Fluch!“, schnaubte er.

„Verdammter MacKenzie-Dieb wohl eher!“ Victorias Stimme ertönte in der Dunkelheit, was seine einsame Seele mit Freude erfüllte … und seine Nackenhaare zu Berge stehen ließ.

Rory ließ den Ring mit den hundert Schlüsseln auf seinen gebrochenen Zeh fallen.

Fünfunddreißig

ALS DAS LICHT anging, hob Victoria das Kinn, ihre herrlichen Augen strahlten, und sie war bereit, einen Drachen zu erlegen. „Mann, ich hasse es, erst mit dir rumzumachen und dir dann am selben Tag in den Hintern zu treten“, sagte sie.

Rory tat es leid, sie enttäuscht zu haben, und er konnte sich überhaupt nicht darüber freuen, das Einhorn gefunden zu haben. Stattdessen war er idiotischerweise glücklich, Victoria zu sehen, auch wenn sie jetzt wusste, was für ein Mistkerl er war, denn er hatte ihr nicht die ganze Wahrheit gesagt.

„Eine Unterlassungssünde?“, fragte sie.

Eine feinsinnige Hexe … auf die er ungeheuer scharf war, ja, eine gefährliche Situation, denn er hätte lieber ihr Vertrauen gehabt als das Einhorn, nach dem er schon sein ganzes Leben lang suchte.

Zu gern hätte er gewusst, ob sie wohl bereit war, ihm zu verzeihen, aber sie gab nichts preis. Er verbannte den idiotischen Gedanken, drehte sich um und setzte seine Suche fort. „Ich brauche einen kleineren Schlüssel, um das Fach zu öffnen.“

„Hast du vor, billige Kopien anzufertigen?“, fragte sie. „Oder willst du versuchen, das Original zu stehlen? Es ist eine Viertelmillion wert, weißt du?“

„Doppelt so viel“, erwiderte er. „Es ist ein Drummond.“

„In dem Fall", sagte sie, „kannst du den Preis verdreifachen."

„Nein, denn es ist nicht die letzte seiner Sternzeichenfiguren. Ich habe die anderen elf."

„Du hast was?"

„Ich besitze das Karussell. Es fehlt nur dieses Einhorn, um es wieder komplett zu machen."

„Aber die Experten haben doch gesagt … Wer *bist* du?"

„Dein schlimmster Albtraum ist, glaube ich, die passende Antwort." Er machte sich nicht die Mühe zu sagen, dass ihre Familie es seiner gestohlen hatte. „Drummond war ein Großvater väterlicherseits."

„Das ist wieder eine Lüge. Sein Name wäre ja wohl MacKenzie gewesen."

„Das war er auch. Drummond Rory MacKenzie. Die Familie hat ihn Rory genannt, und jeder andere nannte ihn Mac, also wählte er Drummond für seine Kunst. Übrigens, die Schnitzerei in deinem Kaminsims heißt ‚Willkommen zu Hause, Rory'. Was sagst du jetzt?"

Victoria fragte sich, wie sie so blutrünstig sein konnte, dass sie ihm an genau jenen Körperteilen, die sie noch vor kurzer Zeit angebetet hatte, jetzt am liebsten sehr wehgetan hätte.

Sie hatte es kaum zu Ende gedacht, da schrie Rory auch schon auf und hielt sich sein Gemächt. Sie hatte ihn irgendwie zwischen die Beine getroffen.

„Bingo", meinte sie. „Ich muss gar nicht reimen. Meine Magie verhilft mir offenbar zu allem, was ich will, ob ich mir dessen nun bewusst bin oder nicht."

Rory holte ein paarmal tief Luft, und Vickie hatte Angst, ihn ernsthaft verletzt zu haben, auch wenn es ihr egal sein konnte.

„Bist du jetzt stolz auf dich?", fragte er.

„Und wie." Ein schwaches Grinsen zuckte über ihr Gesicht, wobei sie gegen die Tränen ankämpfte.

„Nur zu deiner Information", sagte er, streckte sich und zuckte zusammen. „Das war lediglich ein sanfter Schlag, mehr nicht. Hat mich einfach nur überrascht, das ist alles. Und ich stehle das Design des Einhorns nicht. Mir gehört nämlich der signierte Entwurf. Ich habe ihn mitgebracht, um ihn dir zu zeigen. Der Beweis, dass es sich bei diesem hier um ein Drummond handelt, ist die Existenz eines Geheimfachs neben dem Sattel, das ich gerade gefunden habe."

„Dein Vorfahr mag es ja geschnitzt haben, Freundchen, aber meine Vorfahrin hat es *mir* hinterlassen!"

„Du meinst Lili?"

Vickie spürte die ganze Last von Lilis Traurigkeit, wahrscheinlich weil dieser Mann sich gerade von *ihr* abgewendet hatte, so wie ein Mann – möglicherweise sogar Drummond selbst – es bei Lili getan hatte. „Ich schätze, du bist eine aus einer ganzen Linie von MacKenzie-Ratten."

Rorys sonst so klarer Blick verschleierte sich. „Du verstehst das nicht."

„Oh, du kannst mir ruhig ein wenig Verstand zutrauen. Wo wir gerade davon sprechen, ich werde die Polizei verständigen." Vickie nahm den Hörer von ihrem Wandtelefon.

„Ich würde das an deiner Stelle nicht tun, denn ich kann beweisen, dass das Einhorn mir gehört", erklärte Rory, auch wenn sein besorgter Gesichtsausdruck seinen Worten widersprach.

„Lili hat mir das Einhorn hinterlassen. Ich habe das Testament, und das hier ist nicht Schottland. Neunzig Prozent aller Gesetze hier beschäftigen sich mit Eigentumsfragen, und auch wenn sich in diesem Einhorn ein geheimes Fach befindet, ganz egal, was darin ist, gehört es mir trotzdem. Geh zur Seite", sagte sie und zeigte mit dem Hörer in eine Richtung.

Als hielte sie eine Waffe und kein Telefon in der Hand, tat Rory, was sie befahl.

Sie zog das Telefonkabel so lang, bis es nicht mehr ging, als sie unter dem Sattel des Einhorns entlang fühlte, um das Schloss zu finden, von dem Rory behauptete, dass es da war. „Du hast recht“, sagte sie. „Wir brauchen einen Schlüssel.“

„Ja.“ Rory bückte sich, um das Schlüsselbund aufzuheben und hielt es ihr hin.

„*Da* ist er nicht“, sagte Victoria. „Ich wusste überhaupt nicht, dass dieses Fach existiert. Warum sollte ich also einen Schlüssel dafür haben? Abgesehen davon braucht man für dieses Schloss einen viel kleineren.“ Sie riss ihm das Bund aus der Hand. „Ich *weiß*, was man mit jedem Einzelnen von ihnen öffnen kann.“

Rory nickte anerkennend.

Ein bisschen spät, dachte sie.

„Ich nehme an, dass der Schlüssel sich immer noch in dem Schrank befindet, in dem ich das Einhorn gefunden habe.“ Vickie legte den Hörer wieder auf die Gabel und führte Rory durchs Haus. „Du bist am Ende, MacKenzie.“

„Ich weiß.“

„Ich hasse dich.“

„Ja. Ich hasse mich auch.“

Er ließ das Kühlpack und das Geschirrtuch in die Spüle fallen.

„Was hast du damit gemacht?“

„Ich habe mich verletzt …“

„Vergiss es. Es ist dein Karma. Ich habe auch vor, dich später noch zu schlagen. Oder noch besser“, sagte sie, „ich hetze dir eine der Hexen auf den Hals.“

„Himmel, ich hab doch niemanden umgebracht.“

Sie forderte ihn auf, die Treppe hochzugehen, und tat so, als ob sie eine Waffe tragen würde. Er verstand zumindest, dass *sie* das Sagen hatte.

„Ich habe gedacht, eine Hexe hätte mich heute Nacht schon in die Knie gezwungen.“

„Zum letzten Mal, ich bin *keine* Hexe!"

„Das sagst du immer wieder. Aber du hast mich, ohne mit der Wimper zu zucken, an meiner empfindlichsten Stelle getroffen. Das ist die beängstigendste Hexenmagie von allen, verstehst du? Der Frontalangriff."

Sie hätte vielleicht gelacht, wenn da nicht der Geruch von Sex in der Luft gelegen hätte, der sie empfing, als sie das Zimmer betraten.

„Zurück zum Tatort", sagte sie und ignorierte das Bettzeug auf dem Boden. Doch sie erinnerte sich an die Macht seiner Männlichkeit in ihrer Hand, daran, wie er sich ergossen hatte, und schon ergriff sie die gleiche Erregung. Im Prinzip war sie immer noch Jungfrau, verdammt.

Vickie öffnete die Schranktür so abrupt, dass sie Rory damit traf. Dann fiel die Tür wieder zu. Rory machte sie ein zweites Mal auf und hielt sie mit einem Stuhl offen. Der Duft von Lilien verbreitete sich im Raum wie eine Frühlingsbrise.

Nachdem sie eine Minute in die Dunkelheit gestarrt hatten, traten sie einen Schritt vor, stießen mit den Schultern zusammen und wichen wieder zurück.

„Ladies first", sagte Rory und tippte sich wie ein Depp an den nicht existierenden Hut. Ein echter Depp, verdammt. Vickie suchte den Boden des Schranks ab, damit der Depp ihre Verlegenheit nicht sehen konnte, die ihr die Hitze ins Gesicht trieb.

Neben ihr – viel zu nah neben ihr – tastete Rory die oberen Regale des Schranks ab. Das Bedürfnis, mit dem Verräter zu schlafen, wurde immer stärker. Heißes Verlangen durchfuhr sie und setzte sich tief in ihrem pulsierenden Schoß fest.

Da sie nichts fand, stand sie auf und stieß sich den Kopf an seinem Kinn.

„Autsch", sagte er. „Ich habe nicht genug Hände, um sie auf alle Stellen zu pressen, die mir wehtun."

Vickie sah ebenfalls Sterne und spürte Rorys heiße Hände an ihren Hüften.

„Ich hasse dich", sagte sie und legte ihre Hand auf sein Kinn, um die Schmerzen zu lindern.

Er hörte auf, gegen seinen Instinkt anzukämpfen, packte sie und zog sie zu sich heran. „Das solltest du auch."

Sie schauten sich gegenseitig in die Augen. Feinde oder Liebende?

„Ich habe noch andere Stellen, die mir wehtun", sagte er.

Sie griff durch die Jeans nach seiner Männlichkeit.

Er zuckte zusammen, entzog sich ihr aber nicht.

Für ihren mitternächtlichen Trip in den Laden hatten sie sich beide nicht anständig angezogen. Er trug die Jeans offen. Sie hatte sein graues Oxford-T-Shirt an, weil es nach ihm roch. Aber sie hatte ihren BH und das Höschen ausgezogen, weil sie dachte, sie würde ihn in der Dusche treffen, als er nicht mehr im Bett gewesen war.

Mit den Fingerknöcheln rieb er über die Knospen ihrer Brüste.

„Verflucht", sagte er und war wütend über sein eigenes Verhalten.

Während sich ihre Körper berührten und sich Wut und Begierde immer weiter steigerten, überkam Vickie das Verlangen, Rorys lügende Lippen auf ihren zu spüren. „MacKenzie, ich werde dir wehtun, wenn du mich nicht bald küsst."

Er gehorchte sofort.

Gierig. Ausgehungert.

Beide waren sie kurz vor dem Tod.

Die Befriedigung war garantiert.

Stöhnen und Seufzen erfüllten den Raum – sein Stöhnen, ihr Seufzen –, während sie ihre Körper neu entdeckten.

Sie glitt mit ihrer Hand in den Schlitz seiner Jeans ... und fand *ihn*. „Ich benutze dich", sagte sie, „so wie du mich benutzt hast."

Er riss ihr das Shirt vom Körper und entblößte sie vor seinem Mund. „Das habe ich auch verdient."

Sie mochte die harte Rute in ihrer Hand. „Du brauchst noch einen Schlag", sagte sie und fasste ihm an die Kronjuwelen.

„Sie hatten schon eine harte Nacht."

„Es wird noch schlimmer."

„Ist das ein Versprechen?"

„Das ist eine Drohung." Sie schlug noch einmal zu, nur um zu sehen, ob sie es noch konnte.

Er schrie auf. „Du hast es geschafft. Du hast ihn erwischt, und eigentlich hat mir das gefallen."

„Das war klar."

„Du hast wohl an deinen Gefühlen gearbeitet", stellte er fest, „und du willst mein bestes Stück."

Verdammt. Er hatte recht. Und sie würde ihn sich nehmen. Mit einer Hand führte sie den harten Pfahl zu ihrer weiblichen Mitte.

„Nein", presste Rory durch zusammengebissene Zähne hervor, als sie sich selber mit seiner Spitze streichelte. „Nicht so." Aber er zuckte trotzdem, also wölbte sie sich ihm entgegen und geleitete ihn mit einem Gefühl großer Befriedigung, ihren eigenen Weg gefunden zu haben, in sich hinein.

Trotz seiner überraschenden Größe seufzte Vickie vor Erleichterung, denn Brock hatte die eigentliche Tat bereits vollbracht, und das Unbehagen war minimal. Sie spürte, wie sich ihr Körper anspannte. Endlich wurde sie zur Frau, aber …

„Das fühlt sich nicht ganz so gut an, wie ich erwartet habe. Machst du auch alles richtig?"

„Genau nach Anleitung", murmelte er und verfluchte, dass sie ihm gegenüber nicht sanfter war, die Ratte.

„Ich mache es langsam“, versprach er, „und gut.“

Er bewegte sich so langsam, dass er den Schmerz linderte und ihn zugleich verstärkte.

„Du kannst ruhig ein bisschen schneller machen, oder hast du Unterricht bei einer Schildkröte gehabt?“

Er presste die Lippen aufeinander. „Ich möchte dir nicht wehtun.“

„Zu spät, MacKenzie, aber ich will dich trotzdem. Der Himmel weiß, warum, vielleicht, weil ich dir auch wehtun will, aber das hebe ich mir für das nächste Mal auf.“

„Hör jetzt bitte nicht auf. Du machst das gut.“

„Vergiss nur nicht, dass ich dich benutze.“

„Ich weiß, aber verdammt, ich fühle mich trotzdem wunderbar, auch wenn ich weiß, dass ich es nicht verdient habe.“

„Das hast du ganz sicher nicht“, sagte sie. „Aber ich möchte flachgelegt werden, und du bist mein Lustknabe.“

„Du weißt wirklich, wie man einen Mann anturnt, ist dir das eigentlich klar?“

Sechsunddreißig

„VICTORIA", SAGTE RORY. Mehr als alles andere wollte er in aller Ruhe und genussvoll mit ihr schlafen – abgesehen davon, dass er ihr Mann sein und sie danach verlassen würde.

„Bring zu Ende, was du angefangen hast, verdammt. Vergiss für eine Minute Drummond und das Einhorn. Im Moment geht es nur um uns und das große ‚O'."

„Wenn du es sagst", erwiderte er.

Er wollte der Mann sein, der Victoria ihren ersten nicht von einer Batterie abhängigen Orgasmus bescherte. Er wollte die Kraft des Lebens zwischen ihnen spüren. „Warte", sagte er. „Was ist mit Schutz?"

„Die Pille, und so sicher wie eine Jungfrau."

„Enthaltsam wie ein verdammter Mönch im Kloster."

„Kein Wunder, dass du so schnell abdrückst."

„Das nehme ich dir übel. Es kommt daher, weil du mich seit einer Woche angemacht hast."

„Halt die Klappe und besorg's mir, verdammt, und versuch dieses Mal bitte, bis zum Schluss durchzuhalten."

Das würde er ganz sicher, bis sie ihn anflehte zu kommen. Immer wieder drang Rory tief in sie ein.

„Das ist genau das, was ich will", erklärte sie, passte sich seinem Rhythmus an und sog ihn noch tiefer in sich hinein.

„Ja, als ob ich's nicht gewusst hätte. Natürlich werde ich gerade nur bestraft."

„Eine kleine Stimme in mir sagt da aber etwas anderes", lachte sie und entwand sich ihm, zog ihn dann aber wieder in sich hinein, wobei sie ihre weiblichen Instinkte hervorragend einsetzte, fand er.

„Warte", sagte er. „Die Mädchen suchen uns." Rory war so erregt, aber er wagte es nicht, sich zu bewegen.

Sie wölbte sich ihm ein wenig entgegen, er konnte nicht mehr an sich halten, und sie bewegten sich beide leise und langsam, wobei die Gefahr, erwischt zu werden, ihnen einen zusätzlichen Schauder über den Rücken laufen ließ. Noch so eine Bewegung, und Rory müsste sie küssen oder seinen Triumph hinausschreien.

Er hörte Schritte. „Kommt runter!", rief Storm.

„Mach die Tür zu", flüsterte Victoria.

Rory glitt aus ihr heraus und zog die Tür des Schranks zu, ließ sie aber einen Spaltbreit offen und ging nah genug dran, um lauschen zu können.

„Ich komme hoch", sagte Destiny.

Victoria streckte die Hand aus und zog die Tür zu.

„Mein Teil!"

Vickie kniete sich vor ihn, um ihn zu beruhigen. „Du armes Ding."

„Ich sage euch, wir müssen den Laden allein aufmachen", hörten sie Storm sagen.

„Was ist mit Vickie?", fragte Destiny.

„Ich kann die Gegenwart sehen", sagte Storm. „Erinnert ihr euch?"

„Oh, du meinst Rory und Vickie? Cool." Die Schritte entfernten sich.

„Storm sieht Schnappschüsse der Gegenwart vor ihrem geistigen Auge", sagte Victoria.

„Dann muss sie sich ja jetzt totlachen. Du hast mir gerade mein bestes Stück gebrochen."

„Quatsch, hab ich nicht. Mensch, er ist härter als jemals zuvor."

„Na klar. Schließlich hast du ihn geküsst und an deiner Wange gerieben, was hast du erwartet?"

Victoria nahm die arme Rute in die Hand und führte sie dahin, wo es beiden angenehm war, dann fing sie langsam an, mit den Hüften zu kreisen.

Es dauerte nicht lange, da übernahm Rory die Führung und war noch nie so entschlossen gewesen, lange durchzuhalten, und äußerst darauf bedacht, Victoria zum Höhepunkt zu bringen. Er war für sie der Erste, er konnte sie nicht einfach Hals über Kopf nehmen. Er hatte schon genug Schaden angerichtet. Sie auf der anderen Seite auch. „Komm mit mir zusammen, Victoria."

„Heb mich an, ich muss näher an dich heran, dich tiefer spüren."

Was sollte er dagegen schon sagen? Er hob sie an, sie schlang ihre Beine um seine Taille und verwandelte ihn in Brock, der auf höchster Stufe lief.

„Himmel, ich liebe deinen Hintern in meinen Händen."

Sie küsste ihn leidenschaftlich, während er tief in ihr war und sie ihn dem Himmel näher brachte.

„Du fühlst dich so gut an", seufzte Victoria. „Sooo gut!"

Er machte weiter und weiter, bis Victoria laut aufschrie und sie zusammen zu den Sternen flogen.

Eher eine verheerende Flut als nur ein Höhepunkt, dachte Rory. Atemlos und mit klopfendem Herzen hielt er Victoria erschöpft in seinen Armen.

Während er sie noch immer hielt, kippte er gegen den Schrank in seinem Rücken, und etwas fiel scheppernd erst auf seine Schulter und dann auf den Boden.

Victoria zog sich etwas zurück, wodurch kühle Luft zwischen ihren erhitzten Körpern hindurchstrich.

Rory machte die Tür auf, um Licht auf die Realität zu werfen, die in Form eines kleinen filigranen Schlüssels vor ihnen lag.

Es war so, als bekäme man nach einer Portion heißer Leidenschaft ein Häppchen kalter Reue. Rory hob den Schlüssel auf, und Victoria beobachtete ihn wie in Trance.

„Danke", sagte sie und stieg aus dem Schrank. „Das war nett."

Nett? „Herrgott noch mal, nett! Es war verdammt großartig!"

Mit einem herausfordernden Blick warf Victoria ihre wilde blonde Mähne zurück, drehte ihm den Rücken zu und schlüpfte in ihr Kleid. „Das kann ich nicht beurteilen", sagte sie. „Ich habe keinen Vergleich."

„Okay, jetzt, wo du einen hast, lass es uns gleich noch mal machen." Rory packte sie von hinten und zog sie zum Bett.

Als Victoria in den Laken lag, sah sie ihn aus schmalen Augen an. „Warum wirfst du mich nicht einfach über deine Schulter und trägst mich auf deinen Baum?"

Rory setzte sich über sie und stützte seine Hände neben ihren Kopf auf. „Willst du nun noch mal oder nicht?"

Sie nahm ihn in die Hand, erweckte ihn zum Leben und führte ihn an den Ort, nach dem er sich sehnte.

Stunden später hatte er ihr eine Menge zum Vergleichen gegeben, und er hatte außerdem sein Durchhaltevermögen unter Beweis gestellt. Himmel, er besaß wirklich unglaublich viel Energie.

Um die Mittagszeit klopfte es an der Tür, und als Rory öffnete, stand ein Tablett mit chinesischem Essen in Pappschachteln und Plastikbesteck vor der Tür. „Das wird uns einiges kosten", sagte Rory und stellte das Tablett zwischen sie auf das zerwühlte Bettzeug.

„Sag nichts", meinte Victoria. „Ich bin noch nicht bereit,

die Welt wieder hereinzulassen. Und außerdem genügen die hexenhaft lächelnden Gesichter auf diesen Packungen, um mich für weitere zwei Stunden hier zu halten."

Sie blieben tatsächlich noch drei.

„*Noch* zwei Stunden, MacKenzie", sagte Victoria, während sie sich anzogen, „und ich habe mit den Mädels, die ihre Unschuld schon in der Highschool verloren haben, gleichgezogen."

Er hakte einen Finger in ihren BH und holte sie zu sich heran. „Ich bin dabei", prahlte er, obwohl er ziemlich sicher war, dass sie sein bestes Stück ins Koma befördert hatte.

„Gib mir den Schlüssel", sagte sie.

Er tastete seinen nackten Körper nach Taschen ab. „Ich glaube, du hast ihn."

„Du hast ihn doch vom Schrankboden aufgehoben, erinnerst du dich?"

„Und du hast ihn mir aus der Hand gerissen."

„Dann hast du mich gepackt."

Sie unterzogen das Bett einer gründlichen Untersuchung, bis die Matratze nackt vor ihnen lag.

Nachdem sie es neu bezogen hatten, krochen sie auf dem Boden herum, doch ohne Erfolg. Also rückten sie das Bett aus seiner Ecke weg.

„Ich habe dir noch nicht verziehen", sagte Victoria, während sie den Schlüssel auf der anderen Seite vom Boden aufhob. „Ich kann gar nicht glauben, dass ich es zugelassen habe, dass ..."

„Du *mich angefleht*, mich *benutzt* hast."

Mit einem Protest auf den Lippen änderte sie ihre Taktik.

„Du stehst bereits auf meiner Abschussliste, MacKenzie, also lass es uns einfach unentschieden nennen."

„Na schön, gib's bloß nicht zu. Wut erzeugt Leidenschaft, verstehst du, und Begierde hat schon seit Tagen zwischen uns geschlummert, noch verstärkt durch die Träume, in denen wir sie ausgelebt haben. Kein Wunder, dass unsere Triebe sich schließlich durchgesetzt haben. Gegen das Schicksal hast du keine Chance, Süße."

„Jetzt fang doch nicht vom Schicksal an. Du bist ein Stinktier."

„Ja, das bin ich. Ich geb's zu."

„Dann hör endlich auf zu stinken."

„Weißt du, dieses Tier leidet an einem schweren Fall von multipler Persönlichkeitsstörung. Es weiß nicht, was es ist. Eine Ratte, ein Wolf, ein Stinktier, ein Einhorn oder ein Drache."

„Hör auf, das Einhorn für dich zu beanspruchen, und du kannst wieder mein Ritter in der strahlenden Rüstung sein."

„Victoria, in diesem Fall herrschen mildernde Umstände."

„Gibt es die nicht immer?" Sie ließ ihn stehen, ohne seine Erklärung abzuwarten.

Und das war auch gut so. Er hatte es verdient, daran zu knabbern. Seine Verpflichtungen würden sie noch auseinanderbringen, und er würde das sein Leben lang bereuen. Wie Drummond, dachte er und ging die Treppe hinunter.

Warum erinnerte ihn diese Situation plötzlich an Lili und Drummond?

Vickie ließ Rory allein das Abendessen zubereiten, während sie zum ersten Mal an diesem Tag arbeiten ging. Das Grinsen ihrer Schwestern, als sie den Laden betrat, ärgerte sie.

Sie setzte sich neben Harmony, die sich um den Straßenverkauf kümmerte, auf einen Schaukelstuhl.

„Zwischen zwei Bussen?", erkundigte sie sich.

„Zwischen zwei Orgasmen?", fragte Harmony.

„Eifersüchtig?"

„Erschöpft?"

„Nein", erklärte Des, die gerade herauskam. „Sie haben den ganzen Tag geschlafen."

„Nein", entgegnete Storm, die ihr folgte.

Vickie zuckte zusammen. „Wie klar sind denn deine Schnappschüsse der Gegenwart?"

Storm verdrehte die Augen. „Mach dir keine Sorgen. Je besser ich dich kenne, umso weniger kann ich dich lesen. Du bist schließlich meine Schwester, aber deiner zufriedenen Miene ist deutlich anzusehen, dass du flachgelegt worden bist."

Tatsächlich, dachte Vickie, sie hatten sich *geliebt*, aber Rory dachte wahrscheinlich nicht so. Außerdem hatte sie allen Grund, ihn zu hassen, und keinen, ihn zu lieben. „Ich habe ihn benutzt."

„Ich spüre mehr, etwas Magisches", widersprach Harmony. „Hast du ihn in irgendeiner Weise verzaubert?"

„Wenn du es unbedingt wissen willst, ich habe ihm einen Schlag in die Weichteile verpasst."

„Ja!" Storm hielt ihr die Handfläche hin, damit sie einschlug.

„Meine Wünsche sind mir abhandengekommen."

„Oh-oh", sagte Destiny. „Von Hexen wird erwartet, dass sie niemandem Schaden zufügen. Sowohl die negative als auch die positive Energie wird dreimal zu dir zurückkommen."

„Aber ich bin keine Hexe."

Vickie gefiel die Freude ihrer Schwestern gar nicht, aber ihre Kameradschaft tat ihr gut, solange sie nicht vergaß, dass sie sie irgendwann wieder verlassen würden.

Beim Abendessen quälten die drei Rory und Vickie förmlich, und nachdem sie nach oben gegangen waren, ging Vickie mit Rory in den Laden zurück, um das Geheimfach zu öffnen.

„Ich mache das", sagte Victoria und drängte ihn zur Seite. „Es ist *mein* Einhorn."

Rory strich sich über den Bart. „Das Schloss ist nicht leicht zu finden."

„Ja, aber jetzt ist das Licht an." Vickies Herz klopfte, als stünde etwas Großartiges bevor, während ihr das Wort Schicksal und ein

Bild von ihnen beiden, wie sie sich in einem Ruderboot liebten, durch den Kopf gingen.

Als sie den winzigen Schlüssel in das ebenso winzige Schloss steckte, zitterte ihre Hand.

Als es so weit war, den schweren Deckel anzuheben – das massive Holzstück, das den Sattel und den Sattelknopf bildete –, beugte Rory sich zu ihr hinüber und half ihr, bis es auf dem Hinterteil des Einhorns lag.

Vickie griff in das Fach und zog ein Buch heraus. „Ein Tagebuch", sagte sie und öffnete es. „Lilis Tagebuch!"

„Und das sind Drummonds Briefe", erklärte Rory, während er den obersten auseinanderfaltete. „Hier löst er seine Verlobung mit Lili."

„Seine Verlobung? Dein Drummond war mit meiner Lili *verlobt*? Wir sind durch die Vergangenheit miteinander verbunden? Wusstest du das, als du dich in mein Haus geschlichen hast?" *Und in mein Herz*, dachte sie traurig.

Rory zupfte an seinem Bart herum. „Ich war nicht sicher, bis ich letzte Nacht in der Bibliothek entdeckt habe, dass die Signaturen auf den Holzblöcken und auf meinem Gemälde Lilien sind.

„Aber du hast die ganze Zeit gewusst, dass das Drummonds Einhorn ist. Du hast mich also angelogen."

„Nein, ich habe gesagt, dass ich gekommen bin, um mir das Einhorn anzuschauen, und das stimmte auch. Ohne das Geheimfach wäre es das dann auch gewesen."

„Hätte das auch für uns das Ende bedeutet? Nicht antworten. Das war anmaßend von mir. Ich will kein ‚Uns'."

„Okay", sagte Rory. „Außerdem *hat* das Einhorn ein Geheimfach. Aber viel wichtiger ist, Drummonds Unterschrift befindet sich auf dem Brief, in dem er seine Verlobung mit Lili löst, und damit ist bewiesen, dass das Einhorn mir gehört."

„Was für verschlungene Wege bist du gegangen, um zu diesem Schluss zu kommen?“

„Drummond hat Lili nicht geliebt, deshalb hat sie Schottland verlassen. Und aus diesem Grund hätte er ihr das Einhorn niemals freiwillig geschickt, was wiederum beweist, dass sie ihn verhext hat.“

„Was für ein Unsinn“, sagte Vickie. „In einem einzigen Brief kann doch unmöglich die ganze Geschichte stehen. Um die volle Wahrheit zu erfahren, sollten wir uns hinsetzen und alle Briefe von Anfang an lesen.“

„Ich kann dir die Wahrheit erzählen.“

Vickie schnaubte verächtlich. „Das wäre mal etwas anderes.“

Siebenunddreißig

„ICH MEINE DIE Wahrheit über die Vergangenheit, aber das geschieht mir recht."

„Das stimmt. Jetzt erzähl schon."

„Die Dorfbewohner haben gedacht, dass Lili eine Hexe ist, also hat meine Familie Drummond gezwungen, seine Verlobung mit Lili zu lösen." Rory zuckte mit den Schultern. „Sie haben behauptet, sie hätte die Familie ruiniert, und das hat sie auch getan."

„Mein Gott! Würdest du bitte mal ein paar verdammte Fakten nennen!"

Vickie setzte sich an den alten Tisch ihrer Großmutter.

„Fakten. Genau. Ich habe eine handschriftliche Familiengeschichte in Schottland, in der alles bis ins kleinste Detail erklärt wird."

„Wer hat sie geschrieben?"

„Drummond."

„Hat er die Geschichte zufällig mit demselben eigennützigen Mist gefärbt, den du mir gerade präsentiert hast?"

„Er hatte Lili gegenüber weniger Vorurteile als spätere Generationen, das gebe ich zu. Und ich gebe auch zu, dass ich immer dachte, Lilis Fluch über die Familie und über Caperglen wäre Unsinn."

„Es ist mir egal, was *irgendjemand* sagt, du hast aber durchaus Potenzial, MacKenzie."

„Leider habe ich meine Meinung geändert. Lilis Urgroßenkel haben mich vom Gegenteil überzeugt. In erster Linie die drei Hexen, vor allem aber dein frontaler Angriff hat mich schwer getroffen, mehr als ich erwartet hatte."

„Ach, deine armen verletzten Weichteile. Und ich habe sie hinterher nicht entsprechend gepflegt?"

Rory grinste, und Vickie musste sich Mühe geben, dass ihr Ärger nicht einfach verflog. „Wie auch immer, was ist denn eigentlich zwischen unseren Vorfahren passiert? Würdest du bitte bei der Wahrheit bleiben!"

„Sie waren verlobt, und ich glaube, sie hatten auch Sex miteinander."

„Und verliebt", fügte Victoria hinzu.

„Keine Ahnung. Ich weiß nur, dass Lili zur Außenseiterin wurde, nachdem Drummond die Verlobung gelöst hatte."

„Kennt man einen, kennt man alle", meinte Vickie. „Das ist Gerechtigkeit vom Feinsten."

Rory nickte. „Bevor Lili nach Amerika abreiste, schickte sie Drummond eine Nachricht, er möge sie am Karussell treffen." Rory runzelte die Stirn. „Was mich bis heute beschäftigt, ist die Frage, warum er hingegangen ist."

„Weil er sie geliebt hat."

„Sie wollte, dass er mit ihr nach Amerika kommt, aber das hat er nicht getan", fuhr Rory fort. „Jedenfalls schreibt er in seiner Familiengeschichte, dass er ‚das Risiko gescheut hat, und es endete, wie Lili es vorausgesagt hatte'. Sie haben sich, soweit ich weiß, nie wiedergesehen. Bevor Drummond gestorben ist, hat er die Sternzeichenfiguren aus dem Karussell ausgebaut und das Einhorn an Lili geschickt. Seitdem hat sich das Karussell nie mehr gedreht."

„Das ist alles?“, fragte Vickie frustriert. „Und das reicht dir als Beweis, dass Lili Drummond verhext hat?“

„Er hatte ihr schon vor Jahren den Laufpass gegeben, und dann schickt er ihr noch das Einhorn? Selbst deine Schwestern sagen, dass ein Zauber auf ihm liegt. Was soll es denn sonst sein?“

„Liebe“, erwiderte Vickie. „Man setzt sich nicht auf eine Kaimauer, um auf ein Schiff zu warten, das niemals kommt, wenn man den Mann, auf den man wartet, nicht liebt.“

Rory schüttelte den Kopf. „Aber sie haben beide andere Partner geheiratet.“

„Was nicht automatisch bedeutet, dass sie sich nicht mehr geliebt haben. Drummond musste wahrscheinlich für Familiennachwuchs sorgen. War er denn glücklicher als Lili?“

Rory strich sich über den Bart. „Nein.“ Er seufzte. „Das war er tatsächlich nicht.“

„Ich fasse zusammen“, sagte Vickie. „Du hast ja auch gesagt, was du weißt …“ Sie zögerte. „Hast du mir auch alles erzählt?“

Rory fuhr sich mit der Hand übers Gesicht. „Ja, habe ich.“

„Gut. Folgendes weiß ich also: Lili hat den Schlüssel zu dem Schrank mit dem Einhorn der Enkelin hinterlassen, die über magische Kräfte verfügt und ihren Zauber vollenden kann.“

Rory setzte sich kerzengerade hin. „Welchen Zauber?“

Vickie hielt Lilis Tagebuch hoch. „Ich hoffe, dass die Antwort hier drinsteht. Aber stell dir mal vor, unsere Träume wären der Zauber?“

„Warum sollten sie das sein?“, fragte Rory.

„Okay, das sind wilde Spekulationen, aber hör zu. Mal angenommen, wir sind so was wie eine Verbindung zwischen den beiden geworden, weil wir Verwandte von ihnen sind, und sie sind eigentlich diejenigen, die sich in unseren Träumen treffen.“

Rory sprang so schnell auf, dass sein Stuhl umfiel. „Das ist verdammt noch mal nicht lustig“, knurrte er. „Und ganz nebenbei hätten deine Schwestern den Schrank ja auch öffnen können, und von ihnen hätte ich mich absolut nicht angezogen gefühlt."

Vickie war leider sehr glücklich, das zu hören. „Keine von Lilis Nachkommen hat es in hundert Jahren geschafft, den Schrank zu öffnen, bis ich es versucht habe. Wenn es mir nicht gelungen wäre, hätte ich den Schlüssel an meine Tochter weitergegeben, nicht an meine Schwestern."

„Also verfügst du über Lilis magische Kräfte?"

„Wenn ich das nur wüsste."

„Fang jetzt bitte nicht noch an zu reimen, ich bin schon nervös genug."

„Dann wirst du Folgendes jetzt wahrscheinlich auch nicht hören wollen. Die Nachricht an dem Schlüssel besagte, dass ich, wenn ich den Schrank öffne, meinem Schicksal begegne. Deshalb habe ich das Einhorn einen Kuppler genannt." Vickie ging zum Schaufenster, und ihr fiel wieder ein, wie sie Rory dort draußen zum ersten Mal gesehen hatte. „Also", sagte sie und drückte Lilis Tagebuch an sich. „Hat Lili uns zusammengebracht? Ist unsere gegenseitige Anziehung das Ergebnis eines Zaubers?"

„Sie fühlt sich sehr real an", meint Rory, trat hinter Vickie und legte seine Hände auf ihre Oberarme.

Sie entzog sich seiner Berührung. „Nein, es fühlt sich *irreal* an. Was weißt du schon davon? Du hast mir doch vom ersten Moment an etwas vorgemacht."

„Im Schrank, im Bett", entgegnete Rory, „da hat keiner von uns beiden dem anderen etwas vorgemacht."

„Darauf würde ich mich nicht verlassen."

Er beantwortete ihre Schutzbehauptung mit einem Grinsen. „Ich kann Realität und Schwindel sehr gut unterscheiden, also mach keinen Fehler."

„Das sagt genau der Richtige! Ich kann das nämlich *nicht*,

und ich bin doch angeblich die Hexe, obwohl du dich wie eine verhältst, seit du hier bist."

„Ich habe dir nicht alles gesagt, ja. Aber alles andere war echt. Victoria, nimm meine Warnung bitte ernst. Wenn du daran zweifelst, eine Hexe zu sein, hör auf, deine magischen Kräfte einzusetzen."

„Warnung? Glaubst du, ich hätte Kontrolle über meine Wünsche? Es ist, als ob meine Gefühle das in der Hand haben. Als meine Oma im Sterben lag, wollte ich so sehr, dass sie am Leben blieb. Sie musste mich erst bitten, sie gehen zu lassen. Sie sagte, sie würde nicht aufhören zu leiden, bis ich es täte, und so habe ich das Unausweichliche akzeptiert, und da ist sie gestorben."

Rory sah so schockiert aus, dass Vickie, als sie ins Haus ging, froh war, dass er ihr folgte. „Das Einhorn gehört mir. Die hier gehören mir." Sie hielt das Tagebuch und die Briefe hoch. „Wir sind in irgendeiner alten Geschichte gefangen, das ist alles." Eine Vergangenheit, von der sie sich wünschte, dass sie die Zukunft nicht zerstören würde, die sie sich ohne ihn nicht mehr vorstellen konnte. „Ich brauche eine Runde Schlaf, ich öffne den Laden dann morgen. Ich kann es nicht zulassen, dass meine Schwestern ein profitables Geschäft daraus machen, oder?"

Rory versuchte zu lächeln, aber er kriegte es nicht wirklich hin.

„Vielleicht solltest du dir ein anderes Zimmer suchen", sagte sie und wollte, dass er ihr widersprach.

„Ich bleibe so lange, bis ich dich so weit habe, dass du mir das Einhorn verkaufst. Dann muss ich es mit nach Hause, nach Caperglen nehmen."

„Viel Glück dabei." Sie äußerte sich nur vage, ob sie ihn behalten würde, denn sie wusste, dass es besser wäre, ihn rauszuwerfen. Was für ein Tritt in den Hintern, sich so spät noch in einen lügenden Schotten zu verlieben.

Rory stieg neben ihr hinauf in den zweiten Stock. „Du weißt

ja, dass die Schnitzerei in deinem Kaminsims ‚Willkommen zu Hause' heißt, und du solltest wissen, dass du mir hundert Jahre später das Gefühl gibst, zu Hause und willkommen zu sein."

Vickie schluckte ihren Schmerz hinunter. Sie konnte nicht sprechen. Als sie allein die Stufen zu ihrem Schlafzimmer unter dem Dach hinaufging, drehte sie sich nicht um. Sie spürte aber seinen warmen, verlangenden Blick in ihrem Rücken.

Im Bett, einsam ohne ihn, auch wenn sie den ganzen Nachmittag dort verbracht hatten, fing sie an, Drummonds *und* Lilis Liebesbriefe nach dem Datum zu sortieren und sie der Reihe nach zu lesen. Dann las sie Lilis Tagebuch.

Um drei Uhr morgens hatte Vickie mehr Antworten, als sie oder Rory sich hätten träumen lassen. Sie verbrachte eine weitere halbe Stunde damit zu überlegen, ob sie Rory diese Information überbringen sollte, dann noch mal fünf Minuten mit der Hand an seiner Klinke – welch verführerischer Gedanke –, bevor sie bereit war hineinzugehen. Als die knarrende Tür ihn nicht aufweckte, dachte sie über ein paar Maßnahmen nach, mit denen sie das bestimmt erreichen würde.

Als sie zu ihm ins Bett stieg, drehte er sich zu ihr um und nahm sie in den Arm. „Victoria", sagte er. „Süße Victoria", dann fing er wieder leise an zu schnarchen.

Er hatte sich im Schlaf automatisch zu ihr gedreht. Wie konnte sie sich nur immer mehr in eine Ratte verlieben?

Wie sie erwartet hatte, antwortete sein bestes Stück als Erstes, und nach einigen liebkosenden Spielchen und geflüsterten Versprechungen weckte sie ihn.

„Ich weiß nicht, wer schlimmer ist, du oder deine Katze", beschwerte er sich, aber als sie nicht lockerließ, lehnte er sich an das Kopfende und ließ sie die Briefe ihrer Vorfahren in der Reihenfolge, in der sie geschrieben worden waren, vorlesen.

„Drummond hat Lilis Briefe im Einhorn zu ihr zurückgeschickt, also waren ihre Briefe immer zusammen?“, wiederholte er ungläubig, als sie fertig war.

„Zumindest einem seiner Briefe nach zu urteilen. Das hört sich für mich nach Liebe an.“ Vickie blätterte das Tagebuch durch. „Lili schreibt es, genau hier, siehst du? Dass Drummond gesagt hat, ohne sie gäbe es für ihn keine Freude mehr.“

„Das stand aber in keinem seiner Briefe.“

„Ich weiß. Das ist der eine Zettel, den ich nicht finden kann.“

„Hergott, vielleicht haben sie sich geliebt. Was hast du denn in dem Tagebuch noch gefunden?“ Rory fing an, sich über sie herzumachen.

Ihr gefiel das durchaus, sie riss sich aber zusammen. „Pass auf. In Lilis letztem Eintrag steht, dass sie vorhatte, das Tagebuch zusammen mit den Liebesbriefen in das Geheimfach zu stecken, und – jetzt halt dich fest – das Einhorn mit einem Zauber zu versehen, damit es sie und Drummond wieder zusammenbringt.“

„Ach, aber sie sind tot.“

Vickie spielte mit den Haaren rund um Rorys Brustwarzen. „Ja, ich weiß, und jetzt frage ich mich, ob das der Zauber ist, den ich zu Ende bringen soll.“

„Himmel.“ Er hielt ihre streichelnde Hand fest. „Indem du die Toten auferstehen lässt?“

„Hoffentlich nicht“, erwiderte Vickie. „Ich weiß nicht wie. Glaubst du, dass wir Figuren in einem alten magischen Spiel sind?“

„Das ist ein verdammt beunruhigender Gedanke.“ Rory entzog sich ihr. „Aber ich gehe noch einen Schritt weiter. Sind wir vielleicht Liebende, deren Liebe unter einem schlechten Stern steht und die durch einen rachsüchtigen Fluch wiedervereinigt wurden?“

„Hast du schon mal etwas über Reinkarnation gelesen?“, fragte Vickie. „Ich glaube nämlich daran.“

„Ich glaube, dass ich ich bin“, sagte Rory, „Ich kann gar nicht Drummond sein, weil ich leider nicht so gut schnitzen kann wie er.“

„Und warum fühlt sich ihr Verlust dann wie unser eigener an?“ Vickie rieb sich die Oberarme. „Ich wäre lieber wiedergeboren als verflucht.“

Rory berührte ihre Wange. „Ich wünschte, ich könnte behaupten, dass ich ihren Verlust *nicht* empfinde.“

„Lass uns fürs Erste ihren Verlust nicht als unseren betrachten.“ Vickie knöpfte sich das Nachthemd auf. „Lass uns das Leben genießen und uns nicht länger Gedanken über verstorbene Vorfahren machen.“

„Klingt gut“, sagte Rory und zog ihr das Nachthemd über den Kopf.

Auch wenn sie voller Verlangen waren, wollte Rory nichts überstürzen, deshalb nahm er Victorias eifrige Hände zwischen seine eigenen. „Ich möchte, dass es lange dauert.“ *Ein Leben lang*, dachte er mit Bedauern.

Rory befürchtete, dass sie verdammt waren, die Fehler ihrer Vorfahren zu wiederholen – dass das hier alles war, was sie jemals haben würden –, und deshalb verehrte er Victoria, jeden wundervollen Zentimeter von ihr. In einem letzten Versuch, ihr die Schönheit ihres eigenen Körpers zu demonstrieren, schenkte er ihr seine ganze Aufmerksamkeit.

Er küsste die Sterne auf ihrem Dekolleté. „Deine Brüste sind herrlich, auch ohne Tattoo.“

„Quatsch, sie haben die Form von Wassermelonen.“

Rory verbarg seine Erheiterung. „Sie sind einfach perfekt. Und du kannst nicht leugnen, dass deine Taille auch einfach perfekt ist, oder? Sieh mal, sie passt genau in meine Hände.“

„*Du* hast ja auch Hände wie ein Gorilla, riesig, wie dein bestes Stück."

„Okay, der Spruch über meine Rute macht mich an, aber deine selbstironischen Kommentare tun das ganz und gar nicht."

„Gut, dann hör auf, so zu tun, als sei ich jemand, der ich definitiv nicht bin. Du machst mich wahnsinnig."

Rory gab sich geschlagen und sorgte dafür, dass Vickie das letzte Vorspiel genießen konnte … und so viele Orgasmen erlebte, wie sie ertragen konnte.

Als sie drohte, ohnmächtig zu werden, glitt er in sie hinein und wurde sich bewusst, dass er sie wahrscheinlich zum letzten Mal lieben würde. Ihre Beziehung stand unter einem schlechten Stern, ja, aber trotzdem war es eine ewige Liebe.

Der Gedanke, Victoria zu verlieren, schnürte ihm die Kehle zu. „Victoria, wenn du bitte aufhören würdest, deine Magie einzusetzen."

Sie setzte sich aufrecht hin und hielt die Bettdecke wie ein Schutzschild vor sich – das war nie ein gutes Zeichen –, und in ihre Augen trat ein verletzlicher, feuchter Schimmer.

Rory spürte, wie die Kluft zwischen ihnen größer wurde, doch er konnte nichts dagegen tun.

Sie blinzelte die Tränen weg. Sie wandte sich ab und setzte sich noch gerader hin. „Du weißt, was ich denke. Ich denke, es ist an der Zeit zuzugeben, dass ich mich nicht von meinen magischen Kräften lösen kann, noch nicht einmal für dich. Ob ich es will oder nicht, Zauberkraft ist ein Teil von mir, und wenn du das nicht akzeptieren kannst, dann kannst du mich auch nicht akzeptieren."

„Victoria, ich …"

„Nein, lass mich ausreden. Ich habe sofort gesehen, dass meine Schwestern magische Kräfte besitzen, und ich habe sie akzeptiert. Warum sollte ich dann mich selbst und meine eigene Magie nicht akzeptieren?"

„Deine Schwestern sind im Gegensatz zu dir auch unberechenbar."

„Da irrst du dich. Ich bin gemeingefährlich, ich sitze hier still herum, und meine Magie fliegt mir um die Ohren."

„Und trifft mich, wo es wehtut." Sein armseliger Versuch, locker zu klingen, ging völlig daneben.

„Meine Schwestern", sagte Victoria und ignorierte ihn, „sind klüger als ich. Sie haben ihre Bestimmung akzeptiert und ihre Kräfte von Anfang an genossen. Für mich ist es noch nicht zu spät, mein Geschenk anzunehmen, meine Magie und mein Leben, und das ist genau das, was ich machen werde."

„Und was ist mit uns?", fragte Rory und wusste doch, dass es zwischen ihnen niemals ein „Wir" geben konnte.

„Ich bin eine Hexe, Rory."

„Ich weiß, dass du glaubst, eine zu sein, aber …"

Sie erhob sich wie eine Göttin in einer gepanzerten Toga. „Wir hatten eine schöne Affäre", sagte sie, „aber wir sind keine wiedergeborenen Liebenden. In der Tat würde ich eine wahre Liebe einer von der Vergangenheit beeinflussten vorziehen."

Achtunddreißig

RORY KAM UM das Bett herum. „Victoria, ich kann nicht bleiben." Er hasste die Wahrheit. „Ich habe Verpflichtungen, die du nicht verstehst."

„Dann geh doch zurück nach Schottland. Aber erzähl mir von deinen Verpflichtungen. Sag mir, was da so wichtig ist. Das bist du mir schuldig."

„Ja, das stimmt." Rory versuchte, sich selbst davon abzuhalten, Victoria in die Arme zu nehmen. „Und ich schulde dir noch mehr. Du hast mich wieder zum Leben erweckt, verstehst du?"

„Deine Verpflichtungen?", wiederholte sie, ignorierte seine unausgesprochene Bitte und zog sich in sich selbst zurück.

Er setzte sich und zupfte an ihrer Bettdecke, bis sie keine andere Wahl hatte, als sich neben ihn zu setzen oder ihren Panzer zu verlieren.

„Du wirst mir zuhören, weil unsere Zeit zu Ende geht, und ich möchte, dass du das alles verstehst. Wirst du das?"

„Ich werde zuhören, aber es wird mir nicht gefallen."

„Herrgott", fluchte Rory. „Mir gefällt es ja selbst nicht. Ich bin in eine Familie hineingeboren worden, die nur ein Ziel vor Augen hatte, nämlich das Einhorn zu finden, das einer ihrer Vorfahren geschnitzt hatte."

„Das ist ganz schön engstirnig, findest du nicht?"

„Du weißt ja, dass ohne das Einhorn das ganze Karussell aufgehört hat, sich zu drehen. Aber was du nicht weißt, ist, dass das Karussell einmal großen Wohlstand nach Caperglen gebracht hat. Ohne das Karussell ist Caperglen regelrecht verfallen und hat sich nie wieder so richtig erholt."

„Also sind die Dorfbewohner jetzt arm?"

„Und so wütend, dass sie keine zehn Penny von mir nehmen würden. Bis zum heutigen Tag machen sie die MacKenzies dafür verantwortlich. Deshalb bin ich ein Außenseiter. Sie sind ein abergläubischer Haufen, der meint, dass Lili Caperglen verflucht hat, indem sie Drummond so verhexte, dass er ihr das Einhorn schickte."

Rory nahm Victorias Hand und war dankbar, dass sie sich nicht wehrte. „Sie sind der lächerlichen Ansicht, dass wenn das Einhorn zurückkommt und das Karussell wieder für Besucher geöffnet werden kann, der Wohlstand auch wieder nach Caperglen zurückkehrt."

Mit einem Finger an ihrem Kinn drehte Rory ihr Gesicht zu ihm. „*Ich* glaube das nicht, verstehst du, aber Drummonds Schuld in Caperglen zu begleichen ist die einzige Chance, die Ehre der MacKenzies wiederherzustellen. Du hättest mal sehen sollen, wie sie mich bejubelt haben. Da habe ich zum ersten Mal ein Gefühl von Respekt den MacKenzies gegenüber bekommen, die Art, die ich gern an meine Kinder weitergeben würde, wenn ich jemals welche bekommen sollte."

Rory verlor sich in der Tiefe von Victorias Blick. Er wollte keine Kinder, wenn sie nicht deren Mutter werden würde. Er hoffte, dass sie das Gleiche empfand, aber egal, ob sie das tat oder nicht, er musste gehen.

„Die Bewohner von Caperglen haben schon recht", sagte er. „Wegen Drummond sind wir alle verflucht worden, und am meisten wir beide."

„Wegen Drummond, sagst du?“, fragte Victoria. „Nicht Lili?“

„Ja, vielleicht.“

„Du bist wirklich ein Idiot. Lili hat jahrelang auf der Kaimauer gesessen und gewartet, dass Drummond zu ihr zurückkommt. Sie *liebte* ihn. Das geschnitzte Willkommen auf meinem Kaminsims beweist es. Ihre Briefe beweisen es. Da war kein Fluch, Rory. Gib's endlich zu, das war kein Fluch, nur Liebe und jede Menge zerstörerischer Dorftratsch.“

Rory fuhr sich über den Bart. „Wir haben bereits voneinander geträumt, bevor ich dich in der Antiquitätenshow gesehen habe, Victoria, bevor wir uns getroffen haben. Sieht das nicht schwer nach Magie aus?“

„Ich gebe ja zu, dass unsere Begegnung vielleicht ein Teil des Zaubers war, mit dem Lili das Einhorn belegt hatte. Aber wenn sie Drummond oder Caperglen verflucht hätte, dann hätte sie das auch in ihr Tagebuch geschrieben. Sie hatte doch keinen Grund, nicht die Wahrheit zu schreiben. Sie hat alles niedergeschrieben, den Zauber und all das, bevor sie ihr Tagebuch weggeschlossen hat. Sie hat ihn geliebt und es genau so geschrieben. Sie hat das Einhorn mit einem Zauber belegt und es genau so geschrieben. Sie hat einen Zauber ausgesprochen, um die beiden nach ihrem Tod wieder zusammenzubringen, und hat es genau so geschrieben.“

„Das stimmt“, sagte Rory.

„Kira behauptet, dass wir uns unser Schicksal aussuchen, egal, ob Magie im Spiel ist oder nicht.“

„Du glaubst also, dass ich dich verlassen will?“, schrie Rory.

„Du glaubst, dass das Karussell wieder funktioniert, wenn du Lilis altes Einhorn zu ihm zurückbringst.“

Rory atmete tief aus. „Nein, aber ich habe dann die Familienschuld gegenüber Caperglen beglichen. Die Dorfbewohner werden sich nicht mehr beschweren können. Wenn das Karussell nicht funktioniert, werden die Ansässigen natürlich nicht zugeben, dass sie sich albern verhalten haben, aber sie hätten auch keinen Grund mehr, auf die MacKenzies herabzublicken."

„Dein Name bedeutet dir mehr als du selbst."

„Ich stehe zu meiner Verantwortung. Es ist Drummonds Schuld, also ist es auch meine."

„Drummonds, nicht Lilis."

„Ach, Hauptsache du gewinnst."

„Ja, verdammt, und das werde ich."

Rory ignorierte ihren Schmerz, er konnte nicht anders. „Ich bin es meinem Vater schuldig", erklärte er. „Ein Außenseiter zu sein hat aus ihm einen gebrochenen Mann gemacht."

„Aber dich hat es nicht kleingekriegt?"

„Es hat mich in so eine Art Winterschlaf versetzt, bis ich dich gesehen habe." Rory spielte mit einer Rosenknospe an Victorias ausrangiertem Kleid und hob sie an sein Gesicht. „Ich brauchte Lilis Nachkommen, um geweckt zu werden."

„Da kann ich mich ja verdammt glücklich schätzen." Victoria öffnete seine Tür. „Du solltest dein Einhorn nehmen und nach Hause fahren."

„Ich überbiete dein bestes Angebot", sagte er und folgte ihr.

Destiny pfiff durch die Zähne: „Glückwunsch, Schwesterherz!"

Rory sah an sich hinunter, zog Victoria wieder ins Zimmer und schloss die Tür. „Nenn mir deinen Preis für das Einhorn. Mach einen hohen."

„Um dein Gewissen zu beruhigen? Verflucht! Das Einhorn gehört dir, nicht mir. Geh nach Hause. Ich lasse es innerhalb von einer Woche verschiffen, aber du gehst heute. Jetzt. In dieser Minute!"

Rory steckte den Schlag nicht gut weg, zeigte es aber nicht. Er nahm Victorias Hand, um sie davon abzuhalten, die Tür zu öffnen. „Ein kleiner Rat. Sag deinen Schwestern nicht, dass du glaubst, sie seien fett."

Victoria schnappte nach Luft. „Das ist ja total mies von dir. Sie haben perfekte Figuren. Sie sind kein bisschen fett."

„Ach, ihre Figuren *sind* perfekt."

Victoria machte ein Gesicht, als habe er sie geschlagen.

Er hielt ihre Hände, um zu verhindern, dass sie weglief. „Du begreifst nicht, was ich meine, Mädel. Ihr tragt die gleichen Sachen, du und deine Schwestern. Eure Figuren sind also austauschbar. Wir haben Destiny gerade in dem Kleid gesehen, das du getragen hast, als ich dich zum ersten Mal auf der Veranda gesehen habe. Denk mal darüber nach."

Victorias Augenbrauen zogen sich zusammen, aber er erwartete nicht, dass sich eine lebenslange gestörte Selbstwahrnehmung beim ersten Anzeichen von Logik veränderte. Sie zog ihre Hände zurück und starrte auf den Boden.

„Ich weiß, du brauchst Zeit, um das Unzweifelhafte zu verdauen", sagte er. „Deine Figur ist genauso gut – besser, wie ich finde – wie die deiner Schwestern. Deine Wangen sind rosiger, deine Augen strahlender, dein Herz gütiger, dein Lächeln unschlagbar."

Er hob ihr stures Kinn ein letztes Mal an. „Victoria, wenn du vorhast, dich so zu akzeptieren, wie du bist, mit deiner Magie und allem anderen, dann musst du auch die Wahrheit über deinen Körper akzeptieren. Du bist schön, und das nicht nur in meinen Augen."

Sie öffnete seine Tür, ohne ein Wort zu sagen.

„Ich brauche ungefähr zwei Stunden, um deinen Schwestern eine Einführung in dein Buchhaltungssystem zu geben", sagte er. „Ich verschwinde um die Mittagszeit."

Victoria nickte. „Erkläre es Storm. Ich gehe zu Melody. Ich möchte, dass du weg bist, wenn ich wiederkomme."

Die Frau, der sein Herz gehörte, sah sich nicht um, als sie ihn verließ.

Kein Auf Wiedersehen. Kein Dank für den außergewöhnlichen Sex, dafür, dass er ihr Ritter gewesen war und sie zur Frau gemacht hatte … und natürlich nicht dafür, dass er sie nach allem im Stich ließ.

Eine halbe Stunde später betrat Rory zum letzten Mal ihren Laden.

„Wir wissen es", sagte Destiny.

„Dann wisst ihr auch, was ich mache, bevor ich gehe."

Destiny gab ihm die Rechnungen, alle Rechnungen, auch die von der Hypothek. Rory ging an den Computer und überwies Geld von seiner Bank an jeden von Vickies Schuldnern. „Sagt eurer Schwester nichts. Sie wird es vielleicht selber herausfinden."

Storm seufzte. „Mach dir keine Sorgen. Wir möchten nicht blau und grün gereimt werden."

„Sie wird schon nicht ausfallend werden", protestierte Rory.

„Nein", sagte Harmony und winkte ab. „Aber sie packt manchmal ganz schön direkt zu."

Rory zuckte allein bei dem Gedanken daran zusammen.

„Vickie verletzt genauso leicht wie du", sagte Storm.

Um drei stieg das Flugzeug in den Himmel, das ihn zu einem Ort bringen sollte, der nicht länger sein Zuhause war. Er sah einen Regenbogen, der ihn an Victoria erinnerte, und er konzentrierte sich darauf, als ob ihn aus den Augen zu verlieren ein Beweis dafür war, dass er sie für immer verloren hatte. Aber das hatte er sowieso, er hatte keine andere Wahl. Der Gedanke daran, ohne Victoria leben zu müssen, schien eine schwerere Last zu sein als die Schuld gegenüber Caperglen.

Wer hätte schon gedacht, dass es sein Leben zerstören würde, sein Dorf und seinen Familiennamen zu retten?

Neununddreißig

VICKIE BETRAT EIN Haus, das sich nicht länger wie ein Zuhause anfühlte. Als die Tränen ihr über die Wangen zu laufen begannen, öffnete sich auch der Himmel, während die Sonne überall Regenbogen entstehen ließ, außer in ihrem Herzen.

Ihre Schwestern weinten mit ihr. Es war schön, eine Familie zu haben, die sich um sie kümmerte. Aber ohne Rory fühlte sie sich genauso verloren wie in dem Moment, als ihre Großmutter gestorben war. Noch verlorener als beim Tod ihrer Mutter. „Ihr müsst mir nicht erzählen, dass ich die Todeskarte gezogen habe“, sagte Vickie. „Ich muss das Unausweichliche akzeptieren. Es ist vorbei.“

„Nein“, sagte Storm. „Du musst diese Einstellung ablegen.“

„Das sagt die Richtige!“ Vickie lachte unter Tränen.

„Jedes Ende bedeutet auch einen Neuanfang“, meinte Harmony. „Außerdem sagt die Karte des Narren das Gegenteil von der Todeskarte und steht für einen Neuanfang, so wie die Kaiserin Wiedergeburt bedeutet.“

„Du befindest dich auf einem Weg mit dramatischen Veränderungen“, erklärte Destiny, „was doch gar nicht so schlecht ist.“

„Danke, Des, aber darauf bin ich schon ganz allein gekommen.“ Vickie lief ihr in die Arme. „Warum musste die Ratte auch hierherkommen?“

„Du hattest sein Einhorn."

„Storm." Harmony funkelte sie an.

„Stimmt. *Warum* ist er eine Ratte?"

„Er hat mich verlassen. Er ist nicht treu."

„Der Casanova? Er mag ja eine Ratte sein, aber er ist eine treue Ratte. Er ist einem ganzen Dorf gegenüber loyal gewesen."

„Na ja", sagte Vickie, „wenn man es so sieht. Nennen wir ihn doch ‚Heilige Ratte'. Und trotzdem hat er mich verdammt noch mal verlassen."

Vickie zog die fliederfarbene Bettwäsche mit einer gesunden Wut von Rorys Bett ab. Aber als sie sie in die Waschmaschine stopfen wollte, nahm sie einen von seinen Kopfkissenbezügen, atmete seinen Duft ein und legte ihn zur Seite. Sie fand ihre eigene nach Sex riechende Bettwäsche und konnte sie nicht schnell genug in die Waschmaschine stopfen.

Mit dem großen Frontlader von ihrer Großmutter wollte Vickie MacKenzie aus ihrem Leben herauswaschen. Sie fügte Waschmittel hinzu und knallte die Tür zu, aber das übrig gebliebene Kopfkissen lag da und verspottete sie.

„Verflucht!", sagte sie und warf es zu dem Rest hinein. Sie drehte so heftig an dem Einstellknopf, dass sie ihn abbrach, was ihr wirklich die Tränen in die Augen trieb, weil sie sich keinen Mechaniker leisten konnte.

Die Trommel ächzte, als sie Geschwindigkeit aufnahm, so als wolle die Maschine in die Erdumlaufbahn eintreten. Na klasse, ihre ganz persönliche Schmutzwäsche würde für immer um die Erde kreisen.

Zu voll, zu voll, zu voll, schien das ungleichmäßige Geräusch der sich drehenden Trommel zu sagen.

Zu weinen war lächerlich, Vickie wusste das, doch sie konnte nicht aufhören. Genauso wenig konnte sie die Wasserflut stoppen, die sich plötzlich aus der Tür der Waschmaschine ergoss.

Und es gab keinen Schalter mehr, mit dem sie die Maschine hätte abstellen können.

Ihre Schwestern blieben in der Tür stehen, als sie sahen, dass sie knöcheltief im Wasser stand.

Storm ging, und Harmony zog eine Augenbraue hoch. „So, Miss Ich-bin-keine-Hexe, jetzt hast du es geschafft, dass sowohl das Wetter als auch die Waschmaschine mit dir weinen."

Storm kam mit einer Werkzeugkiste zurück, klopfte die Emaille rund um den nicht mehr vorhandenen Einstellknopf ab und schaltete die Waschmaschine mit einer Flachzange ab.

„Danke, Schwesterherz. Jetzt muss ich wenigstens keine Reparatur bezahlen."

Storm öffnete die Tür der Waschmaschine, und sie spuckte Bettwäsche aus, die ebenfalls weinte.

Harmony nahm Vickies Arm. „Komm schon. Ich lasse dir ein Bad ein mit Zedernholz-, Lavendel- und Patchouliöl, damit du dich ein bisschen beruhigst."

Ein paar Minuten später saß Vickie auf dem Rand der Wanne. Ihr Bad roch wunderbar, aber sie hätte es lieber mit Rory geteilt. Tigerstar sprang in ihre Arme. Sie verlor das Gleichgewicht und kam gegen den Schalter des Jetstreams, und weil die Wanne nicht voll genug war, schossen Wasserstrahlen in jeden Teil des Badezimmers.

Ängstlich heulte Tigerstar auf und sprang auf ein Brett, das abbrach und die Katze in die Wanne beförderte. Mit einem weiteren Heulen floh ihre Katze aus dem Wasser in das Treppenhaus.

Vickie folgte dem heulenden Geräusch und fand Tigerstar unter Rorys, nein, Omas Bett.

„Was ist los?", fragte Harmony und kniete sich neben Vickie auf den Boden.

„Tigerstar ist verängstigt oder verletzt." Vickie rieb sich die

Augen, und Harmony befreite die zitternde Katze, die zwar nass, aber unversehrt war.

Von ihrem Badezimmer konnte Vickie das nicht gerade behaupten. Sie hatte das Wasser und die Düsen angelassen. Es war eine Schande. Und ein Stockwerk tiefer tropfte das Wasser von der Decke ihres Wohnzimmers.

Als Vickie den Raum inspizierte, fiel ein Tropfen von der Decke und traf sie an der Stelle, wo sich ihr Herz befand.

„Oh mein Gott", sagte Storm. „Das ganze Universum weint mit dir."

„Nein, *ich* muss etwas dagegen unternehmen", sagte Vickie. „Ich muss meine Magie akzeptieren und lernen, sie zu kontrollieren … und damit zerstöre ich jede Chance, jemals eine Beziehung mit Rory eingehen zu können."

„Mir scheint, als hättest du deine Magie in dem Moment akzeptiert, als du den Schlüssel benutzt hast, um den Schrank zu öffnen", sagte Harmony, „in dem das Einhorn war, das Rory zu dir geführt hat."

„Mit anderen Worten", sagte Vickie, „ich bin, wer ich bin."

In gleichen Moment, in dem sie am nächsten Morgen wach wurde, wählte Vickie Kiras Nummer, dann zuckte sie zusammen, als sie sah, dass es erst sechs Uhr war.

„Bist du schon auf?", fragte Vickie, als Kira sich meldete.

„Ja klar. Wir veranstalten ein morgendliches Kitzelfest, vier in einem Bett", erklärte Kira. „Hast du deinen Drachen besiegt?"

„Nein, aber ich habe ihn nach Hause geschickt."

„Ach, Vic, das tut mir leid."

„Ich brauche deine Hilfe."

„Jederzeit, was kann ich für dich tun? Warte. Travis! Zane! Bindet euren Vater nicht am Bettpfosten fest. Er ist ein *guter* Cowboy." Kira kicherte. „Der beste Reiter des Ostens."

Vickie verdrehte die Augen. „Ki-ra."

„Ach ja. Sorry. Was hast du gesagt?"

„Ich bin eine Hexe, und ich muss endlich lernen, meine magischen Kräfte in den Griff zu bekommen."

„Du hast die Magierkarte gezogen, nicht wahr?"

„Im übertragenen Sinne."

„Ich komme am Wochenende zu dir und bringe meine Ausgabe von *Magie für dickköpfige Hexen, die die Augen vor der Wahrheit verschließen* mit."

„Super."

„Vielleicht können wir ja eine Pyjamaparty machen, so wie in alten Zeiten, und dich in Form zaubern. Ruf Mel an und lade deine Schwestern ein, wenn du glaubst, es macht sie nicht wahnsinnig, über Zauberkräfte zu sprechen."

„Sie werden es überleben."

Es würde ein richtiges Hexenfest werden.

Fünf Lehrerinnen würden sie mit Magie überschütten, aber sie würde eine Menge lernen.

„Die Magie ist sowieso nicht aufzuhalten", sagte Kira am Sonntagnachmittag, als sie sich voneinander verabschiedeten. „Also musst du lernen, sie zu kontrollieren, zumal sie am stärksten ist, wenn Gefühle im Spiel sind."

„Und nach dem Sex", fügte Storm hinzu.

„Du hattest Sex!", stellte Kira fest.

Storm johlte. „Jetzt sag nicht, dass Rory dein Erster war."

„Keine Sorge, Storm, das wirst du nie erfahren."

Drei Tage später brachte Vickie die Post herein. „Es ist der Fünfzehnte. Ich weiß das, weil heute das Einhorn abgeholt wird. Warum habe ich dann keinen Stapel Rechnungen in der Hand?"

„Keine Ahnung", Destiny zuckte mit den Schultern.

„Der Bus ist da", sagte Storm.

Vickie schaltete den Computer an, um nachzusehen. „Bezahlt", fluchte sie. „Diese exzentrische, engstirnige, zwanghafte Ratte hat Omas Beerdigung bezahlt!“ Sie drückte noch ein paar Tasten. „Die Hypothek, die Krankenhausrechnungen, alles bezahlt!“

„Und welches Problem hast du jetzt genau damit?“, fragte Des.

„Das zahle ich ihm heim, das schwöre ich. Oder ich bringe ihn um. Wie auch immer, er bekommt, was er verdient. Er hatte einfach kein Recht dazu!“

„Oh doch, das hatte er. Du hast ihn doch zu deinem Buchhalter gemacht.“

„Ja, aber nicht zu meinem Retter.“

Destiny legte den Kopf schräg. „In gewisser Weise hast du das wohl getan.“

„Manchmal ist es echt blöd, Schwestern mit übersinnlichen Fähigkeiten zu haben.“

„Manchmal ist es echt blöd, übersinnliche Fähigkeiten zu haben“, sagte Storm, die gerade dazukam. „Das war Rorys Art, für das Einhorn zu bezahlen. Also vergiss es.“

„Das Einhorn hat ihm gehört, verdammt noch mal.“

„Gleich wirst du wahrscheinlich erst recht beleidigt sein“, sagte Storm. „Unser Schulgeld ist auch bezahlt. Jetzt müssen wir nur noch unsere Abschlüsse machen. So ein verdammter Mist! Wie mies kann ein Mann denn sein?“

„Der Dreckskerl“, fluchte Vickie. „Na, wenigstens müsst ihr jetzt nicht mehr zur Schule gehen. Rory hat versprochen, dass er zurückkommen und euch in den Hintern treten würde, wenn ich es nicht täte. Und offen gesagt, habe ich genug von diesem widerlichen Schotten.“

„Wirklich?“

„Hah, ich weiß es. Sie liebt ihn.“

„Tu ich nicht.“

„Lüg deine kleinen Schwestern nicht an.“ Storm drohte ihr

mit dem Finger. „Das ist ein schlechtes Vorbild.“ Storm stützte die Hände in die Hüften. „Weißt du, jedes Mal, wenn wir über Rory reden, sehe ich Lilis Tagebuch vor meinem geistigen Auge.“

„Das bringt mich auf eine Idee“, meinte Harmony. „Ich habe schon einmal daran gedacht, dass ich gern Lilis Tagebuch in die Hand nehmen würde, um zu sehen, ob ich sie spüren kann.“

Vickie holte das Tagebuch und reichte es Harmony.

„Meine Güte“, sagte Harmony. „Lili war vielleicht eine energiegeladene Hexe. Ach, und das ist ihr Buch der Schatten. Ihre Zaubereien sind alle hier drin.“

„Das habe ich mir fast gedacht“, sagte Vickie. „Aber wisst ihr, was nicht da ist? Der Zauber, den ich zu Ende bringen soll.“

„Ich kann immer noch nicht glauben, dass ausgerechnet diejenige, die am wenigsten mit Magie am Hut haben will, Lilis Kräfte geerbt hat.“ Storm verdrehte die Augen. „Und du brauchst diesen Zauber. Es ist der wichtigste.“

Harmony schaute auf die Uhr. „Das Einhorn. Vickie, geh und stell dich daneben, bis die Speditionsfirma kommt. Schließ die Augen, entspanne und konzentriere dich auf die Ereignisse, die um das Einhorn herum geschehen sind.“

„Das kann ja nicht wehtun“, murmelte Vickie. Sie öffnete den Kasten, roch Lilien und dachte an Rory. Sie streichelte den Drachen hinter dem Sattel und dachte an Rory. Sie schloss die Augen und meinte, dass sie das Geheimfach öffnen sollte. Als sie es öffnete, dachte sie an Rory.

Das Fach war leer, natürlich! Was ihr aber auf einmal nicht richtig erschien.

Vickie steckte ihre Hand hinein und fühlte oben und unten, an beiden Seiten und entdeckte eine Oberfläche, die sich anders anfühlte als der Rest, weich und bauschig wie alte Tapete. Sie klebte an einer der Wände tief in dem Hohlraum, direkt unter dem Drachen. Sie musste sich biegen wie eine Schlangenfrau, um sie an der Ecke mit einem Fingernagel abzukratzen, ohne das Papier zu beschädigen. Endlich kam das Blatt frei, und eine Karte fiel ihr in die Hand.

Die *Liebenden*. Noch ein Teil des Puzzles. Liebe, Bindungen, Verbindungen … finde heraus, was du willst, und bleibe dir selber treu.

Auf dem Pergament fand Vickie ein Gedicht in Lilis Handschrift, vergilbt und an den Enden eingerissen. Drummond hatte darunter eine Nachricht gekritzelt. „Ohne dich hier empfinde ich keine Freude mehr in mir." Die Worte, nach denen sie und Rory gesucht hatten.

Das Gedicht klang wie eine Prophezeiung in Reimform. Ein Reim!

„Oh mein Gott. Das ist der Zauber. Harmony, Destiny, Storm! Ich brauche euch."

Vierzig

BEVOR DAS EINHORN in Caperglen ankam, heuerte Rory alle Dorfbewohner an, die bereit waren, den *Unsterblichen Klassiker* zu reparieren. Viele waren gekommen, weil sie nicht glaubten, dass Victoria das Einhorn schicken würde. Rory wusste es besser. Handwerker reparierten die Dampfmaschine, die das Karussell antrieb, andere die Dampforgel. Schreiner überprüften jeden Pfosten und jeden Balken, jedes Scharnier und jedes Zahnrad. Rory führte die notwendigen Reparaturen an den Figuren durch.

Er dachte, dass sein Lebenstraum nun in Erfüllung gegangen war, da er das Einhorn zurückgeholt hatte, aber wenn man bereits im Alter von sechsunddreißig Jahren sein größtes Ziel erreicht hat, erzeugt das weniger ein Gefühl der Befriedigung als ein riesiges Loch in der eigenen Zukunft.

Pferde zu schnitzen würde ihm nicht mehr genügen.

Rory gab Victoria die Schuld … genauso wie er vorher unbewusst Lili die Schuld gegeben hatte.

Er sollte froh sein, dass er von Victoria befreit war, frei von all den Cartwright-Hexen aus Salem, Massachusetts. Rory strich seinen Bart glatt. *Ach, es gibt viel zu viel zu tun, als dass ich mich in unnützen Gefühlen suhlen könnte.* Dieses Gefühl des Verlustes war nur ein Fantasiegebilde. Er ging zu den Schreinern, die den Pavillon wieder aufbauten, um mit ihnen zu sprechen. Die Seitenwände konnten abgenommen werden. Das Dach verdoppelte die Spitze des Karussells.

Sobald er das Einhorn an seinem Platz festgeschraubt hatte, würde ein offenes Karussell mitten auf einer Wiese stehen, wie es schon vor hundert Jahren der Fall gewesen war – eine Wiese, die mit Lilien übersät war.

Ausgerechnet Lilien.

Warum war er nie früher auf diese Verbindung gekommen?

Er hatte den Duft erkannt, als er in Victorias Laden neben dem Einhorn gestanden hatte.

Victoria, die ihm gezeigt hatte, was ein Zuhause, eine Familie ist, Eisentiegel mit reifen Kürbissen, Kinder, die auf den Wiesen Drachen steigen ließen, hexenhafte Schwestern, sanfte Musik, rote Slips und beruhigende Lieder am Kamin. Verdammt, er vermisste sie.

Das Einhorn kam spät am Dreißigsten an. Er würde es am nächsten Morgen an seinen Platz bringen. Ausgerechnet Halloween. In Salem war an diesem Tag wahrscheinlich der Bär los. Er wünschte …

Rory warf seine Hose gegen die Wand und setzte sich aufs Bett. Seit er wieder hier war, hatte er sich tagsüber in die Arbeit gestürzt, aber nachts hatte er keine Kontrolle über seine Träume.

Um ihnen nicht anheimzufallen, nahm er sich ein Buch, einen guten Krimi, der ihn die ganze Nacht wach halten würde.

Das Karussell sah einsam aus, wie es in buntes Licht getaucht dastand und sich zu einer Melodie drehte, die seltsam traurig klang.

Victoria würde nie mehr hierherkommen.

Rory ging um das Karussell herum und kam sich albern vor, in dem Kilt, den Victoria liebte. Es tat ihm weh, ihre strahlenden Augen zu sehen, ihr Kleid, eine Spur der magischen Vergangenheit.

Er vermisste ihre Zärtlichkeit. Ihren Kuss. Sie. Er vermisste sie.

Er sprach ihren Namen aus.

Rief ihn.

Schrie ihn hinaus.

Sie kam nicht.

Er saß allein in dem Drachen-Triumphwagen, und der Drache weinte.

An Halloween wachte Rory mit einem Stöhnen auf, stand auf, schaute in den Badezimmerspiegel und knurrte, als er die salzigen Tränenspuren auf seinen Wangen sah. Und dann ging er unter die Dusche, wo Trauer keine Rolle spielte.

Noch vor dem Morgengrauen setzte er das Einhorn an seinen angestammten Platz, zum ersten Mal seit hundert Jahren.

Nachdem die Arbeiter eingetroffen waren, gaben sie Rory ihr Wort, dass alles funktionierte. Er bat sie zurückzutreten, dachte noch einmal daran, was er für diesen Moment alles getan hatte, und zog den Hebel.

Keine Lichter. Keine Musik. Das Karussell drehte sich nicht.

Die Handwerker überprüften ihre Arbeit. Jeder Bolzen und jedes Zahnrad saß perfekt, aber nichts konnte den *Unsterblichen Klassiker* zum Laufen bringen.

Was hätte es geändert, wenn sie es geschafft hätten?

Einer nach dem anderen und dann in Scharen verließen die Dorfbewohner ihren Außenseiter, Rory wurde vom Retter zum Versager.

Er war einsam aufgewachsen, aber das war ihm egal gewesen,

denn er hatte ein Ziel gehabt. Jetzt war die Erkenntnis, dass er immer noch völlig allein war, ein Schlag ins Gesicht.

Rory überprüfte die Arbeiten und betätigte noch einmal den Hebel, ohne Erfolg. Dann setzte er sich in den Drachen-Triumphwagen, stundenlang, so kam es ihm jedenfalls vor. Er hatte sein Ziel erreicht, aber ohne Victoria waren seine Träume gestorben.

Stattdessen lag ein Meer der Einsamkeit vor ihm.

Er hätte genauso gut Drummond auf seine alten Tage sein können.

Rory setzte sich auf, als ihm schlagartig der Zusammenhang zwischen Drummonds und seiner eigenen Verrücktheit auffiel. Beide hatten auf äußeren Druck hin ihre Gefühle verleugnet. Rory hatte das Bild von Victoria vor Augen, wie sie in das Geheimfach des Einhorns hineingriff.

Er stand auf und schlängelte sich durch die Sternzeichenfiguren, immer schneller, bis er das Einhorn erreichte, löste den Riegel an dem Geheimfach und öffnete es, doch das Pergamentblatt war zu alt, um von Victoria zu sein.

Eine Welle der Enttäuschung überschwemmte ihn, bis er das zerfledderte alte Gedicht las.

Wie ein Karussell ist das Leben eine schwindelerregende Nummer,
Zunächst voller Farbe, Musik und ohne Kummer,
Dann jede Menge Pferdchen und Einhörner kaum.
Später musst du durch die eine oder andere Krise,
und mit Wind in den Haaren verwirklichen deinen Traum.
Begib dich mit Freude auf diese Reise, wissend und heiter ist die Devise.
Nimmst du die Herausforderung an, erntest du Liebe und Bestätigung.
Scheust du das Risiko, endest du allein und in Verzweiflung.

Verzweiflung – die kannte Rory gut. Sie war bei Tag und Nacht zu seiner Begleiterin geworden, seit er Salem verlassen hatte. Und auch die größte Aufmerksamkeit für das Karussell hatte ihm nicht darüber hinweggeholfen.

Unter dem Gedicht, das in Lilis vertrauter Handschrift geschrieben war, las Rory die Nachricht von Drummond, auf die sie in ihrem Tagebuch Bezug genommen hatte.

„Ohne dich hier gibt es keine Freude mehr in mir."

Eine Welle des Verständnisses überlief ihn, und er schluckte einen Anflug von Mitleid für seine Vorfahren und für sich selbst hinunter.

Jahrhunderte der Qual wegen der verleugneten einmaligen Liebe, und hatte er aus Drummonds Fehler gelernt?

Ja! Endlich! Zum ersten Mal in seinem Leben interessierte sich Rory mehr für die Gegenwart und die Zukunft als für die Vergangenheit, mehr für eine Person als für ein Stück Holz. Das Leben mit Victoria würde kaputte Haushaltsgeräte, fallende Gegenstände und gereimte Wünsche mit Folgen nach sich ziehen. „Herrgott noch mal, ich kann es nicht erwarten", meinte Rory und machte im Geiste bereits Reisepläne.

Er würde die Schreiner für morgen bestellen, um das Karussell winterfest zu machen, bevor er nach Salem abreiste. Er hoffte nur, dass Victoria ihm vergeben würde.

Sein Schicksal lag in den magischen Händen seiner schönen, wunderbaren und unberechenbaren Hexe.

Sie hatten so wunderschönen Sex miteinander erlebt, was doch bedeuten musste, dass sie ihn wollte, sonst hätte irgendetwas ihn sicher umgebracht, angesichts des Vergnügens, das sie gehabt hatten. „Lass uns hoffen, dass sie mich genauso will wie ich sie. Ach, und hör auf, mit dir selbst zu reden, du kauziger, liebeskranker Idiot." Er würde eine Stiftung gründen, um das Karussell als Museumsstück zu unterstützen, und ein Gremium von Dorfbewohnern entscheiden lassen, was sie tun könnten, um es bekannt zu machen und das Dorf wieder erblühen zu lassen.

Aber zuerst würde er nach Hause fahren zu Victoria.

Immer noch das Gedicht in der Hand, drehte Rory sich um, um seinen Plan in die Tat umzusetzen, und hatte auf einmal eine Erscheinung … Victoria auf einem Besen, sie trug einen Hexenhut und einen Umhang, flog über das Feld und kam mit wehendem Umhang auf ihn zu.

Und er, so überwältigt, dass sie seine Bedürfnisse wieder einmal vorausgesehen hatte, konnte kaum atmen.

Sie sah, dass er zögerte, ließ ihren Besen fallen und rannte auf ihn zu.

Rory nahm sie in die Arme, wirbelte sie herum, während er ihr ganzes Gesicht abküsste, genauso wie sie es bei ihm tat.

Verzweifelt, hungrig, dankbar. Tränen besiegelten ihr Wiedersehen.

Sie lachten und küssten sich immer wieder. Er berührte ihre Wange, ihre Haare. „Ist das ein Halloween-Scherz? Träumen wir wieder, oder ist das die beste Leckerei, die ich jemals bekommen habe?" Er hielt ihr Gesicht in seinen Händen. „Du bist ja *wirklich* hier."

„Wo ich hingehöre, unter einen sternenklaren, blassblauen Himmel in der Dämmerung, wo ich dich neben dem unsterblichen alten Karussell küsse, genau wie in unseren Träumen."

„In unseren Träumen hast du niemals wie eine Hexe ausgesehen."

„Abgesehen davon, dass Halloween ist, hat das Kostüm Symbolcharakter. Ich möchte sicher sein, dass du verstehst, wer ich wirklich bin."

„Ich verstehe, und ich möchte dich genau so, wie du bist. Ich möchte uns, so wie wir sind, nur für immer zusammen. Ich würde nicht eine Kleinigkeit ändern … na ja, eine vielleicht."

„Die wäre?"

„Ich hasse die Bezeichnung *Lanze*."

Victoria lachte, warf ihren Hut in die Luft und band ihren Umhang auf, sodass er vom Wind erfasst wurde und ins Gras fiel.

„Unsere Träume sind Vergangenheit. Unser Leben ist die Gegenwart."

„Und die Zukunft", fügte Rory hinzu und fuhr mit seinen Händen über ihre Seiten. „Das kleine Schwarze", sagte er. „Das freut mich. Du siehst so gut darin aus. Und was hast du drunter?"

„Das musst du selbst herausfinden."

„Dann küss mich", sagte er, „und lass alle unsere Träume wahr werden."

Mitten in diesem magischen Kuss, setzte die Musik ein, die bunten Lichter blitzten auf, und das unsterbliche alte Karussell wurde zum Leben erweckt, zum ersten Mal seit hundert Jahren mit allen zwölf Sternzeichenfiguren auf einmal, und ein MacKenzie küsste daneben seine Hexe.

Sie mussten so lachen, dass sie den Kuss unterbrachen. Rory drehte Victoria um, damit er sie an sich drücken konnte, während sie sich das blinkende, sich drehende Karussell beobachteten. „Jetzt sehe ich, dass du deine Magie mitgebracht hast."

„Du brauchtest sie doch."

„Ja, und wie." Sie neigte den Kopf in Richtung des Karussells. „Schau mal, die Bretter, die Schilder und getäfelten Spiegel, die mit Sternzeichen versehene Randleiste in der Mitte", sagte er. „All das hat Lili gemalt. Das Schottenmuster auf dem Einhorn ist das Lockhardt-Schottenmuster, oder das Loch-Ness-Muster. Ich sollte vielleicht dazu sagen, dass Lilis piktische Familie von dort stammt. Es ist die einzige Figur auf dem Karussell ohne MacKenzie-Schottenmuster, und es ist nicht überstrichen worden, das habe ich überprüft."

Sie drehte sich in seinen Armen um. „Hat Drummond deshalb immer gemeint, dass es Lilis Einhorn ist?"

„Ja, Liebling. Das Karussell und seine Magie gehört uns beiden."

„Beiden? Gibst du gerade zu, dass du auch magische Kräfte hast?"

„Mit dir als meinem Schicksal, wie kannst du das bezweifeln? Du gehörst zu mir, aber nicht aufgrund irgendeines Zaubers, verstehst du? Sondern weil du die fehlende Hälfte meines Herzens besitzt. Ich liebe dich."

„Lili hatte recht", sagte Victoria, spielte mit der Tasche an seinem Kilt und machte ihn stahlhart. „Als ich den Schrank geöffnet hatte, bin ich meinem Schicksal begegnet. Ja, unsere Liebe ist echt, aber es war ein wenig Magie nötig, um dein Feuer speiendes Selbst vor meine Tür zu bekommen."

„Ja, aber du hast mich gezähmt."

„Ach, ich hoffe nicht. Kein Feuer mehr?" Sie machte einen so süßen Schmollmund, dass er sie noch einmal küssen musste, und der Funke sprang über. Dann machte er den Reißverschluss vorn an ihrem Kleid auf, öffnete ihren zarten erdbeerfarbenen BH und fand ihre strahlenden piktischen Sterne. „Oh ja, und hier ist unsere Glut. Wir werden immer Feuer im Bett haben, Süße."

„Und in unserem Triumphwagen, unserem Schrank oder wo auch immer unsere Träume uns hinführen", sagte Victoria. „Wo wir gerade davon reden, wo werden wir denn leben? In meiner Welt oder in deiner?"

„Was hältst du von beiden? Ich könnte auch in Salem magische Karussellfiguren bauen. Und deine Schwestern können sich um deinen Laden kümmern, wenn du in Schottland bist."

„Das hat Des auch gesagt, als sie mich aus dem Haus geworfen hat." Vickie schaute sich um. „Wo ist eigentlich dein Haus?"

Rory zeigte nach oben. „Da auf dem Hügel."

„Rory, das ist ein Schloss."

„Es ist eine alte, zerfallene Hütte, aber warte, bis du die Bibliothek gesehen hast. Warum hat Des dich rausgeschmissen? Sie hat keine Magie eingesetzt, oder doch? Du bist doch aus eigenem Antrieb gekommen, oder, Victoria?"

Sie nahm seine Wangen zwischen ihre Hände, ihre Berührung war ein Segen. „Verdammt, ja, ich bin aus eigenem Antrieb hier. Das Flugzeug wäre mir nicht schnell genug gewesen, also habe ich meinen Besen genommen."

Rory grinste. „Meine Welt war öde, bevor ich dich getroffen habe. Du bringst eine Freude in mein Leben, ohne die ich nicht mehr leben kann. Ich kann ohne *dich* nicht mehr leben. Willst du mich heiraten?"

„Zuerst muss ich dir ein Geständnis machen."

„Ja? Da bin ich gespannt."

„Meine Magie ist am stärksten, wenn meine Gefühle es sind. Ich akzeptiere das, also musst du es auch tun, auch wenn ich sie jetzt größtenteils kontrollieren kann. Aber Vorsicht! Wenn ich dich heirate, werden meine magischen Kräfte stärker, und wenn ich deine Kinder bekomme, vergrößern sie sich noch einmal."

Er musste sie noch einmal küssen.

Sie sah ihn mit strahlenden, katzenhaften Augen an. „Ist dir aufgefallen, dass es in meiner Familie Drillinge gibt?"

Rory fing an zu lachen. „Ach, aber erst muss ich mich auf einen wilden Ritt gefasst machen, oder? Sag Ja."

„Eine schwindelerregende Angelegenheit", versprach Victoria.

Rory setzte sie auf das Karussell und stieg ebenfalls auf.

„Lust auf einen Ritt auf deinem Drachen?"

„Ja, bitte", sagte sie so sittsam, dass er lachen musste.

„Der Tarot-Triumphwagen", sagte sie, „kann auch bedeuten, die Oberhand zu haben."

„Wer?“, fragte Rory. „Ich oder du?“

„Wir können uns ja abwechseln.“ Sie schaute ihn herausfordernd an.

„Oh, das ist ganz meine freche Braut.“

Er zog sie auf seinen Schoß und reichte ihr Lilis Gedicht. Vickie las es vor, weil sie wusste, dass sie Lilis Zauber beenden musste, und hoffte, dass das Gedicht und Lilis Zauber sie schützen würden, wo auch immer sie sich aufhielten.

Dann machten sie und Rory es sich gemütlich, um sich zu küssen und noch viel mehr … bis ihnen der Duft von Lilien in die Nase stieg.

Als sie aufblickten, erschienen wie aus dem Nichts zwei Gestalten.

Ein schöner Mann in einem Kilt ging von links um das Karussell herum, und eine bezaubernde junge Frau in einem altmodischen Kleid umkreiste es von rechts, und als sie sich sahen, beschleunigten sie ihren Schritt.

Vickie und Rory klatschten in die Hände, als das Paar sich in die Arme fiel.

„Es ist Halloween“, flüsterte Victoria. „Die unsterblichen Seelen bevölkern heute Nacht die Erde.“

„Ah, ich verstehe“, erwiderte Rory. „Das sind Drummond und Lili.“

„Na, das hoffe ich doch.“

„Ich weiß es. Ich habe ihre Porträts.“

Die wiedervereinigten Liebenden küssten sich, als hätten sie sich ein Jahrhundert lang nicht gesehen. Herzzerreißend und für Außenstehende nahe an der Schmerzgrenze.

Victoria legte ihren Kopf auf Rorys Brust, Tränen liefen ihr über die Wangen, und Rory hielt sie ganz fest. Da klatschten ihre Vorfahren und gingen endlich zusammen in den Sonnenuntergang und in die Ewigkeit hinein.

Zu Vickies und Rorys Überraschung blieb Lili noch einmal stehen, drehte sich um und warf ihnen einen Kuss zu.

„Genießt eure Reise", kam ihr Segen mit dem Wind.

Mary Janice Davidson

Traummann an der Angel

Roman

Meerjungfrauen haben's auch nicht leicht!

Dr. Frederika Bimm, kurz Fred genannt, ist eine Meerjungfrau. Doch weder ist sie blond, noch wohlproportioniert und schon gar nicht keck. Im Wasser ist sie allerdings ganz in ihrem Element. Umso schlimmer, dass offenbar jemand den Hafen ihrer Heimatstadt mit Abwässern vergiftet. Fred muss den Schuldigen finden! Unterstützung erhält sie dabei von dem attraktiven Meeresbiologen Thomas und dem ungezähmten Prinz des Unterwasservolkes, der Fred zu seiner Frau machen will. Schnell schlagen die Wogen der Gefühle hoch …

»Scharf, witzig und wunderbar turbulent! Mit einem kräftigen Schuss Fantasy« *TV familia*

Band 1 der Serie
ca. 280 Seiten, Kartoniert, Klappenbroschur
€ 8,95 [D]
ISBN 978-3-8025-8250-9

Lynsay Sands

Vampire haben's auch nicht leicht

Roman

Sabotage am Filmset!

Vincent Argeneau ist Schauspieler, Theatermanager und Vampir. Ein Saboteur hat sich in seine Filmproduktionsfirma eingeschlichen, und Vincent will einen Privatdetektiv engagieren, um dem Schuldigen auf die Spur zu kommen. Sein Cousin Bastien empfiehlt ihm die Privatdetektivin Jackie Morrissey. Einziger Haken: Jackie ist keine Vampirin und vertritt die Überzeugung, dass alle Unsterblichen in die Hölle gehören. Dennoch erklärt sie sich bereit, den Fall zu übernehmen. Und im Lauf der Ermittlungen fühlt sich die forsche Ermittlerin immer stärker zu dem attraktiven Vampir hingezogen …

»Lynsay Sands schreibt Romane, die Lust auf mehr machen.«
Katie MacAlister

Band 5 der Serie
ca. 400 Seiten, Kartoniert, Klappenbroschur
€ 9,95 [D]
ISBN 978-3-8025-8242-4

www.egmont-lyx.de

EGMONT LYX
Verlagsgesellschaften